# 乔先生的黑月光

上册

姒锦 著

青岛出版社
QINGDAO PUBLISHING HOUSE

图书在版编目（CIP）数据

乔先生的黑月光 / 姒锦著. — 青岛 : 青岛出版社, 2020.10

ISBN 978-7-5552-8787-2

Ⅰ. ①乔… Ⅱ. ①姒… Ⅲ. ①长篇小说－中国－当代 Ⅳ. ①I247.5

中国版本图书馆CIP数据核字(2020)第112883号

书　　名　乔先生的黑月光

著　　者　姒　锦

出版发行　青岛出版社

社　　址　青岛市海尔路182号（266061）

本社网址　http://www.qdpub.com

邮购电话　18613853563　0532-68068091

责任编辑　李文峰

特约编辑　崔　悦　田　宇

校　　对　张玉霞　张庆云

装帧设计　蒋　晴

照　　排　李红艳

印　　刷　三河市良远印务有限公司

出版日期　2020年10月第1版　2020年10月第1次印刷

开　　本　32开（880mm×1230mm）

印　　张　17.5

字　　数　355千

书　　号　ISBN 978-7-5552-8787-2

定　　价　59.80元（全二册）

编校印装质量、盗版监督服务电话　4006532017　0532-68068638

建议陈列类别：畅销·青春文学

CONTENTS

# 目 录

㊤㊦册

CONTENTS

# 目 录

㊦㊀

## 第一章

# 池月是个异类

池月望望车水马龙的街道，想找地方停电瓶车。

盛夏，人被热得心头烦躁。几个路过的少年频频看向池月，他们互相打闹、调笑，故意走过来，还没走近又哄笑着跑远。池月是个漂亮的女大学生，对这种事儿已经见怪不怪了，锁好车，看向皇冠大酒店。

夜空下，那栋高楼就像一只潜伏的怪物。池月站了片刻，重新整理了一下“送货装”——帽子、眼镜、密不透风的衣服和牛仔裤。她姣好的身材被裹得严严实实，大半张脸被黑框眼镜遮住，让人看不清她的容貌。

这个行业的客户最在乎的就是隐私，池月也是。今天的收货人备注为“野兽战斗机”，是池月的大客户，他真实的名字叫郑西元，具体干什么的她不知道，但线下送货来往两三年，池月看得出来，如果把这个城市的人摞成金字塔，他肯定是住在塔尖上的那种人。

酒店的电梯在十五楼停下了。

这里是郑西元的“据点”，他和他的狐朋狗友常年在这里玩。

池月扫了一眼房间里灯红酒绿的情景，站在门口道：“郑哥，东西我送来了！”

郑西元懒洋洋地走过来，眯眼看她：“进来玩一会儿？”

池月面无表情：“不了。”

郑西元似笑非笑，没有勉强她，关上门，把那个声色犬马的世界隔离在门后。一会儿，他开门递给她一个盒子：“帮我把这个送到 1919 号房间。”

池月低头看去，这个盒子是她亲手打包好的，所以哪怕上面一个商标都没有，也知道里面装的是什么。

“这是给我的一个好哥们儿的，帮帮忙！”

“你怎么不自己送？”

“你没看见哥哥在忙吗？”郑西元的双手比画了一个 S 形，他笑得有点儿色，“我新交的女朋友，她的身材超好，我走不开。”

池月瞪他一眼，没吭声。

郑西元：“你别瞪眼，明儿我给你们月亮坞捐一千棵树，行了吧？”

“五千棵！”池月一脸严肃。

“你怎么不说一万棵啊？”

“一万棵成交！”

“……”

1919 号房间。

1919 这个数字刷新了池月的认知。她一直认为皇冠大酒店只有十八层，原来它有十九楼，只是十九楼这里不招待普通客人，所以要换乘电梯才能上去。

池月看着紧闭的房门，右眼皮莫名其妙地跳了跳。

她按了门铃。大概过了两分钟，门开了。

啊！她想过送货上门会看见一些画面，但是这画面还是超出了她的心理准备。这个人的头发湿漉漉的，凌乱、野性。他高大的身影将灯光挡在背后，他的脸掩藏在阴影里，看不清，所以轮廓神秘而深邃。隔着一米远，她也能感觉到他身上强烈的威势。

“有事儿？”

池月一怔。这个人长得好看就算了，声音还这么好听。只可惜他是个有缺陷的人——她想着，然后尽职尽责地递上包装精美的盒子：“你好！这是你的朋友郑西元先生让我送来的。”

他没接盒子，冷眼看着她。

池月往前递了递盒子：“我帮人送货，麻烦你收一下。”

他眯起眼：“郑西元是谁？”

“你不要不好意思，保健品而已，拿着吧。”池月把盒子往他怀里一塞，顺便附上一张带二维码的名片，“这是我的店，如果东西您用着感觉好，欢迎再来，我百分之百保护您的隐私，请支持一下大学生创业。谢谢！”

池月礼貌地一笑，转身走人。

“站住！”那人看了一眼怀里的东西，顺手拉住她，“把你的东西……”他“带走”两个字还没说出口，池月就像是被蛇咬了一样，麻酥酥的触感带出一身鸡皮疙瘩。应激反应极为迅速，不容她思考。她反手一推那人：“别碰我！”

声音未落，她怔住了。一条浴袍带子缓缓地从她的手心滑落，她的面前是夺人眼球的一幕——天哪！她居然扯开了人家的浴袍！

周围突然安静了，过程比想象中缓慢。那人慢条斯理地系好浴袍，从暗处走出来，高高在上地凝视着她，像在看某种恶心的生物，他的声音缓慢而冰冷：“搭讪我的女人我见多了，你是最拙的！”

走廊灯光幽暗，他的声音更是冷冰冰的。

池月中邪似的盯着他——那张渐渐清晰的脸。

是他！

是他？

她的身体僵硬，汗毛竖起。四周的空气似乎变得稀薄，诡异的恐惧感顺着她的血液流动……

不！不可能！一定是她眼花了！

池月松了口气，发现自己的脊背上有汗，慌忙扶了扶眼镜："你什么意思？"

那人冷笑："哪儿来的滚回哪儿去！告诉你的金主，你这种女人不是我喜欢的类型。"

"……"

空气的温度仿佛降到了冰点。

池月勾起唇角："自恋狂就别出来祸害人了！我对你这种变态没兴趣。"说罢，她转身走得飞快，像背后有鬼在追她，很快就消失在走廊尽头的光晕里。男人看着那比兔子跑得还快的背影，捡起落在地上的盒子，拆开一层层累赘的包装，看见里面的男性保健品。

"……"

那天晚上，池月睡得不踏实。被王雪芽吵醒时，她正梦到郑西元捐了一万棵树给月亮坞。

"月光光，快起来，快起来转发微博了！"

王雪芽趴在床头戳池月，她的声音比闹钟还响。

池月迷迷糊糊地翻身："什么微博？"

"乔东阳的！"王雪芽一惊一乍的，把池月的梦彻底驱散了，"为了庆祝月光号深空探测器成功进入环绕火星的轨道，乔东阳在微博转发抽奖，一等奖是一百一十六万元，获奖者还可以陪他吃饭……妈妈啊，疯了疯了，微博快要瘫痪了！月光光，赶紧把咱们家的祖传小号都开出来！"

"……"池月蒙头继续睡。

“姑奶奶，还睡呢？乔东阳的微博转发破千万了。”

王雪芽使劲扯池月的被子，池月探头瞪她：“宝贝，别傻了。算算概率吧，随机数都是骗人的。咱们店里又不是没组织过这类的营销活动，中奖的概率比你在女生厕所遇上彭于晏的概率还要小……”

像火一样热情的王雪芽被池月的话浇了个透心儿凉。

“万一中了呢？池月，一百一十六万不能让你兴奋起来？”

池月懒洋洋地笑了：“亲爱的，你能说点儿让我兴奋的事儿吗？”

王雪芽：“……”

她瞥了池月一眼，换了小号继续转发微博，顺便给自己的微博换了个漂亮的头像：“上个月的货款结了，我把你的那份钱打到你的卡上了。你别再乱花了，好歹为自己攒点儿……”

池月漫不经心地嗯了一声。

王雪芽又换了一个微博小号：“你说你辛苦赚来的钱，干吗打水漂儿？值得吗？人家在背后是怎么议论你的，你的耳朵是不是聋了？”

“你说得都对。”

“但你就是不听。”

“好了小乌鸦，你跪安吧！”

王雪芽是池月的同学，一个家里很有钱的富二代。但她不想啃老，在大一那年，和池月合伙开了个网店。一晃三年过去，她们的网店赶上了好时候，做得风生水起，她俩赚了不少钱。但池月的钱总是不够花，赚得再多都不够她折腾！王雪芽说到这事儿就叹气，于是换了个话题。

“今天《星空行者》的记者发布会在咱们学校里举行，你也不去？”

“我困。”池月连眼皮都懒得抬。

“乔东阳本人也要来，我的小姐姐！你能不能有点儿精神？”

“乔东阳不是本人还能有分身？再说了，他来是能给我打通任督二脉，还是能给我捐一亿棵树啊？我凭什么去看他？”

“你不要这么庸俗好不好？我爸说乔东阳脑子里的东西至少领先人类科技一百年！你难道就不好奇？”

王雪芽的父亲是航空界的泰斗，她对亲爹的话深信不疑，池月却只想笑：“一百年后我们的骨头都化成渣了，你就别操那份闲心了！”

“你这人活得真没劲！”

在小伙伴眼里，池月是个异类。她经常逃课却不挂科，来自穷困地区却不缺钱，长着校花级别的脸却不谈恋爱。进入毕业季她不找工作，赚了这么多钱仍然一毛不拔。学校里常有一些不友好的言论传入她的耳朵里，她也不在乎。

“怪物！”王雪芽坐了很久，无力地瞪着池月。

池月：“醒醒吧宝宝！一个学渣怎么可能一夜变学霸？那些学术论文、研究成果，就一定是出自乔东阳高贵的大脑和他二百五十的智商吗？单纯！有钱任性懂不懂？他可以找一个智囊团作为他的枪手。”

“那发布会你到底去不去？”王雪芽开始扯池月的被子。

“不去！死都不去！”

一个小时后，池月坐在学校的大礼堂里不停地打哈欠。她的耳边充斥着“乔师兄、乔师兄”的声音，那些人的叫声亲切得就好像乔东阳是他们家亲戚一样。其实，乔东阳跟谁都不熟，在航校就念了一年书，在校期间，还是一个不学无术的纨绔子弟、学渣，全科挂零的专业废物。

离开学校不久，他一高兴就换了身份——发表深空探索的学术专业论文，接手乔氏旗下的Crown公司，仅用一年的时间就完成了公司的资本转型，他研发的几款智能陪伴机器人为公司创造出数千亿的销售额，一跃成为亚洲青年首富。



业内人士评论：他有一颗“外星脑”，智商无人能及。

学渣逆袭成功！乔东阳成了传奇，也成了他们航校引以为傲的人物。现在，乔东阳的东阳深空探索科技公司和电视台合作了一个名叫《星空行者》的选秀节目，他们决定在航校开记者发布会，算是给足了航校面子。

几位校领导坐在前排，红光满面。大礼堂里的气氛热烈似火，一群学弟学妹望眼欲穿。池月坐在现场像个局外人，一点儿精神都没有，一连打了几个哈欠："他分明是个智障，硬是被包装成了神！什么《星空行者》、宇宙探索，商业炒作而已……"

池月的话没有说完，两个男人就在一群记者的包围下走了进来。其中一个年轻英俊的男人那凌厉的视线准确无误地锁定了她的脸，就好像听见了她的话似的。不！不是好像！他一定听见了，而且，这个人——好面熟！

与池月对视两秒，乔东阳若有似无地笑了，走上讲台。池月挑挑眉，没什么反应，王雪芽却紧张地一把抓住池月的胳膊："亲爱的，你难道没发现乔师兄看咱们的眼神有点儿不对吗？"

池月瞥了一眼王雪芽攥紧的手指："准确地说，他是看我，不是看你。"

王雪芽翻白眼："就你厉害！就你美啊？"

池月摸摸她的头："乖，不气不气，你只是美得不明显。"

王雪芽："……"

在航校，池月的名气那么大，除了因为她古怪而自我的行事风格，还有一个原因就是她的长相。航校的空乘专业里最不缺的就是美女，但池月的美张扬、霸道。她就像万花丛中那朵开得最娇美的花——将满园的蜜蜂、蝴蝶都吸引过去了。哪怕在一群美人中间，她也能迅速地抓住别人的视线，将周围的美人比得黯然失色。

美丽的长相是天生的，但气质是后天养成的。这样吸睛的池月常常让王雪芽咬牙切齿。天生丽质的王雪芽明明美了这么多年，却在遇到池月以后莫名其妙地变成了池月身边的“二线美女”。

台上，老校长在活跃气氛：“我知道同学们都转发了微博，不瞒大家，天不亮我老婆也催我起床转发了微博，现在我就等中大奖，和乔东阳同学一起吃饭呢！嗯，我老婆是乔东阳同学的铁杆粉丝。”

“哈哈哈哈……”一片笑声里掌声如雷。

老校长红光满面，至少讲了三分钟航校的历史成就，最后终于把麦克风交给了今天的主角：“下面我们有请乔东阳同学为大家介绍一下月光号深空探测器和即将进行的《星空行者》项目的情况……”

台下又响起一阵热烈的掌声。

池月打了个哈欠，嘴还没合拢，就被乔东阳捕捉到了。

两个人的视线在空气中诡异地碰撞到一起，乔东阳的脸上闪过一抹难以窥测的冷光，他转头看向助理：“猴子，你来！”

侯助理打开电脑：“是。”

老校长怔了怔，小声说道：“小乔，你是没有准备好吗？大家还是希望你来说上几句的……不然让侯助理暖暖场，你再准备准备？”

乔东阳：“我不想讲。”

老校长的脸一僵。乔东阳看了他一眼：“我不想浪费精力，也不想浪费彼此的时间，因为我讲了这里的人可能也不懂。”

老校长：“……”

他毫不避讳的言语前排很多同学听到了。

“好跩！”

“狂人啊！”

“可是我好喜欢怎么办？”

王雪芽听到周围同学的小声议论，脸拉了下来：“月光光，你说乔师兄是不是太看不起我们了？他凭什么认为我们都不懂？”

池月笑了："他不讲，不是因为别人听不懂，而是他不懂。"

"……"

"你们的乔师兄就是个花架子，唬人的。"

这时候，池月已经认出了乔东阳，他就是那个"野兽战斗机"的朋友，比野兽还要野兽的男人。至于乔东阳有没有认出她，池月不关心。

侯助理："同学们，《星空行者》这个项目与我们东阳科技未来几年的发展战略有关，这次我们面向全国选秀，主要是为了选拔优秀的航天人才，公司非常重视……节目的奖励也很丰厚，冠军除了可以加盟东阳科技，还可以得到由乔氏赞助的一亿奖金！"

"一亿？"

"哇！哇！哇！"

惊叫声和掌声此起彼伏。

"当然，不只如此。"侯助理卖了个关子，继续说，"《星空行者》这个项目正式启动后，获得冠军的人还有机会和乔先生一起去太空旅行……"

"太空旅行？"现场又是一阵嗷嗷乱叫！

侯助理对现场同学的反应很满意："乔先生说了，这里是他的母校，学生的素质也是最高的，所以，在今天的发布会上我们会给大家发福利——五十张免海选的邀请函！"

"哇！哇！哇！"台下的一群人高举双手。

侯助理笑道："男同学们先别高兴，这个节目对你们来说有一个非常不利的规则。"

男同学们举起的手又放下了。

侯助理扫了一眼台下："《星空行者》这个选秀节目是有性别限制的，只有女生可以参加。"

女生？与乔东阳一起飞去太空？这是……换个名目的话是为乔东阳选女朋友吧？

媒体的嗅觉最强，八卦和荷尔蒙带来的流量永远比正经事要高很多……现场的记者兴奋起来，有人举手："可不可以问乔先生一个问题？"

侯助理看了乔东阳一眼，没看到他拒绝，于是侯助理微笑着抬手："请问。"

记者："众所周知，就航天项目而言，男性是有体能优势的。为什么《星空行者》这个节目只允许女选手参加呢？"

乔东阳抬抬眼皮："好不容易上个天，难道我要找个男人手拉手？"

"哈哈哈……"众人狂笑。

那个记者悻悻地坐下，略感尴尬。乔东阳那张迷惑众生的脸上仍然带着笑，一些女同学甚至因为这笑容的暗示流露出了暧昧的神色。大家这时才发现这个高端、大气、上档次的乔东阳还是曾经那个纨绔、傲慢的学渣。

老子天下第一，除了他自己，他的眼里没别人。

热闹的人群里，池月耷拉着脑袋，半张脸掩在胳膊弯里，呼吸均匀，睡得像一只慵懒的猫……

"月光光？月光光！"王雪芽碰她，池月的脑袋才动了动："嗯？结束了？"

池月居然全程都睡过去了。王雪芽无奈，递给她一张邀请函："喏，我帮你抢的……幸亏小姐姐我博学多才，完美地回答了侯助理的刁钻问题，抢到两张！说！我是不是很牛？"

出生在那样的家庭，耳濡目染之下，王雪芽自然比其他同学懂得多。池月点点头："你不是牛……你是人。"

"池月！"王雪芽的耳根一红，她咬牙，"你还不跪下谢恩？！"

"哦。"池月翻了个白眼，"我不想参加，你给别人吧！"

"不参加？你不是喜欢钱吗？得了冠军奖励一个亿呀！"

王雪芽咬紧了后槽牙，说，“你是要气死我，继承我的网店股份吗？”

池月拍拍她的胳膊，站起来：“放心，网店倒闭了你还在。”

发布会已经结束，一群女同学跑过去围着乔东阳叽叽喳喳地说话。池月没兴趣凑热闹，看一眼王雪芽：“我们走吧！”

“池月！”一声呐喊响彻整个礼堂。

“池月！我爱你！”更大的告白声让喧闹的礼堂瞬间鸦雀无声。

池月慢慢转头，看着抢了麦克风说话的男生。

众目睽睽之下，他像一个准备上战场的勇士，拿着麦克风的手微微发抖，一脸的青春痘在激动地跳跃。他从同学手里接过一束提前准备好的玫瑰花，单膝跪地。

“池月，做我的女朋友吧！”

池月眯眼看着他。男生的视线和她的视线相交，他激动得声音都在抖：“我喜欢你三年了，马上就要毕业离校，这些话我今天不说，怕将来会有遗憾。池月，给我一次机会吧！你的余生，我来照顾。我的余生，请你指教！”

池月没说话，一群人开始起哄。

“答应他！”

“答应他！”

“池月，答应他！”

观众总是比主角更兴奋。围观的同学开始鼓掌，发出一阵尖叫。池月的唇角微微一扯，她揉了揉脑袋：“抱歉啊！我要指教的人太多，我怕是忙不过来！”干脆利索地拒绝完，她目不斜视地穿过人群往外走。

男生的脸涨得通红，他很下不来台。眼看池月要走，他冲上去大声喊道：“池月，我今天豁出脸告诉你，我已经做好决定了，这辈子非你不娶。如果你不同意做我女朋友，我……我从实验楼上跳下去，以死明志。”

“哇！”人群里发出嘈杂的议论声。

“太痴情了！”

“感动到哭有没有？”

一群女生捂着心口尖叫，完全没有感觉到这是道德绑架。

池月扫了一眼看热闹的众人：“你什么时候跳？”

男生紧张得结结巴巴：“你答应我，我就不跳。”

池月的眉心皱了皱，她说：“开什么玩笑？话都说出口了，你怎么能不跳？！”

男生的脸颊微微一抽，他说：“池月，今天我的命就是你一句话的事儿，你看着办吧。”

池月看着他，笑了：“跳！不跳你是我孙子！”

不知从哪里钻出来的笑声把痴情的气氛带偏了。

男生瞬间变了脸。

池月一脸薄情：“小乌鸦，搬凳子，买瓜子！”

“哈哈哈哈哈……”王雪芽笑得脸都变形了。

乔东阳坐在一群激动的女生中间，看着这场闹剧，若有所思：“猴子。”

他突然站起来，从侯助理的手里接过一个盒子，然后喊住已经走到礼堂门口的池月：“这位小姐，等一下！”

池月想假装没听见，王雪芽却拉住了她：“月光光，乔师兄在叫你！”

“猪队友啊！”池月叹口气，认命地转头，“有事儿？”

乔东阳慢慢走到她的面前，安静地注视着她，足足三秒，像是在审视眼前的猎物到底合不合自己的口味。半晌，他的喉间溢出一个满意的笑声：“你有东西落下了。拿去！物归原主。”

池月早就看到那个盒子了。

她的心突突直跳，她硬着头皮装作若无其事的样子：“不好意思，我没有落下什么东西。”她扯住王雪芽就想走，可万万没想到乔东阳居然当着她的面掀开盒子。他把里面的东西递上来：“不要不好意思，保健品而已，拿着吧。”

“……”

报复！这是赤裸裸的报复！这不是向所有人宣告她有病吗？

池月感觉自己快疯了：“乔先生，我想你一定是认错人了。”

“不会错的！”乔东阳慢慢从兜里掏出那张她亲手递给他的名片，笑意凉凉，“池小姐，收好了。这种东西还是不要乱丢比较好，你说呢？”

“……”

来自四面八方的目光让池月有点儿绝望。

乔东阳太坏了！

池月咬牙，从牙缝里挤出两个字：“谢谢！”

她把东西往包里一塞，拉着王雪芽逃离现场：“小乌鸦，我收回我的话。”

王雪芽的心脏这会儿跳得比池月的还要快，她说话都大喘气：“什么？什么话？”

池月：“他不是智障，而是变态。”

变态又记仇！他的一个小手段就让她从“校花”变成了“笑话”。

《星空行者》的发布会十分成功，再经过乔东阳豪气的转发抽奖，宣传效果轰动全国，但凡身体素质不错的美女都去报名了，尤其是航校里的美女，她们本来就有相关专业的基础，都梦想着与乔先生一起手牵手地遨游太空……

有人说乔东阳的意识超前，东阳科技一直奔走在航天技术的前沿；有人说乔家的败家儿子就只会无脑地烧钱，乔东阳想一出是一出；也有人说这节目就是为乔东阳选女人的，乔东阳没费力气就名、利、人三收，他的商业手段早就超过了乔家老爷子……

与此同时，与池月有关的流言也多了两条：一是她试图勾引乔东阳无果，脸面尽失；二是她从不谈恋爱是因为有那方面的疾病。此事一时被传为笑谈。

池月对这些充耳不闻。倒是王雪芽听了这些闲言碎语，气哭了两次："这些人分明就是羡慕嫉妒恨吧！什么叫勾引不成，脸面尽失？呵呵，就算她们凑上去，乔东阳都不稀罕看她们好不好？

池月快被她说笑了："对呀！所以你干吗哭得这么惨？"

"烦哪！真讨厌！他们都是什么人哪，还说你……那个方面有问题。"

"嗯。"池月专注地干着手上的事儿，回答得懒洋洋的，"他们没说错，我确实有问题。"

王雪芽猛地抬头："你该不会……其实喜欢我吧？"

池月一怔，一秒后疯狂地大笑。池月扯着王雪芽的脸，拿起笔在她的脸上画了个"×"，又在她微噘的嘴的两边画了两撇小胡子："对呀，小乌鸦，我好喜欢你。"

两个女人笑成一团。很快，王雪芽的情绪就平静了。她分析着池月和乔东阳结下的梁子，好奇心大起："月光光，你是不是陷入三角恋了？你看哪，'野兽战斗机'喜欢你，乔师兄呢……他喜欢的人其实是'野兽战斗机'。所以，'野兽战斗机'为了让乔师兄死心，故意让你送那个东西过去，断了乔师兄的念想，并且告诉乔师兄，你才是他'野兽战斗机'喜欢的女人。于是乔师兄伺机报复，让你在大庭广众之下出丑……"

扑哧！池月彻底被她逗乐了："你不去当编剧，屈才了。"

王雪芽嘟嘟嘴："'野兽战斗机'本来就喜欢你嘛，要不然又是买东西，又是捐树的，人家图什么？"

"风流大佬偶尔做做公益，别大惊小怪！"

"我看你呀就是少根筋……"

池月懒得理会她，一心整理网店的商品。

"亲爱的，"王雪芽脑子里的想法天马行空，她突然想到了什么，又用胳膊肘碰了池月一下，“你真的不去参赛？”

“不去！”池月的十指在键盘上飞快动起来，眼睛都没移开键盘。

“你这样，我都不敢相信了。一个亿呀，我的小姐姐！”

“拿到了，是一个亿，拿不到，就是浪费生命。”

池月做事讲究实惠。这种奖金高达一个亿的选秀，在她看来纯粹就是乔氏的商业炒作，连广告费都省了，多划算！她根本不相信这场选秀没有内幕和内定名额。她要赚钱，不想浪费时间。

池月一直忙碌到晚上，吃饭的时候都没有下线。

晚上，她正在回答客户的咨询，突然接到妈妈的电话：“囡囡哪，你那里还有钱吗？”

池月拿鼠标的手僵了一下，她说：“我不是刚给你转了五万吗？”

她妈妈的语气十分为难：“囡囡哪，你姐姐……又做傻事了。”

“……”

“她喝了林棚里的农药，我一时没有看住她……”

池月的脸色突变，她说：“姐姐现在怎么样了？”

“幸好她被发现得早，保住了命……”

池月听着，网店界面上跳跃的那些画面映着她苍白的脸。空气瞬间就凉了下来，现实仿佛只用一秒的时间，就将她从燥热的夏天拉回了那个寒风刺骨的冬天。

挣扎、嘶吼、不堪，女人雪白的身体、男人罪恶的脸、跳动着火光的烈焰——

池月为自己倒了一杯冰水，顺便推开了窗户。

夜深了，这个城市里一片冷寂。

池月觉得玻璃窗上自己的那张脸在这一刻好像遗容。

“喂！囡囡哪！你在听吗？”

“在。”池月回答，“你说！”

她妈妈叹气：“你租的那些地快要到期了，大家都在催着要钱，乡里乡亲都不容易，我拖得了今天，也拖不了明天……不然咱们不租了，你好好找个男人，再找一份工作，过自己的日子，别管这些事儿了……"

"妈！"池月干脆地打断她的话，"我马上给你打钱。"

池月给妈妈转完钱，手机里传来提示信息，一看，信息共有两条。

第一条信息："您尾号 1324 的储蓄卡账户……活期余额 3.63 元。"

第二条信息："月掌柜，皇冠 1919……送点儿东西过来……清单发给你了！"

1919？发消息的人是郑西元，房间却是那天乔东阳住过的。

池月的眼皮跳了一下，她回复："明天上午有课，不想出门，我明早给你发同城快递吧！"

郑西元回得很快："等不及，我晚上要用！"

池月："……"

池月打开手机，仔细查看郑西元发过来的清单——长长的一串。她像是发现了什么新大陆——关于乔东阳和郑西元的关系，毕竟他俩一个宽肩窄腰大长腿，一个英俊有型高富帅，可不就是天生一对儿？

只可惜……她不感兴趣。

池月关上窗户，懒洋洋地坐在床边发消息："我今天不舒服，你明天等快递吧。"

郑西元："你哪儿不舒服？"

池月："钱痛。"

郑西元："……"

池月甩开手机，以为他不会再发信息过来了。

她没想到的是不到三分钟，郑西元就打电话过来了。

池月认命地接起电话："郑哥，你别为难我了。"

生意做了两三年，郑西元对这个大美女还是有所了解的。他不说废话，直接帮她开“药方”：“你今晚送货过来，我付双倍价钱。”

池月慢吞吞地反问：“我是那种见钱眼开的人吗？”

郑西元：“我再给月亮坞捐五千棵树。”

“唉！”池月一叹，“郑哥，你这样拿钱侮辱我……”

“一万棵！”

“你这样拿钱侮辱我是完全可以的。”

“……”

人穷志短的池月取了货，骑车出门。为了方便堆放货物，她和王雪芽租的房子就在学校后门的小街上。这个时间出去，小街上的夜市小贩们还没有收摊，三三两两的情侣依偎在一起闲逛、吃东西……现在是他们最好的年华。池月目不斜视地经过他们，与这一切格格不入。

她到达皇冠酒店的时候，已是夜里 11 点。走到 1919 号房间的时候，池月有点儿意外。

门开着，灯光昏黄，就好像有人为她留门似的。

池月翻到手机通讯录里的“110”，然后轻轻地叩门。

“进来！”是郑西元的声音。

池月的眉头一皱，她没有走进去：“郑哥！麻烦你出来拿一下。”

里头突然没有了动静。池月耐心地等待着，大概一分钟后，郑西元出现在门口。他朝她招招手，表情有一丝古怪：“拿进来吧！当面验货。”

池月把箱子放在地上：“太晚了，我得赶回去。货如果有什么问题，你发消息告诉我……”

郑西元突然笑了起来，语气带着一点儿戏谑：“你这是信不过我呀，月掌柜？”

池月抿嘴，不是信不过他，是根本就不信他。她把郑西元的名字备注为“野兽战斗机”，当然不是无缘无故。眼前的这个男人一周至少在她的店里拿一次货。而且，他们明明可以线上交易，他偏偏喜欢让她线下送货……池月哪能不留心眼？

“郑哥，我做生意有我的规矩。”

“规矩是死的，人是活的，月掌柜……”

“规矩死了，人怎么活得了？”

突然，池月有点儿厌烦这样的生活，也厌烦了与人交往时这种说不清道不明的虚伪关系。她明明想一拳砸在郑西元的那张俊脸上，却又不得不深更半夜为他跑腿。

她很烦，突然不想再客气了：“郑哥，以后买东西用快递吧。你如果急需，请提前下单。谢谢！”

“没想到你开个网店规矩还挺多！”房里冷不丁地飘出来一个声音。这声音成功地阻止了池月的双脚。她看过去，却看到头发还湿着的乔东阳出现在她面前。像上次一样，他穿着浴袍，像是刚洗过澡，最大限度地诱惑着她的眼睛……

池月迟疑片刻：“乔先生，你有什么指教吗？”

乔东阳：“你进来，把你带来的这些产品给我介绍介绍。”

池月：“……”

两个人对视着。池月冷冷淡淡地看着他，她的脸上分辨不出情绪，她撩头发的动作甚至有一丝小小的温柔：“乔先生的嗜好太与众不同了，我消化不了。”

乔东阳：“让商家为客户做产品介绍不算过分吧？”

池月点头：“不过分。但今天我没有精力，这单生意我不想做了。”

乔东阳：“我给你五万块，你有精力了吗？”

池月微微仰头，尽量不让自己输了气势：“如果我拒绝，你是不是会觉得特扫兴，特没有面子？”

乔东阳：“你的反应不在我考虑的范围内，你只需要告诉我多少钱就可以。”

“嗯，很直接！”池月的唇角一勾，她说，“乔先生知道我最讨厌什么样的人吗？”

乔东阳抬抬下巴，示意她继续说。

池月：“就是你这样的。你装什么大尾巴狼啊？”

话音还没落下，她直接走了。

“十万！我只需要你待两个小时。”池月的背后传来乔东阳凉凉的声音。他就像吃准了她会为钱折腰一样，声音里甚至有一丝不屑和嘲讽。

池月停下脚步，慢慢地转身，目光落在乔东阳的脸上：“一百万……”

乔东阳：“你还真敢说……”

池月打断他的话：“我是想说，一百万我都不会同意。乔先生，我也是很挑男人的好吗？”

人走了，房间里安静下来。乔东阳看着一脸无辜的郑西元问道：“我的要求很过分？”

郑西元点头，又摇摇头：“不过分，一点儿也不过分！”

乔东阳像是想到了什么，挑了挑眉：“她是不是以为我要睡她？”

郑西元一怔：“难道你……不是想睡她？”

乔东阳瞪了他一眼，转身回屋：“她走了，那接下来的工作只能由你来完成了！”

“乔大人，你在生气吗？

“乔大人，晚上 11 点了，该歇下了。

“乔大人，你现在的情绪变化很大哦……

“乔大人，生气对身体不好，容易猝死，还容易使人长色斑，影响人的颜值和性能力……”

房间里的沙发旁边，一个身高大概五十厘米的小机器人穿着宇航服，像个迷你版的小宇航员，睁着一双萌萌的大眼睛看着乔东阳，大脑袋可爱地转动着，一身的机器质感十分酷炫。

然而乔东阳被它惹到了："你闭嘴！"

"好的，乔大人。请对我输入语音指令……"

"你是不是想死？"

"……"小机器人的小短腿一伸，它做了个无奈的动作，"乔大人生气的样子也是好帅的哦！天狗好喜欢乔大人呢。乔大人再见！"小机器人挥挥手，安静下来。它是Crown公司最新研发的顶级人工智能机器人，拥有自我判断和预测分析能力，可以说是一个很成熟的AI（人工智能）娃子了，很懂主人的心思。

"哼！"乔东阳冷着脸回头看郑西元，"你还不把东西都搬进来？！"

"哦……"郑西元小心翼翼地把箱子放在茶几上，又看了看那个叫天狗的机器人，叹了一口气，"它就好了，靠拍马屁就可以活得很好。哪像我，明明是一番好意，硬是被曲解成恶意……"

"郑西元！"乔东阳打断他的话，"把东西都拆了！"

"啊？"郑西元有点儿意外，指指乔东阳，又指指自己，再指一下池月带来的大纸箱子，"这里就你跟我……咱们俩……你确定要拆？"

"拆。"乔东阳再次肯定。

"……"郑西元瞬间觉得凉飕飕的。

他低着头拆包装，频频抬头看乔东阳："是你要用？"

"是你要用。"

"……"郑西元的脸色更难看了。

"表哥……"

"谁是你表哥？"

"表弟！"

"谁是你表弟？"

"咱们俩不是刚出五服的亲戚吗？一百年前肯定是一家。阿乔，你就别折磨我了。我错了，再也不敢了。"郑西元叹口气，索性丢下那些奇奇怪怪的包装盒，直起身来，“我索性都招了吧，那天晚上的事儿……是表姨指使我干的。”

乔东阳冷冷地看着他。

郑西元清清嗓子：“我被捏住了把柄。我不帮表姨，就要被我爸‘流放边疆’了呀，我的亲哥——”

乔东阳用余光一扫他，郑西元更老实了。郑西元继续说：“唉！我知道你很生气。我不应该意志不坚定，投靠外敌，但知错能改，善莫大焉。我已经认错了，你就饶了我吧！”

“认错就这么简单？”乔东阳看着那个纸箱子，神色没有什么异样。

郑西元哎哟一声：“行，哥，你如果不服气，收拾我，收拾回来还不行吗？”

乔东阳的俊脸上浮出一丝笑意，凉凉的，他说：“行，既然你有兴致，那我就陪你玩玩吧。”

“啊？真收拾啊？我的哥！你别吓我……”

“天狗！”乔东阳喊了一声，处于静默状态的小机器人又愉快地“复活”了。它兴高采烈地挪动双腿，发出机器的声音：“乔大人，有事儿请尽管吩咐我吧。”

乔东阳指着那个纸箱子：“这些东西的使用方法和治疗功效全部让郑西元给你讲一遍，一个不许落下。听见没有？”

“好的，乔大人。”天狗的接受能力很强，并且很懂融会贯通，它似乎意识到了主人的意图，迅速给出了最适合的建议，“乔大人，我会挑选出最合适你的保健用品，满足你的需求。”

乔东阳弯腰敲它的脑袋：“你是不是想死？”

“我死了你会伤心的，乔大人。”

“那你信不信我把你回炉重造？！”

“乔大人，我不是在炉子里造出来的。我是程序员的亲儿子……”一本正经的小天狗的眼珠子发出幽幽的蓝光。

乔东阳哭笑不得，深吸一口气，指着坐在沙发上看戏的郑西元：

“你把这些东西的性能，包括你的心得、体会，以及一些深层次的情感需求，都给天狗讲明白，天狗会如实记录。我们研发下一代陪伴机器人的时候可以参考你的数据……”

“啊？！”郑西元蒙了。

“乔大人！”天狗的大脑袋一转，“我还是个宝宝啊！”

对于乔东阳的行为，不仅郑西元看不懂，池月也没看懂。她不爱为操心不了的事儿操心，憋了一肚子气回家，居然也睡了个好觉。第二天的课她原本不准备去的，但为了掐掉昨夜那个“噩梦”，她早早就收拾好了，跟王雪芽去了学校。

《星空行者》的海选在即，航校里的女生都有些浮躁。那天抢到邀请函的幸运儿都跃跃欲试，没有抢到邀请函的人，有的出高价去收购别人手上的邀请函，有的早早地做好了海选的准备……

池月是为数不多的置身事外的人。然而，她没想到就这样仍然没能躲过去——郑西元郑大帅哥居然找她找到学校来了。不知道是什么原因，他看到池月时哭丧着脸，神态疲惫，衣服皱巴巴的，像是刚回来的难民。

郑西元迎上她的视线：“你猜猜，我找你干什么？”

池月：“有钱人的快乐我不敢随便猜。”

郑西元叹口气：“我今儿给你带大生意来了。”

生意？池月不动声色地看着他。

郑西元：“你不要这样看着我，不是我要买东西，是乔东阳。”

昨天晚上的事儿池月还耿耿于怀呢！这个时候她真不敢跟那个变态再随便接触：“我的店你知道的，他在店里下单就行。”

“不行啊。他要我带你去……喀喀……亲自讲解……”

“……”

池月看不懂乔东阳，拒绝和他接触：“不好意思！我要上课。”

郑西元看她要走，伸手拦住她，一脸哀求的样子：“你就行行好吧！再被他折腾下去会死的。”

池月：“……”

她上下打量着郑西元，起了一身鸡皮疙瘩：“注意安全哪！”

“……”郑西元对这个软硬不吃的女人很无奈，垂头丧气地叹了口气，“我实话告诉你好了，这浑水你已经蹚了。事到如今，你抽不出身了。”

池月挑挑眉，不理睬郑西元。

郑西元压着嗓子：“那天晚上，乔东阳把咱们俩当成一伙儿的了。他认为咱们合伙羞辱他……你就算不配合我，他也会换别的法子来收拾你。他这个人睚眦必报，可坏可坏了……”

池月：“那你不会帮他重新找个女人？”

郑西元一怔：“我的天！你是不是误会了什么？你认为乔东阳找你去……是要做什么？”

池月的神色淡然：“不管他有什么目的，我都不愿意。”

“哈哈哈哈！”想到乔东阳被池月气得黑脸的样子，郑西元就像突然找到了人生乐趣，笑出一脸褶子，“你想多了想多了。凭我对他的了解……放心吧，你非常安全，他对女人没什么兴趣。”

池月沉下脸，不想跟他胡扯：“好巧，我对男人也没什么兴趣。”

“别别别！给郑哥一个面子，你看我都亲自来请你了。”郑西元指了指停车场的方向，“乔东阳是想从你那里得到第一手的真实数据。”

网店每天有大量的顾客光顾。与各种各样的人打交道，池月确实有相关行业的第一手资料，可不是唯一一个有这些资料的人。乔东阳是一个做人工智能的科技公司的老板，为什么对保健用品的用户感兴趣，还非得找她？

池月爱钱，但更惜命。那个男人充满了危险，她只想躲得远远的。

生活一如既往。池月买了晚上的车票，准备回去看一下姐姐，结果刚到火车站，她妈妈就来电话说姐姐已经出院了。

“这么快？”她有些诧异。

“是。”她妈妈又是叹气，又是欣慰，“医生说，那农药可能是假冒伪劣产品，毒性小……”

池月哭笑不得。

她妈妈又叹气：“你别回来了，省点儿路费。”

池月嗯了一声。

她妈妈说：“地的租金问题你早点儿想办法解决呀。妈在村里都快抬不起头了……”

池月回到出租屋时，王雪芽正在试衣服。这姑娘爱美，房间里的大衣柜都快要塞不下她的“装备”了。看到池月，她很兴奋：“月光光，快来看看，哪一套好看？”

池月冷眼看着：“都好看。”

王雪芽一怔，放下衣服：“我看你的表情就知道你在说谎，你怎么啦？”

两个人相处好几年，可以说彼此非常熟悉。王雪芽又问：“缺钱啦？”

池月：“扎心了，小姐姐。”

王雪芽抿嘴：“那我帮你……”

池月一把将她按坐在床上：“我会想办法。”

这么多年，池月和富二代小姐王雪芽混在一起，账目清清楚楚的。哪怕买两个人同居期间的日常生活用品，她也不会随便占王雪芽的便宜，即便王雪芽很愿意被她占便宜。尊严和底线，她不想随便破坏。

“去参赛吧。”王雪芽又一次劝她，“你缺钱，为什么不去参赛呢？”

“冠军可以得到一个亿，你还真信了？”

“为什么不信？！”

王雪芽受父亲的影响，对于航天这件事比很多男人都有兴趣，哪怕没有奖金也一定会去的。但池月不同，她一分钟都不想浪费在无聊的事情上。她知道自己长得还可以，但这绝对不是她可以一路晋级的理由。

“这样吧，”王雪芽突然开口，“你来给我当私人助理，我给你发薪水。”

池月睨她：“王总什么意思？”

“我听说有些人已经聘请了专门的经纪人、助理和培训师……做个人形象包装……衣品、礼仪、化妆一样都不落下……”

扑哧！池月笑了起来：“这是航天选秀，又不是选美，更不是乔东阳选妻，你们清醒一点儿行不行？一个个争奇斗艳，我怎么感觉像古代皇帝选秀？”

王雪芽瞪了她一眼：“不包括我呀！我是奔着上天去的。”

“我看你是傻得要上天了！”

“那你同不同意嘛！”

“你可以找更专业的助理帮你一飞冲天。”

“不！”王雪芽挽住她的胳膊，“我心里只有你这个小妖精。”

“呵呵，你叫我大妖精我也不干。”

王雪芽笑着朝她比画：“一个月这么多？你要不要考虑一下？”

池月摇头。

王雪芽加了一只手：“这样呢？”

“我是那种见钱眼开的人吗？”池月一把抓住她的手，“我是！”

池月为了钱的事儿操碎了心，偏偏这个时候学校里还有一只打不死的“蟑螂”——在大礼堂向她表白的痴情男生段成程。这厮天天换着花样向她表白，打着浪漫的旗号做骚扰她的事儿，会出现在池月出现的各个地方，送花、送礼物，换小号申请加她好友……后来池月认为幼稚的手段他应该用尽了，没想到最后他还深情款款地给池月写了一封信：

“不管你是什么样的女人，我都不会嫌弃你的……外面的人怎么说，我统统不管。我只要你，这一生只要你一个，谁也无法取代你在我心里的位置。池月，哪怕只有我一个人，我也要守着我们的天荒地老……”

王雪芽拿着池月分享的情书，笑得合不拢嘴：“这哥们儿有妄想症吗？人才！人才！月光光，你准备怎么处理这封情书？”

“贴在学校的展示板上。”池月蹲在地上打包商品，头也不回地说。

“啊？”王雪芽张着嘴，“会不会太伤人自尊心了？”

池月停顿两秒：“贴！”

“……”

出现在学校展示板上的情书让池月再一次被人诟病——冷血、无情。人类都有同情弱者的天性，受到天性的影响，往往不辨是非。段成程的痴情让无数人自动把他划为了弱势的一方，他们认为池月恃宠而骄、目中无人……

“她就算不喜欢人家，也不应该践踏别人的感情啊！”

“段成程还是航校的高才生呢，人挺不错的，她作个什么劲儿？！”

“你说作什么？人家的目标是乔师兄，哪里看得上段成程？”

指责池月的大多数是女生，她们带着一种莫名其妙的仇恨，将枪口对准了她，尤其是她们在听说段成程为了这事儿整整一天没有吃饭之后，流言蜚语传得更为夸张。

池月只当不知道，除了上课、送货、照顾网店，就是帮王雪芽参赛的事情出谋划策。她太忙了，忙得顾不上这些幼稚的言论。其间，郑西元给她打了三次电话，大有她不同意就不肯罢休的势头。然而，越是如此池月越不敢答应，她不相信乔东阳只是为了拿到什么第一手数据，宁愿相信那个小气的男人在想什么鬼点子来整她。

夏天的雨总是来得又快又急。池月出门的时候没有带伞，穿了一条到脚踝的长裙子，漂亮是漂亮了，可是被暴雨一淋，就像只落汤鸡，湿透的裙摆绊住腿，步子都迈不开。

她低头扯裙子，想找个地方避雨。

一抹黑影突然闪过，池月条件反射地抬头——只见段成程站在她的面前，一张憔悴的脸青黑森冷，眼里却闪着一抹奇异的光："池月，你答应我吧。我求你了。"

求人是这样的态度？池月觉得他这句话更像是威胁。

安静了片刻，池月一笑，站直身体："你喜欢我什么？"

段成程："漂亮、性感，你满足了我对女人的一切幻想。"

池月半晌没有说话。他喜欢一个人没有错，但喜欢就去骚扰她，这让她很厌恶。

她说："如果我不同意呢？你准备怎么做？"这里很偏僻，暴雨一来，路上少有行人。她相信，段成程消停了三天，今天再一次尾随自己，他选在这种地方出现一定是有新的打算。

池月看了看四周，慢慢地笑了："这个地方比较合适你作案。"

段成程一愣："你……你知道？"

池月低头看他那只插在兜里的手："你打算和我同归于尽吗？"

她太镇定了，让段成程有些震惊。气场上的完败让他年轻的心受到了极大的打击。他的胳膊在暴雨里轻微地颤抖，他的声音也激动起来："你这个女人！你就不害怕吗？你就没有心吗？"

"没有。"池月出人意料地上前两步，直逼段成程，"你如果再骚扰我，我会把你打得你妈都不认识你，信不信？"

段成程退了一步，半晌说不出话。

他是来找她麻烦的呀！明明他才是强势的一方啊！为什么，为什么会这样？他所有的尊严已经被她踩得粉碎了！

"池月！"段成程提起一口气，残存的自尊心爆发了，从兜里抽出手，挥舞着拳头怒视着她，像一只张牙舞爪的怪兽："今天你只有两个选择：一是你乖乖地做我的女朋友，二是……我们一起死。"

池月有些意外，以为他的兜里有刀，原来只是他吓得发抖的拳头。

"嗬！"池月扫了他一眼，撩起过长的裙摆，将它折叠起来系了个结，露出修长的大白腿，摆出一副与他搏击的架势，"这句话等你把我打趴下后再说吧！"

"……"

天空是一片青黑色，空气里只有呼吸声和雨声。段成程看着她的腿，被她的高傲刺激到了极点，显得可怜又狼狈。当然，撩着裙子的池月也优雅不到哪里去："来呀！孙子！"

与池月对峙片刻，段成程终于迈出第一步，他的眼里杀气腾腾："池月，这是你逼我的。"

"乔大人，有男人在欺负女人。"

"乔大人，此地不宜久留！"

一个稚气的机械声响起，一辆黑色的跑车极快地冲了过来，车轮带起的雨水溅了池月一身。池月瞪过去，就看到了透过半敞的车窗看好戏的乔东阳。在他的身边有个像小宇航员一样的小机器人，它幽蓝的大眼珠转动着，机灵又可爱。

"糟了！这是心动的感觉！乔大人！她是个大美女呀！我目测她的身高是一百六十八厘米，三围是九十、六十一……"

"天狗！"乔东阳的脑壳瞬间疼起来，"你是不是想死？"

"牡丹花下死，做鬼也风流。"

乔东阳："……"

池月："……"

池月对乔东阳没什么好感，这个小东西她却是一眼看上了。以前她听说过乔东阳和他的人工智能陪伴机器人，也在银行里见过可以与人交流的服务机器人，但从来没想到它这么智能……哪怕知道那是程序和代码，但这一刻，感觉那个机器人就像拥有自主思考能力一样。

“乔大人！我是不是爱上她了？糟了！我的心跳得好快！”天狗还在说话。

乔东阳已经不耐烦了：“你没有心！”

“乔大人！我要摆脱单身！”

“你摆脱不了！”

“乔大人——”

一个细小的声音被雨声盖住。

活蹦乱跳的小天狗身子一斜、头一歪……昏死过去了。

乔东阳：“哼，跟我斗？”

池月：“……”

这人连机器人都不肯放过，报复心好重！

雨下得更大了，池月的头发被淋得贴在脸颊上。段成程的拳头早已放下，但她的拳头还捏着。看乔东阳根本没有要走的意思，池月撇嘴：“你还有事儿？”言下之意是你怎么还不滚呢？

乔东阳不甚在意地挑挑眉，调整一下座椅，悠然自得地笑着：“打呀，怎么不打了？”

池月：“你在这里很碍眼，影响我发挥。”

隔着雨帘，两个人的视线对上，像是在交锋！

乔东阳的唇角勾起，他望向段成程，手指轻轻地叩击车窗：“你吼得那么厉害，倒是上啊！”

段成程：“……”

乔东阳的眼光一斜，他笑了：“真是丢男人的脸！”

池月收起打架的姿势，站直了看着他：“乔大爷，你到底要干吗？”

乔东阳这时已然回过头：“天狗！”

天狗收到召唤的指令，小短腿蹬了几下，慢慢地“复活”了：“乔大人，有事儿请尽管吩咐我吧。”

乔东阳瞥了一眼池月：“告诉我段成程的个人情况。”

“好的，乔大人！”天狗的声音机械而平静，“乔大人，我爬不起来。请您先扶我站起来！我也是有尊严的。”

乔东阳一把将它拎起来：“说！”

“好的，乔大人！”天狗收到指令，报出段成程的个人情况——年龄、籍贯、个人履历、学习情况、生活动态。然后它话锋一转：“段成程是个大坏蛋！大色狼！他和其他人有不正当的男女关系！”

段成程的脸上没了血色，他说：“你不要胡说八道！”

天狗憨态可掬：“你们人类才会胡说，我们机器人是不说谎的。”

小机器人的声音里带着一点儿童音，单纯可爱。但它说的那些话对段成程来说就不那么可爱了。

它说：“段成程最近一次和女主播交易发生在昨天晚上。”

池月的头皮发麻。

这狗……不！这机器人……太正直了。

段成程的隐私呀，就这样没了！

天狗并不知道人类的感情，更不懂得这么做对人会有什么样的伤害。乔东阳不喊停，它就继续说：“女主播名叫朱青，网名是尤物宝贝，二十二岁，航校四年级的学生……”

朱青？航校的学生？

不仅池月愣住了，段成程也愣住了。

这种私底下的事情，谁都不会知道对方的真实身份。

天狗：“乔大人！相关信息汇报完毕！请指示！”

乔东阳似笑非笑：“这种事儿……当然要全校皆知才好玩，发到航校的贴吧里！”

雨越下越大，昏暗的光线落在乔东阳的脸上，显得阴沉沉的。即便那脸上挂着一丝笑容，也无法冲淡那泛着寒意的气息，他就像降临人间的撒旦……

段成程快疯了，他的脸上那些可笑的青春痘涨红一片。他望着池月，再望望乔东阳，像在看一对儿魔鬼："不！不要！"

"求你……不要！"段成程突然扑通一声跪在雨地上，顾不得什么骄傲、什么自尊，一个响头磕了下去，"乔师兄，不要公开，不要让人知道……我求你了。"想了想，他像是反应过来，又看向池月，"我保证以后再也不纠缠池月了，我、我其实也没有多爱她。不！我根本就不爱她，以前不爱，以后也不会爱了……求求你，乔师兄，你饶了我这一次……"

说好的为她生、为她死呢？

池月觉得有点儿好笑，也很好奇乔东阳会怎么处理。

"不关我的事儿！我就是个看热闹的。"乔东阳轻松地笑笑，"你是不是跪错人了？"

段成程错愕，片刻，就着下跪的姿势一个利索的转身，又朝池月跪拜："池月，原谅我吧！你大人不记小人过，饶了我这一回，我再也不敢了……"

"别下跪，我没你这么㞞的孙子！"池月慢条斯理地把裙摆放下，"我什么都不知道。"

"姑奶奶，你要原谅我呀！只有你原谅我，乔师兄才会放过我！"段成程不要脸了。

池月睨了乔东阳一眼，这种事闹得全校皆知好吗？如果那样的话，她也会跟着段成程倒霉的。

"嗯。"池月懒懒地说，"我原谅你了。"

段成程大喜，飞快地转向乔东阳："乔师兄……她原谅我了！她原谅我了！"

"哦！"乔东阳不以为意，问天狗，"天狗，还来得及吗？"

"乔大人，来不及了。"天狗憨憨地说，清脆的童声像一把杀人不见血的刀子，"天狗是一个做事不拖延的好宝宝呢。我已经把资料发到航校贴吧里了！"

池月：“……”

段成程张了张嘴，想说点儿什么……

最后，段成程扑通一声倒在暴雨里，连找乔东阳理论的勇气都没有。

池月静默了片刻，然后走到乔东阳的车边：“你是在帮我吗？”

乔东阳：“你可以这么认为。”

“不！”池月的目光一凉，“你在整我。”

乔东阳笑笑：“你也可以这么认为。”

池月：“乔先生的报复心这么重？”

乔东阳平静地看着她：“你很有趣。”

“我谢谢你了！”池月一脸不屑地看着他，“可不可以麻烦你消失在我面前？”

“当然。”乔东阳平静地看她一眼，优雅地挽起袖口，“你也可以先把我打趴下再说！”

“……”池月点头，眼皮跳了跳，“行！你横着走吧。惹不起你，我躲！”

她走得又快又急，就像他们第一次在皇冠酒店里见面时那样。她不给乔东阳说话的机会，一只手拎着过长的裙摆，走入昏天黑地的雨雾里……

乔东阳撇嘴，一言不发。

天狗：“糟了！乔大人，我仿佛失恋了。”

乔东阳叩叩它的脑袋：“你还小！等你长大再说。”

车窗徐徐地合上。黑色的轿车跑得很快，瞬间消失在雨雾中。

段成程趴在地上，撕心裂肺地大哭：“乔师兄！我求你了！

“乔师兄……”

“……”

池月猜得不错，航校里发生的这一桩事故，受害人表面上看是朱青和段成程，但因为段成程对池月死缠烂打地追求，以及情书事件，所以在贴吧里发帖子的“神秘人”第一时间被锁定在池月身上。

真的或假的都不重要，重要的是池月在报复，所有人都认为这是她干的。而知道真相，甚至聪明地看懂了乔东阳意图的段成程不仅不出来为她澄清，为了挽回尊严，还借机杜撰了一篇至少三万字的爱情故事，写尽了自己与池月之间的爱恨情仇。大意是他的爱伤害到了池月，他没有顾及她的感受……但是，池月也不该这样反击他——用莫须有的事情给他泼脏水。这个声泪俱下的痴情男化身为受害人，引来无数人的同情。

“男人所谓一生一世的爱就是这样的？”王雪芽看到帖子，忍不住骂人，“他怎么这么贱？世上怎么会有这么贱的男人呢？”

池月比她淡定多了，搜索着网店的客户资料，想找一下朱青的购买记录。朱青比她们高一届，也是航校里有名的美女，平常为人高冷，在学校没什么朋友，也几乎不与人打交道。

“朱青真会干这种事情？这真是刷新了我的三观。”王雪芽一脸愤怒的表情。

“嗯。”

“我得去洗洗眼睛。”王雪芽从床上坐起来，突然转头，“那张《星空行者》的邀请函，你说你不要……我刚好今天早上给朱青了。所以，我很生气你知道吗？我以为她很清高的……”

池月拍拍王雪芽的肩膀：“来，帮我打包。今天我要寄二十个快递。”

出租屋里，两个女人蹲在地上忙个不停。

王雪芽有一个优点是池月极为喜欢的，她有钱、骄傲，是一个被家里人捧在掌心里的小公主，但在必要的时候，也可以放下身段吃苦，对人没有贫富差异的观念。不过这种善良的人看谁都是好人，也很容易吃亏。

“月光光，你说乔师兄是不是喜欢你呀……”

王雪芽冷不丁的话差点儿把池月呛住。

池月说："你没发现他在整我吗？"

他让天狗发帖子，黑锅是池月在背呀！

"那他为什么这样做呢？"王雪芽不理解。

"不知道！也许这个人太骄傲了。"池月冷笑，"他想让我屈服，让我崇拜他……"

王雪芽想了想："好像这个想法……很不错。"

"滚！"

"……"

这个锅池月是白背的，但她一直没有为自己辩解，朱青也没有。帖子里的视频中，朱青没有露脸，有人对朱青产生非议，有人怀疑事情的真假，这时候一言不发才是对自己最好的保护。

朱青很聪明。于是被议论最多的人——还是池月。

王雪芽替池月委屈，认为池月应该去找乔东阳说明白，但池月不以为意。池月喜欢平静的日子，所以平时尽量低调，但万万没想到自己是一个具有热搜体质的人——她无视了乔东阳，却还是与他扯上了关系。

是的，她中奖了！

那条转发微博是王雪芽帮她发的。

池月从来不关注这些，却一下子中了个大奖——一等奖，一百一十六万现金，还有陪乔东阳吃饭。

从天而降的一百一十六万，王雪芽都替池月开心。她大喊着让池月发大红包。

池月看到乔东阳微博发布的中奖消息，有点儿蒙："我怎么感觉像踩了狗屎一样？"

王雪芽拉下脸，恨不得上手掐她："月光光，你知道你撕碎了多少可怜少女的渴望吗？"

"无知的少女吧？"池月忙着填快递单，若无其事地问了一句，

“你去帮我问问，我可以只要钱不吃饭吗？”

王雪芽怀疑自己的耳朵是不是出了问题，用一种看外星生物的眼光盯了池月好久，发现池月不是开玩笑后，不情不愿地拿起池月的手机，跟乔东阳联系。王雪芽没想到消息刚发出去，乔东阳就秒回：“当然不可以。”

王雪芽有点儿不敢相信：“月光光，他居然不同意！”

她用了“居然”两个字。正常来说，乔东阳的时间宝贵，“陪吃饭”是作为福利给获奖者的。现在获奖者主动放弃这个福利，他不是应该高兴才对吗？

池月皱了皱眉：“你告诉他，我在国外很忙，怕是没时间回来陪他吃饭。”

王雪芽：“哦。”

她充当传话筒：“月光光，乔师兄说两个奖品是绑定的。如果你放弃一个，就代表同时放弃另一个。”

池月终于放下了鼠标，看着王雪芽。王雪芽被她看得有点儿心慌：“乔师兄也是奇怪，干吗这么执着呢？是不是他觉得人家不想跟他吃饭，面子上过不去？”

乔东阳怎么想，不在池月的考虑范围内。她想的是——如何把利益最大化。

“小乌鸦，帮我发个帖子！”

“你要干什么？”

池月的脑洞很大，王雪芽常被她搞得很凌乱，一看池月的表情，不禁紧张起来。

池月打了个响指：“我已经做了一个愉快的决定。”

“啥？有多么愉快？”王雪芽一头雾水。

“愉快得可以让我们吃香的、喝辣的……”池月拍拍王雪芽的脸颊，“乖！回头小姐姐送你一个包……”

当天上午 10 点，中奖的微博号“月家二大爷”发出了一条惊世骇俗的消息：“拍卖此微博账号，起拍价一百一十六万……今晚 10 点正式开始，在某宝平台，公平、公正、公开。”

中奖了还拍卖？这是多么不想跟乔东阳吃饭哪！

确实，中奖的是这个账号，并且经过了公证平台的公证。池月想出了这个一举两得的办法，不仅不用陪乔东阳吃饭，还可以赚更多的钱。

“服气！”王雪芽朝她竖大拇指，“高，实在是高！”

“别这样！”池月握住王雪芽的手指，“我不经夸，会骄傲！”

拍卖“月家二大爷”这个微博账号的事件，就像一石激起千层浪。花一百一十六万能拍到这个账号当然是不亏的，因为这个账号本身就值一百一十六万，而且附加价值更大——和乔东阳吃饭。做生意的人与他吃一顿饭，可以起到宣传营销的效果，一下子省去好多广告费，何乐而不为？想做乔家媳妇的豪门千金与他吃一顿饭，说不定就能吃出暧昧、吃出感情、吃出孩子了呢，不是赚得更大？

池月猜中了，她的微博消息发布不到半个小时，新增粉丝数量就破了十万。

皇冠酒店里，侯助理第 N 次看向乔东阳的脸色：“乔先生……”

乔东阳的面色平静，他微微晃动手上的杯子：“说！”

侯助理瞥了瞥房间角落里的那个已经无声无息地“逝世”的天狗——它因为得罪了乔先生，头上还被搭了一条毛巾。他说：“中奖者表示，将在晚上 10 点公开拍卖微博账号——”

乔东阳冷冷地一哼：“拍卖无效。”

“可是，乔先生，我们事先没有这样的规定。”

乔东阳回头，嘴唇勾出一抹温柔的笑：“猴子，最终解释权你了解一下。”

“……”

池月的微博挂出去不到两个小时，前来咨询的人络绎不绝，王雪芽手忙脚乱。

“好神奇呀！居然这么多人来问……”

“一点儿也不神奇！”

池月看她趴在床上撅臀的姿势：“所以，你在干什么呢？”

王雪芽：“我回复他们呀！”

池月：“……”

“你直接发消息说晚上10点见，不用一一回复。”池月伸个懒腰，“麻烦王总过来，咱们商量商量你的参赛事宜，OK？”

“OK！”王雪芽愉快地比一个手势。

两个人高兴了不到三个小时，噩耗就传来了。

乔东阳发布了一条官方声明。他表示：微博账号是绑定个人信息的，如果信息与中奖者的个人信息不符，我们将取消其中奖资格。也就是说，他否定了拍卖后微博账号的真实性。

拍卖还没有开始就被他掐死在摇篮里了。

呵呵！十分钟后，池月再次发微博：“各位买家不用担心，本博主当年注册账号时没有绑定任何个人资料……拍到了，账号就是你的。”

此事一波三折、风起云涌。微博都快被看热闹的人挤瘫痪了。

王雪芽看池月与乔东阳二人隔空斗法，心惊胆战：“月光光，你真的要卖账号？”

“卖。”池月面无表情地刷着微博上的留言，“我就不信，这么好的事儿，没有鱼儿上钩。”

“那个……”王雪芽小心地拉拉池月的袖子，慢吞吞地说，“如果你真没有兴趣，那我……可不可以上个钩？”

池月猛地回头，盯着王雪芽：“你对乔东阳感兴趣？”

王雪芽点头，末了，又拼命地摇头：“我不是对那方面感兴趣，而是对他脑子里的东西感兴趣。我想跟他吃饭。”她看见池月黯下去的目光，又补充一句，“当然，我会带着我爸一起去的。”

池月沉吟片刻："成交！"

"……"

"乔先生，乔先生！嘿嘿，好消息！"

侯助理火急火燎地跑入房间，躬着身子看向乔东阳阴沉沉的脸。

"那个中奖的微博删帖子了。"

乔东阳蹙眉："是又发什么了吧？"

侯助理竖起大拇指："乔先生就是英明。"

乔东阳看了他一眼，没说话。侯助理清了清嗓子："中奖的微博删了帖子，取消了晚上 10 点的拍卖，还重新发了帖子说自己只是开玩笑，炒作一波。与乔先生吃饭这种好事，她怎么可能拱手让人呢？那简直就是……极力讨好的意思！"

"装！"乔东阳冷哼，"不知道她又在玩什么把戏！"

侯助理一怔，觍着脸笑道："反正她删帖了，也算为咱们保住了颜面，对不对？"

"嗯？"乔东阳挑眉看着他，"我的颜面需要她保？"

侯助理惊觉自己说错话了，轻轻地在自己的嘴角上拍了拍："呸呸呸，我是说，算她识时务，不敢惹咱们，要不然咱们就让她鸡飞蛋打、人财两空……"

"嗯？"乔东阳的眉头又皱了起来。

人财两空？把他当什么了，一个奖品？他乔东阳是个奖品，还是一个人家不想要的奖品？乔东阳想到这儿就火很大，再看一眼侯助理，总觉得侯助理今天长得眉毛不是眉毛、眼睛不是眼睛、鼻子不是鼻子，怎么看怎么讨厌。

"猴子，你最近工作能力下降了？"

侯助理想哭："我又说错了吗？乔先生，我其实是想说，她应该庆幸没有因为一时大意而失去与我们英俊的乔先生共进晚餐的机会。换成了我，有这种好事，肯定早晚焚三炷香，把乔先生的照片供在家里，天天膜拜……"

乔东阳吸口气："老子还活着！"

"……"

"你这么蠢，是怎么混成我的助理的？"

"靠裙带关系！我姥爷的大舅子的小侄女嫁给你的一个堂哥了。你家老爷子就把我留下来了。"

乔东阳嗞了一声，舔了舔牙床，说："看来你的位置是得动动了。"

"不不不！乔先生，我的存在可以完美地衬托你伟大、光荣、正直的形象，你非常值得拥有。"

"如果你把拍马屁的精神用到工作上，早就不是助理了！"乔东阳哼了一声，不再理他，"出去！"

侯助理干笑两声："当乔先生的助理就是我天大的荣幸！我非常热爱这份工作，如果非得为它加一个期限，我希望是一万年。"

乔东阳："……"

"滚！"

侯助理滚之前，弱弱地看了一眼东阳科技里最大的马屁精——天狗，不禁叹气。

这几天乔先生真难伺候，喜怒无常，让人捉摸不透，像是提前进入了更年期，连一向聪明伶俐又会讨他喜欢的天狗都被"搞死"了，何况是他侯助理！他还是夹着尾巴做人吧！

王雪芽当天晚上就转给了池月一百一十六万块钱。池月拿到钱后，日子也没有变轻松。那钱池月还没有揣暖和，就把一大半儿转进了妈妈的账户。池月依旧忙得像一个陀螺，过着学校和网店两点一线的日子，更恐怖的是，她还不得不承受一波波的流言蜚语。

"池月为什么不找工作？人家在网上赚大钱呢！"

"我听说她的家里很穷的，可你看她穿的、戴的哪样是便宜货？"

"我对比过贴吧里的那个女人与池月，那个女人的身材一看就是池月……"

这口黑锅背上，池月就取不下来了。

王雪芽气得在网上实名发了三天的帖子，跟人吵了三天，结果没有什么用——众口铄金，人们不需要真相，只需要噱头，结果王雪芽被骂得狗血淋头。

"气死我了！气死我了！我怎么就跟这些人说不明白呢？"

"如果你能说明白，他们还能叫'键盘侠'吗？"

池月捏了捏王雪芽白皙的脸蛋："你别气了，调整心情，准备和你的男神共进晚餐吧！"

"他不是我的男神了！"王雪芽气冲冲地哼了一声，"乔师兄知道真相却不出来为你澄清，我看不起他。"

"……"

池月有点儿意外。

她盯着王雪芽，发现王雪芽的眼睛里居然有泪光。

王雪芽说："月光光，我去见他就是想告诉他我讨厌他，讨厌他这么对你！"

池月："……"

愣怔片刻，她轻轻地把王雪芽搂住："你打扮得漂亮点儿，骂人的时候会比较有气势！"

乔东阳的饭局定在三日后的晚上。当天池月亲自为王雪芽挑选了赴宴的衣服，帮王雪芽化妆。在穿衣打扮方面，池月有特殊的嗅觉——她能让人穿戴得不贵，但看着就是不 low（土气），气质好得像仙女。哪怕是来自富裕家庭，对时尚很了解的王雪芽，也不得不佩服池月独到的眼光。这也是王雪芽一定要让池月当助理的另一个原因。

王雪芽的皮肤很白，气质很"仙"，所以池月挑了件纯白色的裙子，帮她化了个显肤色的妆，果然，王雪芽被衬得仙气十足，像个公主。

“我的天！我都不敢相信自己会这么美！”王雪芽对着镜子，三百六十度地转着圈，自我陶醉着，“月光光，我爱你……爱死你了。”

池月掰着她的脸，往镜子中看了看：“很好，完美！”

“可是——”王雪芽回头，“我不是去骂人的吗？”

“除了骂人，你还可以和他讨论深空探测的问题。你如果不行，让你爸上！”

“对！”王雪芽恍然大悟。

“……”

终于，王小姐兴高采烈地出了门，上了她老爸的车，可是不到两个小时，就沮丧地给池月打来电话：“我没有见到乔师兄。”

“嗯？”池月没有感到太意外，“那你们和谁吃饭了？”

“一只狗……不，一个机器人。”

“……”

是那天她在乔东阳车里见过的小机器人吗？池月想到小机器人萌萌的样子，还有那一双忽闪忽闪的大眼睛，笑了起来：“早知道是机器人，我就去了。”

“得了吧，你会被它烦死！”王雪芽像是在偷偷地打电话，把声音压得很低，“这个机器人聪明得让人害怕，第一眼看到我就说我是冒充的！”

“……”

“你猜它怎么知道的？”

“怎么知道的？”池月的好奇心被勾了起来。

“它说是它选你中奖的。它还因为这个被乔大人‘杀死’了整整七十二个小时。”

“……”

原来一百一十六万块钱是小机器人给她的，池月的心里突然涌起一股暖流：“那你赶紧去陪它聊天啊，顺便替我谢谢它……”

“不用了！它和我爸在聊天。你不知道，我爸恨不得把它拐回家。这绝对是全球顶级的人工智能机器人，它的自主意识超级强大，这是听我爸说的。我都有点儿怕，怕有一天机器人会消灭我们这些愚蠢的人类……”

“扑哧！你好莱坞大片看多了？”池月懒洋洋地说，“行了，就这样，回见！”

“咦？”王雪芽发现她心不在焉的，“你在忙什么呢，小姐姐？”

“我忙着追女主播！”

“……”

池月没有骗王雪芽。她用手机登录了社交平台，加了一个好友，对方正是美女主播——尤物贝贝。可能是怕流失老客户，朱青把自己的网名改了一个字。池月通过平台加她为好友，以利诱之，又用小号加了她的微信。

挂断王雪芽的电话，池月看着朱青发来的一串问号，慢慢地打字：“不好意思，我这边的信号不太好。”

“没事，你还要继续吗？”

“继续——”

视频再一次连接上了，池月遮住了摄像头，但可以清楚地看到对方。尤物贝贝的业务能力很强，出了这种事仍然在继续工作。有了美颜滤镜的处理，朱青的皮肤好得不像话，怪不得无数男人为了她挥金如土、借贷跳楼……

池月看了一会儿视频，通过变声器伪装成一个粗犷的男人：“美女，你就只会这些吗？”

“嗯？”视频里的女人微微一怔，似乎没想到会被对方嫌弃，娇娇地问道，“小哥哥不满意吗？你想看什么呢？”

“你弄来弄去就这样，我都看烦了，”池月笑着说道，“我想看你的脸，不然提不起兴趣。”

尤物贝贝：“不行呢，我们的规矩就是不能露脸。”

池月：“那咱们见面，要多少钱你说！”

尤物贝贝："不好意思，小哥哥，我不约线下的……"

池月："一万？"

尤物贝贝笑了起来："不好意思……"

池月压低了声音，说："五万？"

这一次，尤物贝贝的语气明显犹豫起来："我没有约过……"

池月："十万！"

"……"

对面的人突然沉默了，彼此都能听到对方的呼吸声。

池月一笑："我本人长得还行，自认为比较绅士，不会让你为难。如果我们见面，你不愿意合作，就各回各家。这样好了，我先给你五千块定金，免得你害怕……"

叮！池月毫不犹豫地将五千块发了过去，然后报给尤物贝贝一个自己开网店时用过的手机号，慢悠悠地下楼去赴约了。

旅馆离航校很近，也就一两千米。地方是朱青选的，因为这是她熟悉的地方，让她有安全感。

看来朱青是个老手！池月不急不躁，慢慢地骑着小电瓶车晃过去，一路上与朱青保持着联系。这女人在学校里走高冷路线，在社交平台上却很放得开，什么都能聊，熟稔交际技巧。如果池月不是女人，恐怕真会爱上她……

"404号！"

朱青怕被人下套，先去开房间。

"收到！这真是个好房号呢！"

池月算着时间到达旅馆，来这地方送过货，比较熟悉。小旅馆的监控不严，不用刷卡，随便上下电梯也没人注意。池月走到404号房间的门口时给朱青发了信息："亲爱的，开门！"

跟消息一起发过去的还有一束玫瑰花的照片。

"花是我路上买的。你开门看看，喜不喜欢？"

通过五千块钱的"信任值"，加上一束带着露水的玫瑰，池月高、富、帅的人设已经牢牢地俘获了朱青的芳心。朱青的防备心瓦解了，她发了个娇羞的表情，很快就出现在房门口。

“你好——”门开了，随着一股沐浴露的清香飘出来，朱青灿烂的笑脸出现在池月的面前，她系着一条浴巾，头发凌乱而湿润。

乍一看到池月似笑非笑的脸，朱青立刻僵住了，说：“是你——”

朱青惊觉上当了，第一反应就是关门，可池月哪能让她如愿？她一把推开房门，漫不经心地进去，举着手机对着朱青拍摄：“今天很性感哪，我的大美人儿！”

“池月，你干什么？”朱青拼命地遮住脸，“不要拍呀！你到底要干什么？啊？！”

“你说呢？”池月平静地看着她，“脱呀，继续脱！十万块！我言而有信！”

“我不知道你在说什么！”朱青伸手去抓自己的衣服，衣服却被池月一脚踢开。

池月说：“急什么？我还没看够呢！”

朱青紧张地揪住浴巾：“池月，你害我害得还不够吗？你居然闯到我的房里来拍我？池月，你要不要脸？”

“反应很快嘛！贼喊捉贼！”池月笑盈盈地盯着朱青，说，“没滤镜、没打光……你身上的皮肤不如视频里好。”

朱青蹲在地上，浑身发抖：“池月，你到底要干什么？”

池月：“那些‘键盘侠’不是喜欢对比身体吗？我之前录了你的视频，现在再拍一个带脸的视频，让那些人好好分析分析。”

“你——”朱青抱住胳膊蹲在地上，一脸不可思议地盯着池月，“你想毁了我？”

朱青的肩膀一颤，整个人都崩溃了。她盯住池月，嘴唇几乎快要被她咬出血来。

啪！一个耳光重重地落在朱青的脸上。

池月冷着脸："朱青，每个人都得为自己做的事儿付出代价，你不要觉得委屈。"

朱青把牙一咬，手突然伸到枕头下面，抽出一把事先准备好的水果刀，"那我们今天就同归于尽好了！"

"行！你试试，看能不能在警察赶到前把我放倒——没准你有机会多吃几年牢饭，再也不用为了生计干这种事情了。"

"警察？"朱青一怔。

砰！此时，房门刚好被拍响。拍门的人喊道："开门！警察！"

警察把池月和朱青一起带到了辖区派出所。不过，这件事情的定性和处理方法却引起了争议。报警的人是池月，警察一开始把这件事当成了民事纠纷案件，准备让她们协商解决。但池月认为这件事必须定性为刑事案件；朱青却说池月假扮男人引诱她犯罪，还欺骗她的感情，把她暴打了一顿……

朱青的脸、胳膊、腰上都有自己抢手机时撞出的瘀青。如果只看身上的伤，在这一场"斗殴"中朱青确实伤得很重……

派出所的办公室里，灯光很亮。两个警察正在为她们调解时，王雪芽赶来了："月光光，你没事吧？"王雪芽被吓得脸色苍白，刚到门口就忍不住喊，"你有没有受伤？"

池月转头看去，刚刚张开的嘴又闭上了。

办公室的门口多了一个男人——乔东阳。

## 第二章
# 天狗吃月，天生一对

这个人阴魂不散哪！池月没给他好脸，眼睛钉子似的睨着他。乔东阳并不在意她的态度，若有似无地笑了，很轻佻，竟有些撩拨。

办案的警察小哥疑惑了：“认识？”

警察问池月，池月摇摇头：“我看他八成是哪儿来的疯子吧？”

警察小哥：“……”

他盯着乔东阳：“这个人有点儿面熟。”

办公室里开着灯，乔东阳站的地方有些昏暗。他看不清乔东阳，当然也没有把这个年轻的男人和最近宣传得铺天盖地的《星光行者》以及转发微博能得一百一十六万块钱的娱乐事件联系起来。

警察问：“同志，有事儿吗？”

乔东阳努了努嘴，望着池月笑道：“我来接我的女朋友。她最近那什么不调，虚火旺盛，脾气古怪……跟我闹别扭呢……不好意思，警官，让你们看笑话了。”

池月：“……”

王雪芽："……"

警察小哥看看他，又看看黑着脸的池月，恍然大悟："那你进来，也听听事情的来龙去脉。"

"不用。"乔东阳拒绝，"她不想承认我是她男朋友。我如果进去，回去要跪榴梿。"

警察小哥同情地看着这位帅气的"妻管严"男人，友好地笑了笑。

池月咬牙："乔东阳！"她正要发作，乔东阳指了指门外，说："你别生气。我走！我走！我马上就走！我在外面等你。"

他修长的身影消失在门口。池月的头都气炸了，脸色极其难看，而别人却以为她在跟男朋友生气！

王雪芽的手在池月面前晃了晃："月光光？她没伤到你吧？"

池月："你看我像有事儿的样子？"

"警察不是说都动刀子了吗？"王雪芽看向另一张椅子上的朱青——她低着头，苍白无光的脸、眼角的瘀青、额头上鸽子蛋那么大的包，这些似乎都在控诉池月的暴行。

扑哧！王雪芽不厚道地笑了："果然是我月姐，人狠话不多！打得好！"

池月翻了个白眼："不是我打的。"她对办案的警察小哥说，"警官，我也是为了协助警方打击卖淫嫖娼活动，这才牺牲自我地深入摸排……我也是为人民服务对不对？朱青有没有从事非法活动，你们一查就知道了。说不定你们还能顺藤摸瓜，一举端掉卖淫平台。"

两个警察小哥被她说得无语了："那我们是不是还得感谢你呀？"

"不用不用。这是我应尽的公民义务！"池月很真诚地说道。

警察小哥哭笑不得："下次遇上这种事，第一时间就要报警，不能私自行动，要知道你偷拍人家的行为也是不对的……"

"我是第一时间报警了呀！"池月举起手，"我保证，她是自愿的，我没逼她！我有视频为证……"

警察很无奈："你的想法是好的，但做法欠妥。一个女孩子晚上出门，如果遇到危险怎么办？”

池月弱弱地说：“我会保护好自己……谢谢警官！”

朱青抬起头，一脸问号。到底谁挨打了？到底谁需要保护？

她愤怒地说：“警官，是她把我打了，受伤的人是我！”

警察小哥看了朱青一眼：“拔刀的人是你。”

扑哧！王雪芽笑了起来：“警察哥哥慧眼如炬，看得太明白了。像这种出门带刀的人，就是社会的不稳定因素，就该严厉地打击——保障我们弱势群体的安全！”

朱青的脸上青一块红一块的，她看着这两个“弱势群体”，狼狈极了。

“来，在这里签个字，你就可以走了。”警察小哥做好笔录，把本子推到池月面前，“之后有什么需要你协助的，我会再通知你。”

池月噢了一声，瞥了朱青一眼：“那她呢？”

“这个你不用管，我们会处理！”

“好的。”池月签上了名字。

警察小哥收回本子看了一眼：“你转给她的钱，回头我们会让她退还给你。不过，她的医药费……”

“我会付的。”付点儿医药费比承担侵犯隐私的罪名好。

池月的配合让警察小哥很满意，他说：“那行，就这样！有消息我会通知你。”

“行！”池月站起来要走。

“辛苦了！”警察小哥也站起来，隔着桌子与她握手。

“不辛苦。”池月微微一笑，甩了甩胳膊，“我就是打得有点儿手疼。”

警察小哥：“……”

她们从派出所里出来时，乔东阳正倚在车边打电话，双腿交叠，姿态懒散。

王雪芽小声说道：“你没发现乔师兄很帅吗？”

池月：“宝宝，看脸是女生找错男人的第一步……”

"不看脸看什么？像你一样看人家的身体呀？"

"……"池月挑眉，"亲闺密？"

"亲的！我保证！"王雪芽眨眼，"其实乔师兄没有那么坏。段成程和朱青借题发挥陷害你的事儿，他根本就不知道……人家日理万机嘛，咱们要理解。这不，听到你出事，人家就主动送我过来了……"

池月眯起眼："主动？你跟他有情况了？"

"呸呸呸，当然没有！"王雪芽扫了她一眼，"我和我爸从饭店出来，乔师兄在门口接天狗……刚好你打来电话。我爸还有饭局，丢下我走了，人家乔师兄好心地送我过来……"

池月撇嘴："好心？我怎么觉得他是来看笑话的？"

"别这样嘛，月光光，咱们不要以小人之心……"

池月捏了一把王雪芽的脸："傻子，就你这小绵羊……小心他把你吃了！"

"我不吃人。"乔东阳打完电话哼了一声，走了过来，"二位小姐，可以走了吗？我很忙的。"

王雪芽："可以了，可以了。"

王雪芽拉池月，池月却纹丝不动。池月用双眼冷冷地看着他，说："不好麻烦乔先生，我们自己打车回去。"

乔东阳抿嘴，点点头，转身拉开车门："随你！"

车门还没关上，车里就传来天狗的声音。

它说："乔大人，汽车已准备就绪，可以行驶了。"

乔东阳拉了拉衣服："走！"

"好的，乔大人。"被"杀死"七十二小时后"苏醒"的天狗很是乖巧，"导航启动，行驶目标是航空路 285 号，距离共计三点二千米，现在该路段的交通拥堵严重，我们到达目的地需要三十到四十分钟……"

乔东阳沉声说："去航空路干什么？"

天狗："乔大人，行驶目标是你十分钟前告诉我的。"

乔东阳："闭嘴！不去航空路，去——"

"等等！要去航空路，我们顺路！让我们搭个顺风车呀，乔师兄。”王雪芽适时地打破僵局，把池月拉到车边，将她塞入后车厢，小声地提醒她，“天狗！月光光，你喜欢的天狗也在。”

池月听到了，也看到了。喝水不忘掘井人，天狗帮过她，她还是想当面感谢它……顺便满足一下好奇心。可是池月刚坐上车就听到乔东阳的冷嘲热讽，他说她“半推半就，矫情”！

池月忍不住笑了：“能省车费，我为什么不呢？既然有人愿意当冤大头，我偶尔也得成全一下傻子是不是？”

两个人针锋相对，王雪芽默默地把战场留给他俩。

乔东阳撇撇嘴：“开车！”

天狗：“好的，乔大人。”

天狗很听话！升级了一下机器人的控制程序果然管用多了。全智能 AI 宠物加全智能汽车，完美！乔东阳懒洋洋地躺着，刚感觉到一点儿欣慰，天狗冷不丁地又开口说：“可是乔大人，让我心动的女人就在身边，我有点儿小激动呢！”

心动的女人？乔东阳黑着脸：“天狗，你是不是想死？”

这是一个命令句式，听到这句话，天狗就会明白它得罪的是谁，明白接下来该怎么做。

“好的，乔大人。”天狗发动了汽车。人工智能控制的汽车行驶得很平稳，天狗金属质感的机身与汽车精致奢华的内饰呼应，让它看上去可爱又呆萌，它说：“你杀死我吧！”

“……”

“……”

“……”

汽车里，至少十秒没人说话。

乔东阳是被天狗戗到了，池月和王雪芽则是被它超常的智商震慑住了。

“Hello！ Hello！我是可爱呆萌的天狗大帅哥！”汽车在靠智能行驶，电脑系统比人脑更好用，开车一点儿也不妨碍天狗撩妹，它说，“池月小姐姐，我和你是天生一对儿哟。”

“……”她被一个机器人表白了？

“Hello！天狗急等您的回复！”

“Hello……”池月用眼睛瞄着它，“我是池月。”

天狗很开心：“天狗吃月！天狗吃月！我和你是天生一对儿哟！”

“……”

池月无言以对。

乔东阳掏出手机，打给侯助理：“猴子！天狗的程序是谁负责升级的？”

“是我升级的呀，乔先生。”侯助理完全没感觉到危机降临，声音里全是笑意，还在侃侃而谈，等着被老板夸奖，“我们的天狗大帅哥是不是变得可爱、聪明很多呀？马屁它也拍得更好了呢！新一代的天狗一定能体现我过人的专业技能和业务水平。我感觉我已经是一个合格的助理了，以后再也不是靠裙带关系……”

乔东阳：“是的，你明天不用来上班了！”

“啊？天哪！年假提前了吗？感谢乔先生，感谢乔先生让我放假！”侯助理在那边欢呼，“我的宝宝、贝贝……我终于有时间陪你们了……”

突然，他的笑声戛然而止。

乔东阳挂断电话，阴着脸看着池月：“你是不是以为——”

“你不用解释。”池月打断他的话，挪了个舒服的位置，望着天窗上别致的星空图案，似笑非笑，“反正不管你用什么方式表白，我都不会爱上你，不用白费力气了！”

乔东阳的嘴角微微一抽。他转头盯着她：“你真敢说。”

池月露出一个腼腆的笑容：“谁让我总是这么吸引人呢？！”

乔东阳：“……”

天狗是人工智能机器人，哪怕它再聪明，再有自主意识，也是由程序来控制的。因此，天狗所说的每一句话，池月都理所当然地认为是乔东阳的意思。而他打电话给侯助理，不仅没能为自己洗白，反而此地无银三百两。

这个女人杀人不见血，轻而易举地一个软巴掌借机打过来，报复了他说的“半推半就”和“认领女朋友”。乔东阳看了一眼自己的猪队友——天狗，明知吃了暗亏，也只能淡淡地笑着：“池小姐还真是自恋呢！”

“彼此彼此。”池月皮笑肉不笑，半真半假地说，“男人对我来说从来都不是必需品。所以，麻烦乔先生掌握好分寸，不要让自己陷得太深，变成第二个段成程，走上极端。”

乔东阳嘲弄地笑了，池月就当没看见：“为我痴狂的男人你不是第一个，也不是最后一个。你不用太在意，我不会放在心上。”

乔东阳冷笑：“池小姐，你知不知道‘脸’字怎么写？”

“乔先生，你知不知道脸会痛？”

“……”

但凡正常男人，这种时候估计都没有继续聊下去的欲望了，哪怕这个女人长得十分美丽动人。然而，乔东阳的双手十指相扣，脸上居然露出一抹意味深长的笑，他说：“有意思！我活了二十多年，总算遇到个有种的女人。”

“池小姐这么大胆，就不怕……”他斜斜地望着池月，然后突然低头，眼睛直勾勾地盯着她，“不怕我揍你？”

池月一愣：“好吓人！你吓到我了！哈哈哈哈……”

她突如其来的笑声触动了乔东阳的神经，他问：“很好笑？”

池月的眼睛半睁不睁，她说：“乔先生是个正经男人，不会打女人的。”

“是吗？”乔东阳慢慢地低头，越来越靠近她，就像是为了看清她的脸，一点儿一点儿地凑近，近到池月几乎可以感觉到他灼热的气息了，却朝她吹了一口气，抬起头，“我不是个正经男人。”

温暖的气息拂过面颊，池月的汗毛一竖。她不喜欢男人靠近她，也不喜欢与男人有身体接触。乔东阳散发的气息虽然不招人讨厌，甚至带着一股好闻的薄荷漱口水的香味，但她仍然接受不了：“我警告你，你不要靠近我。”

“我已经靠近了，要怎样？嗯？”

他的声音很好听，温暖、蛊惑人心，像春风突然拂过冰冻的荒原，吹皱一池的春水……

车厢里安静极了，一点儿声音都没有。

池月一脸不可思议地看着他。与他对峙数秒，略嫌弃：“就这点儿小伎俩，你以为可以勾引我？”

“不能吧。”乔东阳抬起手，软软的指腹突然摁在她的额头上，像点穴似的揉了揉她的额头，然后突然重重地一按，“这样呢？”

“乔东阳！”池月坐直身子，索性不躲了，“我再警告你一次，不要动手动脚，你真以为我不敢拿你怎么样？”

乔东阳笑了：“我也想知道，你准备拿我怎么样呢？”他像个贪玩的孩子找到了乐趣，说话间，又用手指戳了一下她的头。

池月生气地拨开：“你信不信我会揍你？”

“信！”乔东阳舒展了一下他的长胳膊长腿，“来吧！”

有一种人因为脸长得好看，哪怕做坏事也很难招人烦。乔东阳就是这样的人——明明他这么恶劣，池月却发现她的亲闺密居然在前排低声发笑。

“乔东阳，士可杀不可辱！有种咱们下车搞——”

“下车搞不合适吧，咱们不如找个舒适点儿的地方？”他逗池月。

池月笑了：“行啊！不去你就是我孙子！”

她是个漂亮的女人，肤白貌美大长腿，笑容妖娆，身材有料，哪怕那一张一合的小嘴说着不雅的话，也恰到好处地将她性感的一面展现在了乔东阳面前。她像个坏女人——勾引人的坏女人。

乔东阳眯起眼打量她。这么近的距离，两个人都能看清彼此的表情，在这一方封闭的空间里，他们的视线相交，呼吸声清晰，几乎就要滋生出一点儿暧昧来了……

池月：“停车呀，我们找地方打架呀，你究竟打不打？”

“打！”

“什么时候？”

“今晚不行，我有事儿，改天我约你。”

“好！一言为定！你够有种！”

乔东阳点头，一巴掌重重地拍在池月的肩膀上：“你也是，纯爷们儿。”

“谢谢！”池月撩头发，领受了。

王雪芽：“……”

不是吧？她要看的暧昧呢？

满心期待的粉红泡泡呢？全被戳碎了……

这两个人——是不是变态呀？

王雪芽深深地吸一口气，看看这个人，再看看那个人："那个……我能不能说一句话？"

后车厢里正在"约仗"的两个人仿佛现在才想起还有一个她。

乔东阳抬抬下巴："说。"

王雪芽清清嗓子："我想知道这种人工智能控制的机器狗，在哪里可以买一只呀？我好想养……"

乔东阳挑挑眉，不吭声。

天狗表明了自己的身份："我是 AI 宝宝，小姐姐！"

王雪芽："请问 AI 宝宝，你的家在哪里呀？"

"我的家在 Crown，我爸爸是程序员。"

"我花多少钱可以买到你呢？"

"我不要钱。"

"……"嗯？

"我是无价的，谢谢！"

"……"

"你不要试图诱拐或者偷我，这是犯法的行为。我是乔大人的私人 AI 宠物，拥有比普通陪伴机器人更高级的人工智能控制系统。你如果强行带走我，我会把你送去吃牢饭的。"

这个机器人太有趣了，而且很忠诚。

王雪芽刚想赞叹，又听到天狗的声音，它说："不过，如果是为了我心爱的女人，我可以考虑背叛乔大人，人类更愿意相信爱情的力量。"

"天狗！"乔东阳恨不得掐死它，"闭嘴！"

"好的，乔大人，请对我输入关闭指令。"天狗稳稳地控制着智能汽车，大脑袋微微地晃动了一下，用童声一板一眼地告诉它的主人，"但我目前正在驾驶汽车，为了您的人身安全，不建议您使用如此粗暴的操作方式。如果您想让我闭嘴，可以用安抚与疼爱的方式……"

乔东阳一根手指戳在它的后脑勺儿上。

“老实点儿！乖乖的，嗯？”

“好的，乔大人。”

“……”

周围终于安静了。

这就是传说中的安抚与疼爱？

池月大开眼界。无人驾驶汽车的存在已经不是一天两天的事儿了，她看过各种报道，但今天还是第一次坐上这种类似无人驾驶的汽车。它很稳，似乎比人驾驶的车还要安全，对交通状况的判断以及预处理比人更精准，还不会走神儿。

“现在的科技发展得太快了！我完全跟不上了！”

王雪芽惊叹，从车窗里仰望天空。夏天的晚上，天空中的繁星点点与地上的灯火交相辉映，天地间一片澄莹……

“人类实在太伟大了！真希望有一天我能飞到太空去看看……”

“这算什么？”乔东阳说，语气淡淡的，“一般人能见到的高科技，比已经存在的技术至少落后三十年。很多你想不到的东西早已经被研发出来了，只不过短时间内不会被应用到民用生活领域。”

“我听我爸说过，乔师兄的研究相当了不起，你的那些资料我爸在反复看，我妈说他都快要走火入魔了，我爸是你的铁粉……哈，今天我们和乔师兄吃饭，我爸肯定要去和那些叔叔吹牛了。”

“……”

乔东阳沉默了半晌：“不敢当。”

这谦虚的样子……太假了。池月不屑地挑挑眉头，也扭头望着窗外。

天空青黑一片，太空离池月的世界太远了。

“池月小姐姐，你也喜欢探测太空吗？”天狗突然冒出来，打断了王雪芽的吹捧。

池月勾唇，看向天狗的大脑袋：“喜欢。”

天狗：“那你对太空有什么研究吗？”

池月：“有呀！”

“啊，太好了，你都研究什么了？”

“十二星座。”

“……”

这个话题可能太难为机器人了。

天狗一时没有接上话。好一会儿，它才从自己的智能系统里搜到一句：“我是天狗座的，你呢？”

池月：“我是打狗座的。”

“……”

天狗又闷了好久：“这天聊不下去了……”

当天晚上，有人用在贴吧里造谣的那个账号发了一封道歉信。那个人没有承认自己是朱青，只是委婉地表示她之前发帖子诬蔑池月是因为嫉妒，算是兑现了她在派出所接受调解时做出的承诺——向池月道歉，同时消除不良影响。

不过，世界上没有不透风的墙。就算池月不说，朱青这事儿还是传了出去，而且传出了不同版本。有人说，是池月求乔东阳把朱青揪出来，还了自己的清白；有人说，是乔东阳对池月产生了兴趣，主动把池月从这淤泥池里捞了起来；有人说，是王雪芽中奖后和乔东阳吃饭的时候，拜托他这么干的……不管哪个版本，都有乔东阳“英雄救美”的事迹。

池月很恼火：“怎么功劳成他的了？我真想揍死这个人渣！”

池月很少动怒，一般情况下喜欢心平气和地解决问题，只动手不动口。王雪芽正在自拍，听见她骂人，一副害怕的样子：“完了！”

“怎么了？”池月问。

“大概、可能、也许在不久的将来，你还会见到乔师兄。到时你们俩打起来怎么办？”

池月很火大。

“《星空行者》呀！我的小助理，你难道不陪我去吗？”

池月挠头："王总，我可以打死你吗？"

"……"

池月再次见到朱青是在一周后。朱青脸上的瘀青散了，除了憔悴些，看不出有什么异常。学校里关于朱青的流言很多，但知道具体情况的人却不多。鉴于她还是在校学生，警方最后对她进行了批评教育，并且罚了款。

对这个结果，池月谈不上满意，也谈不上不满意。一开始，她对朱青这个人并没有私人情绪。如果不是朱青泼了她一瓢脏水，池月根本就不会为了洗白自己去对付朱青。现在朱青返校了，彼此井水不犯河水，池月也懒得再去理会她。可池月没有想到，朱青居然会来找她。

朱青在教学楼外的林荫道上拦住她："池月，我们借一步说话！"

池月懒洋洋地回绝："不借。"

"……"

两个人面对面地站着。朱青的表情严肃，眼下一片青黑，声音也有些沙哑，她说："我是来感谢你的，谢谢你给我上了这么生动的一课。"

"不用客气。"池月笑了，"学费就免了！"

池月不甚在乎的表情，朱青看在眼里，恨到了心里。

朱青说："你现在很得意吧？我曾经以为你池月是个大气的女生，拼命赚钱的样子也一直让我很佩服……没想到，你也只会对女人来劲儿，你有本事去搞段成程啊！拿女人出气算什么本事？"

"……"池月一脸问号。

大气的女人就活该被欺负？她被这个逻辑逗乐了："你大概不知道我为什么要拼命赚钱吧？我就是为了在遇到贱人的时候可以放手一揍，而且，爱揍哪个揍哪个，想什么时候揍就什么时候揍。"

朱青盯着她，不说话。

池月淡淡地扫了她一眼："医药费多少钱？我转给你。"

朱青几乎咬碎了一口牙，好一会儿，她的目光变得平静："不用！这钱就当我的学费了！”

在几名路过同学的关注下，朱青转身走了。池月冷哼，在朱青的背后喊了一声：“谢谢老板，祝你生意兴隆啊！”

朱青的脊背一僵，她迅速消失在池月的眼前。

那天之后，池月的生活平静了很多。朱青的事情被人揭露，段成程对池月的指责也就不攻自破了。这个航校的高才生，比朱青还要不堪一击，从此再没来过学校，听说他大病了一场，家里人就来办休学了。然而，与朱青出事后遭到所有人唾弃的情况不同，段成程居然得到了大家的同情。

男生犯这种错误似乎应当被人理解。很多人甚至认为段成程是一个大好青年，他因为这点儿小事儿休学太可惜了。这些奇葩的言论气得王雪芽又发了一顿脾气。

池月无所谓，管不了别人的想法，只做好自己就行了。其间，郑西元打来两次电话，想高价收购网店的客户资料，被池月以“客户的隐私就是我的生命”为由拒绝了。君子爱财，取之有道。她不能为了钱出卖客户的隐私，哪怕郑西元说他们只是用来做大数据，不会泄露客户隐私，池月仍然像防贼一样防着他。要不是他在“春晓全球”购买了很多产品，抚慰了池月的钱包，池月早就把他拉黑了。

一转眼，到了这一年的国庆。国庆后，《星空行者》就要开始录制了，到时候池月得陪王雪芽一起去。因此，池月想趁国庆假期回一趟老家。王雪芽自从看到她收拾行李，就流露出各种不舍：“月光光，我跟你一块去吧。”

池月哭笑不得：“我们那里太穷，生活条件差，你会受不了的。”

“你带我去体验体验生活嘛！我就当旅游了，反正国庆没地方去。”

“……”王雪芽生长在大城市里，她的脑子里有贫穷的概念，却不可能了解贫穷真实的样子。

去那样的地方，哪里是旅游？池月抱了抱她：“你是小仙女，不要轻易下凡。”

在大西北的沙漠边缘，有一个叫月亮坞的小村子。姐姐告诉池月，在池月很小的时候，月亮湖的水很清澈，湖的形状像一个弯月，湖水在星光下流淌而过，月光静静地投影在湖面上，为湖边的一片树林披上了银色的光辉。林里有野鸡野兔，野花野果。清晨醒来能听到鸟鸣，夜晚可以听松涛……传说天上的仙女喜欢月亮坞的美，偷偷下凡到月亮湖里洗澡。所以，月亮湖是有仙气的地方，不管多么干旱的年份，月亮湖的水从不干涸。

然而，现在的月亮湖不仅干了，甚至从地图上消失了。

人间再无月亮湖，只剩一个月亮坞。风沙日复一日地侵袭着这里，这里变得人烟稀少，有办法离乡打工的年轻人早就走光了，村里只剩下无处可去的留守老人和儿童。这些年，月亮坞的可耕种土地逐年减少，住在月亮坞的人每天起床的第一件事不是看手机，而是先抖掉被子上的沙子；吃饭的时候也不是挑碗里的肉，而是挑碗里的沙子……

灰蒙蒙的天，乌云蔽日。一路行来，黄沙漫漫，供人行走的道路被风沙掩埋，人们在荒地上刚种上的一片小树苗在苟延残喘；几株高耸的大树是仅有的绿意，深深地扎根在沙土里，成了池月回家的引路人——

一个包着头巾的老大爷坐在村口的一个沙丘上，看到池月这个穿得极为周正的“稀罕人”，眯起眼睛瞅了半天：“大闺女，你干撒（啥）来了？”老人的声音苍老、疲惫，在风里有一种嗡嗡的嘶哑感。

池月走近，笑着和他打招呼：“陈大爷，我是池月。你认不出来啦？”

“撒（啥）？你是撒（啥）东西？”

“我是池月。”

“哦，吃了吃了！我吃过了。”大爷笑出一脸的褶子，“你上咱们这儿干撒（啥）呢？”

“……”池月以前就知道他的眼神不好，没想到现在听力也不好了，叹口气，索性放弃了“自我介绍”。她把行李打开，塞了一些吃的给他：“拿回去给你家小孙子吃。”

“唉……”陈大爷的手停顿一下，他把东西还给她，“大孙子前几天被他爸妈接走了。家里就我一个人了，人老了，牙口不好，咬不动喽……”

池月低下头，看着他老树皮一样的手，默默地收好了东西。

在他们这个地方，像陈大爷这样的留守老人有很多。村里的人去外面打工也不容易，有办法的人家才能接走孩子，没办法的人家还得把孩子放在家里让老人带。对这里的老人来说，带孩子是负担，不带孩子是空虚。

往家走的路上，池月想到了乔东阳的人工智能陪伴机器人。对于留守老人和儿童来说，陪伴机器人是个好东西。可惜，这些真正有需求的人却不是乔东阳的客户群体——他们都买不起。

池月走走停停，临近家门时，却停住了。

“站在外面干什么，回来了咋不落（进）屋？”阳光很烈，背后那个人的影子就映在池月的眼前。她没有第一时间回头，而是问道：“妈，你上哪儿去了？”

哗啦！一捆用绳子扎紧的枯枝落在池月妈妈的脚边，拍起一片浮灰。池月转头，看到母亲苍老的脸上又多了几条深深的皱纹：“妈……”

“我捡柴去了。”于凤用手指梳理了一下乱糟糟的头发，把那捆柴拖到灶房外的柴堆上，“你今天怎么回来了？不是说忙吗？”

“嗯，我回来看看。”池月把行李放下，帮妈妈搬柴，“这一批树苗的成活率还是很低吗？”

“嗯。”于凤应了一声，又像是没有应。

她背回来的是柴，也是池月的心血，那一棵棵种下去又死掉的小树苗成了家里燃料。在家里的屋檐下还堆放着很多这样的柴火，一堆一堆，越堆越高。于凤心疼花掉的那些钱，把死掉的树苗都捡回来当柴烧。母女俩默默地将屋檐下的柴堆整齐，许久都没有交流。在这个漫长的过程里，池月已经整理好了情绪。

“我姐呢？”她一边找瓷盆洗手，一边问。

“在屋里。不肯出门。”于凤迈入门槛，把简陋的木门推开一点儿，“东西拿进来吧。”

池月看了一眼她的脸色，默默地拿起行李进了屋。回来的时候，池月买了很多东西，吃的、用的、穿的，很多都是本地买不到的日用品。可是，于凤看着她一样一样地往桌子上放，眼睛里没有半分波动：“上次说的事儿，你考虑得怎么样了？那些土地他们要收回就收回吧，人家的地，人家愿意荒着咱们也管不着。咱租不起就不租了，你好好在城里找个工作，找个男人，不要回来了——”

“妈。”池月将一个包装精美的盒子从行李箱里掏出来，塞到于凤的手里，“这是小乌鸦让我捎回来给你的，里面的饼干全部是她亲手做的，每一块图案都不同，你尝尝……”

亲自做饼干？那个小乌鸦的生活，于凤想象不到，但于凤知道，不是每个女孩都有任性的权利。于凤的眉心皱起，她默默地把饼干盒放在桌子上：“我在问你事儿。”

池月看着她的眼睛——那双不知什么时候变得浑浊的眼睛。

“我去看看我姐。”她拿了些东西，逃走了。

池雁住的房间在最里面。一扇小窗子被陈旧的衣柜挡住，屋里的光线很暗。外面的阳光照不进来，没有开灯的房里一片漆黑。因为常年不透风，潮湿的房子里有一种说不出的霉味和腥味，闷得人喘不过气来。

池月站在门口，怔了两秒，然后循着灯绳的方向去拉。

“谁？”一个女人的声音随着灯光亮起而响起。

“不要开灯！”她惊惧地叫喊。

灯开着，但瓦数低，并不太亮。刚从烈日下走进来的池月一时适应不了房里的光线，循声望去，只能看到黑漆漆的一团。不！那是一个影子，女人的影子。那个女人没有在床上，而是一个人缩在床脚，长长的头发随意地披散着，凌乱地挡住她的大半张脸，她的身上穿着件白色的衣服，像一个从黑暗里突然冒出来的女鬼。

“不要开灯……关上……不要开灯……快把它关上……”

那个女人喃喃说着，用手挡住光。池月走过去，蹲下身扶住她的肩膀：“姐，你怎么坐在地上……”

熟悉的声音有安神的作用。她怔了一下，慢慢地抬头，长发下的面容很是清丽。看到池月的瞬间，她空洞的眼神闪过刹那的光彩：“月月，小月月……你回来了？”

“是我回来了。姐。”

“月月回来了？”

池雁不停地问，重复地问，眼神呆呆地看着池月。

“是我回来了。姐。”池月一次次地回答，不厌其烦，“去床上，地上太凉了。”

池月去扶她，手摸到池雁的肩膀，心里一凉。池雁太瘦了，身上全是骨头。池月的心里沉沉的，她没有说话，将池雁拉上来坐在床沿上，随手掀开床上的被子。

“……”

池月愣住。床单上是一摊暗红色的血迹，她眼眶一热，手心捏出冰冷的薄汗：“你坐在这里不要动，我去给你拿卫生巾，你等我。”

天早就黑透了，乔东阳的办公室却灯火通明。

几个公司的高层已经连续加班一周，一个个脸色蜡黄，神态满是疲惫。乔东阳处理完公司的事务，又把《星空行者》的策划和几个负责人找过来讨论细节。

乔东阳的面前放着一份活动策划方案，他看得认真而专注，脸上像凝了一层冷气，一群人看着他。此时的他又累又疲，还得强忍着哈欠，坚持坐直身子。

“我看完了。”乔东阳突然抬头看向活动策划人李晋，“方案很好，流程也没问题，就是节目选的地址——非常不好。”

李晋是个三十来岁的年轻人，是乔东阳接手公司后才提拔起来的年轻骨干，做事一向稳妥。听到乔东阳加重了语气，他赶紧站起来，翻开面前的资料：“乔先生，这是策划组与青檬 TV 讨论后得出的最优方案——”

“最优？”乔东阳打断他的话，“锦城的生活节奏悠闲舒适，你们把地址选在那里，是准备带一群女人去吃火锅，打麻将吗？”

“……”

李晋摸不准他的想法：“那乔先生的意思是？”

“我表达得不够清楚吗？”乔东阳的脸色越发难看，“项目启动的时候我就明确地说过，这是东阳科技的发展战略，《星空行者》选秀的目的是寻找航天人才，不是选美，不是选老婆……不是为了让她们去享福的。明白？”

“呃！”李晋低下了头。

是谁说——不想找个男人手拉手上天的？那不就是说乔东阳要选女人吗？不选漂亮的，难道他愿意找一个丑女手拉手？李晋敢这么想，却不敢这么说，只用一秒就“深刻地认识到了自己的错误”。

“我认为来参加活动的全是女选手，她们需要一些时间来适应节目的残酷性，所以——”

乔东阳把资料拍在桌子上：“我要备选方案，五分钟拟出来。”

李晋硬着头皮应下：“是。”

乔东阳抬抬手：“你们就在这里讨论。”

李晋挪了挪手提电脑，坐了回去。几个人头碰着头，键盘敲得啪啪作响。

另一边，乔东阳已经打开了另一份项目报告。这是Crown公司近期准备研发的一款人工智能机器人的市场调研情况。这款机器人与前面几款都不同，那几款主要是用来陪伴空巢老人和帮助儿童学习，市场前景非常好，在这个国人普遍重视教育的时代，家长哪怕掏空腰包也舍不得委屈了孩子。乔东阳之前做的每一个项目都为他赚足了资本，而这款主要针对的是空巢青年。它的定位是伴侣机器人，功能是陪伴、温暖空巢青年，排解他们的寂寞。他之前想从池月那里拿资料也与这个研发项目有关。

“乔总。”

五分钟过去，李晋走了过来。他交给乔东阳几个备选地址的资料。

乔东阳慢慢地翻阅：“这个。”翻到第三页，他用手指点了点一个地名，“吉丘县。”

李晋迟疑片刻：“这个县城在大西北，紧邻巴丹吉林沙漠和腾格尔沙漠，属于沙漠边缘地带，条件相当艰苦，我怕女选手会吃不消。还有就是……我们之前选定锦城，项目组已经做了前期工作，如果突然改为吉丘县，那一切都得从头来。现在离节目开拍只剩一周了。”

乔东阳将资料合上，丢给他：“一周够了。”

李晋：“是！”他低下头，“我马上准备。”

在乔先生这里，只有“可能”，没有“不可能”。李晋跟了他几年，了解他的做事风格，知道劝解无效，索性就不再浪费口舌了。

散会后，大家都在收拾东西，李晋看乔东阳没有离开的意思，忍不住多了一句嘴：“乔先生，9 点了，你早些回去休息吧。”

“你们先走，我等一会儿。”乔东阳头也不抬地说道。

“身体要紧，你何必这么拼呢？”

乔东阳抬起头看着他：“我不努力，就得回去继承家业……很惨的，你知道吗？！”

“……”办公室安静下来。

乔东阳低头望向脚边被勒令静默的机器人天狗，把它抱到办公桌上：“憋久了吧？有什么想说的？”

“好的，乔大人！”天狗挥了挥胳膊，朝他做了一个再见的动作，“幸好我是一个机器人，不懂你们人类的嫉妒心，要不然乔大人高调炫富是会有危险的。”

乔东阳办公桌上的电话响起时，他正在和天狗聊天。听到声音，他眼睛一斜，把天狗放在地上，摸过电话：“喂！”

秘书：“乔先生，郑总求见。”

乔东阳的眉头微蹙：“让他在外面等着。”

秘书迟疑了一下：“郑总说有急事找您，是关于《星空行者》的……"

郑西元是昊光视频的太子爷，昊光是国内首屈一指的视频平台，这次的《星空行者》是东阳科技与青檬卫视联合主办的，但昊光视频是协办单位，还是网络独播平台，这个节目与他们息息相关。

乔东阳静了静："请他进来。"

"不用请不用请，你这么客气我都不习惯了。"郑西元在秘书的带领下大大咧咧地破门而入，声音中带着调侃，一脸开心地笑着。可是乔东阳看到他的第一眼，脸就拉下来了。

郑西元不是一个人来的，跟他一起进门的还有一个女人。10月的时候，临近中秋，她还穿得十分清凉。齐腿根的小短裙包裹着挺翘的臀，深V的紧身衣勾勒着诱人的曲线，两条大长腿踩着高跟鞋，她的动作妖冶又奔放，妆容点缀着深邃的五官，像个混血儿。

"如果你不是来谈正事的，麻烦滚出去。"乔东阳不太客气。对于郑西元带着女人来办公室，他很反感。郑西元却不以为意，摸了摸鼻子，笑嘻嘻地坐了下来，瞥了一眼站在原地的美女："这位是Anna小姐，这位是乔东阳先生！你们认识一下。"

Anna走近，朝乔东阳伸出白皙的小手，被紧身衣勾勒着的丰腴身体前倾着，活色生香："你好，乔先生。我是Anna。"

乔东阳不看她，对郑西元说："你最好说清楚，到底什么情况？"

郑西元耸耸肩膀："别问我，我就是个拉皮条的。"

"……"乔东阳的脸色更难看了。

Anna却笑了起来："郑先生喜欢开玩笑。乔先生，我来自Y国航空航天学校，对你的《星空行者》节目非常感兴趣，是来参加这个节目的。只不过我的母亲恰好与令堂认识，不放心我一个人来，特地拜托了令堂，令堂又让郑先生带我过来，与乔先生认识一下……"

乔东阳的视线这才转向她："我们的节目有国籍要求，不好意思了，Anna小姐。"

Anna一怔："我的父母都是中国人，我当然也是。"她掏出证件递上去，“这是我的身份证。乔先生，我的中文名叫林盼，虽然我从小在 Y 国长大，但我的国语很好。”

乔东阳没有看她的证件：“抱歉！林盼小姐，我们节目的海选时间已经过了。下次如果有机会，请早……”

Anna 像是早有预料，眉毛轻轻一扬，从小坤包里掏出一张邀请函，在他面前晃了晃：“我今天来不是要走后门的。乔先生。”

乔东阳很讨厌工作的时候被人打扰，颇有几分不耐烦：“那林盼小姐可以直接与节目组联系，认识我有什么用？如果你需要一个帮你锻炼体能的人，郑先生是很好的人选。”

郑西元的眼皮抽搐一下：“阿乔……”

乔东阳：“滚！”

郑西元张了张嘴，本想说点儿什么，可是看乔东阳没了耐心，只好对 Anna 摆了摆手：“你在外面等我一下。”

乔东阳哼了一声，目光冰冷：“我是说，麻烦二位一起滚！”

郑西元：“……”

Anna：“……”

吉丘县城。

池月紧赶慢赶终于搭上了去省城的最后一班车。国庆假还有两天，她准备返校了。她千里迢迢地回来，没待几天又要回去了，她的内心莫名其妙地发慌。汽车发动时，天已经彻底黑了，道路两边的树被黄沙覆盖，一排排挺得笔直。池月看得有点儿走神儿，直到王雪芽打来电话。

“喂，月光光？你回来了吗？”

“在路上了！”

“啊？已经出发了？”

“嗯。”

“那好吧，我有一个好消息要告诉你！”

池月的眼皮跳了跳：“什么消息？”

“节目组改摄制地点了。”

“哦？”池月撇了撇嘴，“这算什么好消息？”

“当然是好消息！”王雪芽的笑声爬入池月的耳膜，轻轻软软的，“这就意味着，你坐完大巴换火车，再转车数次回来后，马上又要跟着节目组坐火车回去，再从火车换成大巴……”

池月的眼皮跳得更厉害了：“你是说——节目组要在我家这边拍摄？”

“没错，吉丘县。是不是很开心？”

开心什么？开心坐完大巴换火车，再转车数次回去后，马上又要坐火车然后换乘大巴回来？

池月返校那天已是国庆假的最后一日，她从火车站出来后，原本准备拖着行李去挤地铁，没想到王雪芽居然亲自开车过来接她了。

池月有些意外。自己认识王雪芽好几年了，她从来没有开过家里的车。她像普通学生一样，每天坐公交、地铁，或者骑共享单车，偶尔打个出租，叫个网约车，日子过得相当朴素。虽然池月总笑她有福不会享，但在心底里对这个妹子是又佩服又喜欢的。

池月把行李放上车，摸了摸王雪芽的大宝马：“鸟枪换炮，你这是准备干吗？”

“你猜？”王雪芽神神秘秘地笑道。

“猜不中。”池月扭头一笑，“为了我送货方便？”

“呸！想得美。”王雪芽哼了一声，发动汽车，驶出停车场，“明天就要去节目组了，我妈说得自己开车去，这样才不会被人小瞧，以后在组里别人也就不敢随便欺负我了……”

池月看了她一眼：“阿姨英明。”

“你不觉得很傻吗？”王雪芽撇嘴，发出嘤嘤嘤的宝宝声，“你们这些大人的思想太复杂了，还是我们小孩子的世界单纯，没有攀比，也没有势利眼……”

池月翻了个白眼：“麻烦你流下一点儿有技术含量的眼泪，王总。”

“嘤嘤嘤，你都不心疼宝宝。”

“好好开车。”池月受不了她，笑出了声，“回去给你好吃的。”

“是不是专门给我带的？”

“废话！我还有别的朋友吗？”

“我终于拜倒在你的石榴裙下了。”

“滚！”

当天晚上，两人叫了外卖，王雪芽就着池月带回来的蕨菜、木耳等小菜吃了不少饭，还像个戏精似的表演了很多“即兴节目”，把池月都笑趴下了。她们闹了一宿，神经太兴奋，晚上都没有睡好。

次日早上，池月几乎是半眯着眼洗漱的，差点儿把洗面奶当成牙膏。两个人打打闹闹，磨蹭着到达节目组时，已是上午10点了。《星空行者》是东阳科技花了大价钱搞出来的网综节目，策划团队很强大。制作组、摄制组、技术组、教练组、培训组、生活组……全都来自国内顶尖的团队。

上午，参赛选手与节目组签订协议，下午彩排，晚上是节目的启动仪式，时间安排得相当紧凑。池月刚陪王雪芽到节目组，就有工作人员过来接待她们。房间、茶水都是备好的，她们进入接待室时，已经有很多选手坐在那里了。王雪芽笑眯了眼睛，见人就友好地打招呼。池月一言不发，拉过椅子让王雪芽坐下，然后往她旁边一站，笔挺笔挺的。

王雪芽小声地叫她：“月光光，你坐啊，坐在我身边。”

池月低头：“王小姐，这是你的排场。”

王雪芽：“……”

合同是备好的，条款都没的商量。王雪芽随便翻了翻，没怎么细看，很快就签了。池月看她这一副傻白甜的样子，叹息着：“我的王大小姐，你就不怕人家把你卖了？”

王雪芽笑出一口白牙：“有人买我才好呢，证明我有魅力。而且我能被卖给乔师兄，大概也是赚了吧？”

池月：“……”

“月光光。”王雪芽突然又拉下脸，“如果你改变主意了，现在还有机会……一个亿，一个亿，一个亿……来陪我参赛吧。”

她碎碎念着，池月敲了一下她的头：“你加油吧！拿了冠军，分我五千万。”

王雪芽瞪她，然后叹了一口气："到底为什么啊？你都肯陪我来了，为什么不能参赛？"

池月面无表情："我陪你参加，是因为你给我开了不低的工资。我自己参加还要倒贴钱。你说哪个划算？"

王雪芽磨牙："你是不是傻？"

池月瞥了她一眼："傻子就是像你这样的，总认为自己有机会走到最后，完全忽略了节目的残酷性。"

王雪芽："我知道节目是残酷的啊！"

知道什么？！小仙女还在做梦呢！池月叹口气："走吧，吃午饭去，然后我给你化妆，准备彩排。"

下午1点，乔东阳从休息室出来，刚进办公室就看到桌面上摆放的参赛选手名单。他不喜欢有人打扰他，正好此刻办公室里一个人都没有。

"天狗。"

天狗的小短腿踩着滚轮立刻移过来："乔大人，有事儿请您吩咐我。"

乔东阳指了指名单："谁放的？"

天狗："侯助理。"

乔东阳挑挑眉，没有说话，只是看着天狗，但天狗内部配置的高清摄像眼扫描到了他的表情，它马上补充："就是那个最可爱的马屁精侯助理。"

乔东阳哭笑不得。这句对白当然是侯助理自己设定的，每天把拍马屁当成工作重点，还大言不惭地告诉全世界……这样的助理，恐怕再也找不出第二个了。

乔东阳哼了一声："谁准他回来上班的？"

"您的问题我无法回答，乔大人。"

"嗯？"乔东阳的眼神一冷。

"我是无辜的，乔大人。"天狗摊手。

"哼！"乔东阳不满地拿过名单。

天狗又说："侯助理的脸皮厚，他说爱您一万年，乔大人。"

乔东阳的头皮麻了麻，他回头瞪它："闭嘴！不要吵我。"

"好的，乔大人。"天狗听话地退了回去。

名单上有参赛选手的简历。经过三个月的赛区海选后，入选《星空行者》的参赛选手一共有一百五十五名，其中有五名选手没有与节目组签订赛前协议，所以只剩下一百五十名有资格参赛的选手。乔东阳从头翻到尾，没有看到池月的名字。

"天狗！"

"……"

周围静悄悄的。

乔东阳拔高声音："天狗？！"

"……"

还是没人回答。乔东阳捏了一下太阳穴，将老板椅慢慢地转过去："天狗，你是不是又想死一死了？"天狗那双幽蓝的眼睛里泛着好看的波光，一闪一闪的，像在往外放射电波，它稚嫩的声音十分可爱："乔大人，你没有对我下达说话的指令。"

"……"乔东阳觉得自己在机器人的陪伴下，脾气越来越好了。至少到目前为止，他还没有把它从窗口丢下去："天狗，讲话。"

"好的。乔大人，有事儿请您吩咐我！"

乔东阳拿起名单拍了拍，想说点儿什么，却迟疑了半秒，又转过身："叫侯助理进来！"

天狗："好的，乔大人。"

接到命令的侯助理以光速到达办公室。推开门后，他举起双手，像个人形的天狗一样："乔先生，我来啦！有事儿请你吩咐我。"

乔东阳的目光有点儿冷："名单都在这里？"

侯助理诧异："是的，乔先生。名单里的选手都与节目组签订了赛前协议——"说到这里，他压低声音，"乔先生，是不是还有你认识的人要加进来？这样，你把名字报给我，我去办！"

这个人满脑子都是关系户。

乔东阳看着他："那个叫池什么月的人……没有参加？"

侯助理微蒙："乔先生的意思是……"

乔东阳垂下眸子，板着脸冷笑："我记得她那个姓王的朋友抢了两张邀请函？"

这……发布会上那么多人，乔先生居然记得这样的细节？

侯助理一脸佩服的表情："没错，乔先生果然好记性，智商一流……"

侯助理又开启拍马屁模式了。

乔东阳脸一黑："为什么她不参加？"

侯助理："……"

人家为什么不参加，他哪里知道？

侯助理憋了半天："大概是池小姐自惭形秽，觉得以自己平凡的资质，不适合再与乔先生这样英俊完美的男人接触吧？"

"自惭个屁！"乔东阳被他气笑了，拿过名单摔在侯助理面前，"池月……"乔东阳迟疑了一下，"池月是航校的优等生，个人素质相当好。虽然人品是差了一点儿，但我们需要的是人才，没必要因为一些小瑕疵就放弃对人才的培养……"

侯助理灵光一闪，总算听懂了。老板绕了地球一圈，原来是在说池月的事儿？这一切只是因为池月没有来参赛？

侯助理马上立下军令状："乔先生，这事儿交给我去办，我保证让池月小姐出现在赛场上！"

"嗯。"乔东阳总算给了他一点儿好脸色。可是下一秒乔东阳又正襟危坐，好像根本就不在意这件事一样，冷漠地吩咐："记住！不要让她太骄傲，太自以为是。我们的节目也不是没有她就不行。"

"明白明白，放心吧，乔先生，我保证办得妥妥的！"

池月正在化妆间帮王雪芽化妆，展现她令人惊叹的化妆神术，侯助理风风火火地进来了，额头冒着汗，他用一种极为严肃的表情看着池月："池小姐，恭喜你！你成功地引起了我们乔先生的注意！"

"……"

池月拿眉笔的手一抖，王雪芽一边的眉毛就飞起来了。

“你说什么？”

侯助理笑得一脸和善：“乔先生特许你参加《星空行者》的录制，邀请函都免了，马上就可以签协议。”

池月：“……”

王雪芽惊喜地睁大眼睛，无视了被画飞的眉毛：“真的？”

侯助理点头：“意不意外？惊不惊喜？”

王雪芽差点儿跳起来：“太好了——”

“不好意思。”池月打断了她的话，“我好像没有表示过想参赛。这……乔先生的特许，从何谈起？”

侯助理一愣：“你要拒绝乔先生？”

“很奇怪吗？”池月看着侯助理那张见了鬼一样的便秘脸，“我只是拒绝参加节目。”她就事论事，“一是我不认为我有夺冠的可能，不想浪费时间。二是我玻璃心，对残酷的淘汰类节目不感兴趣。三是我没有与乔先生手拉手飞上天的梦想……”

侯助理一脸不可思议。

十分钟后，乔东阳接到侯助理的电话。

“池月小姐她、她……”侯助理难以启齿，支支吾吾。

乔东阳：“她是不是高兴坏了？嘚瑟得姓什么都不知道了？”

“这……”侯助理嗯了一声，“好像是挺高兴的。”

“哼！”乔东阳摸了摸天狗的大脑袋，在它的脑门儿上叩了叩，“那你有没有警告她，不要以为有我的特许就放松训练，晋级是要靠真本事的！”

“乔先生……”侯助理的喉头发紧，“池小姐不愿意参赛——她拒绝接受您的特许。”

“……”乔东阳吸了口气，那肃杀的表情被天狗轻易地扫描到了。一分钟后，天狗还没有看到乔先生动弹，紧张地嘀了一声：“乔大人！你怎么了？”

乔东阳没有说话。

“乔先生，你是不是也准备死一死啊？”

乔东阳转过来，摸了摸天狗的头：“乖，我很生气，请你去死一死吧！”

天狗：“啊！我死了！”

砰！天狗倒在了地上。

《星空行者》的启动仪式极为隆重，青檬TV的演播厅流光溢彩，出现在现场的几乎是全明星阵容。一百多家媒体平台到场报道，宣发力度超强，占据了整整两天的热点。节目还没有开机，其声势就已经盖过了现下所有的热播网综——它不是以娱乐为主的节目，关注度却比娱乐节目还高。

那些签过保密协议的女选手虽然知道节目是以“培训、考核、比赛、晋级”的方式进行，但大多数人仍然没有预料到比赛的残酷性。当晚的启动仪式是以娱乐节目为主，女选手都在开心地自拍、发朋友圈，都把吉丘县之行当成了一次愉快的旅行……

池月当然不会这么想。仪式结束，刚回到家，池月就把王雪芽拎过来，开始给她恶补沙漠地区的知识。王小姐开始还很认真，听着听着就打哈欠了：“不用这么紧张吧？我的身体素质比大多数人强，知识就更不用说了。月光光，你和我，两个学霸的组合，难道我们还怕那些乌合之众？”

“你……”池月生气，用指头戳她的额头，“做好心理准备吧。”

“知道啦知道啦！”王雪芽摸摸脑袋，“可以洗漱睡觉了吧？今天好累！”

池月：“……”

王小姐欢天喜地地睡觉去了，池月却睡不着。她回房坐下，打开笔记本电脑，从网上搜出《星空行者》节目组发布的零星资料，将一些支离破碎的信息综合起来，得出一个可怕的结论——这场比赛可能会是“人间炼狱”！这批选手要吃大苦头了。

第二天，池月去学校请假。临近毕业，有些同学已经去各大航空公司实习，因此在池月说明情况后，老师对于她没能去参加节目深感惋惜，然后直接批了池月的假。接下来的两天，池月抓紧时间与网店的供应商达成了代发货的协议，又把一些店内事务处理好，然后开始准备两个人的行李。

10月10日这天，节目组出发前往吉丘。池月是一个合格的助理，把所有东西都已经收拾好了，早早就起了床，带着王雪芽赶赴集合点——火车站的大广场。

王雪芽很兴奋，车刚停就跳了下去："快！要点名了。"

池月推着两个行李箱跟在她后面。

选手入列，随行的人站在边上等着。

每位选手都领到了一个姓名牌，牌子上有分组情况。一共一百五十个选手，被分为十组，每组十五人，一个临时组长，一个带队教官。听节目负责人介绍，这些教官全都来自培养航天员的军队院校，这些院校以训练严格著称。

"各组清点人数，准备进站。"

"大家看好队旗，注意跟紧教官！"

女选手们很兴奋，大声地应道："是——"

这一百五十名选手来自全国各地，是节目组选拔上来的优秀女性，每个人都满怀憧憬，等待着C位（C位：舞台的中央或艺人在宣传海报上的中间位置）出道的那一天，期待的光芒快要从眼里溢出来了。池月跟在王雪芽那一组的后面，拖着箱子，突然一怔。

她看到了人群里的朱青。运动服、大马尾，朱青打扮得很精神……单看朱青这个样子，没有人会把她和那种在深夜为宅男服务的"特殊女主播"联系起来。不过，她想骗过别人不难，难的是她居然能骗过自己，还冠冕堂皇地来参赛……这个女人的内心很强大。

池月盯着她的背影，又看了一眼王雪芽。如果在以后的节目中，王雪芽要面对这样的对手，恐怕会被人家撕得渣都不剩——

池月的担忧王雪芽当然不知道。她频频回头看池月："月光光，你别掉队啊！"

池月微微一笑："放心！"

在检票口，朱青看到了池月。她放慢脚步，等池月走到身边时说："你还真是让人刮目相看。"

池月笑了：“不要太崇拜我！我不是你高攀得起的女人。”

朱青冷冷地哼了一声：“你明明有竞争实力，却放弃了，甘心当别人身边的绿叶，很有想法嘛……”

池月不理她，走得很快。

朱青又追上来：“我不相信你是这样的人，你会甘心居于人后？池月，你的眼睛里写满了欲望，你要的东西那么多，怎么可能放弃这样的机会？”

池月的脚步一顿，她转过身面对面地看着朱青：“你是我妈啊？”

“……”朱青被她问愣了。

“如果不是，请不要随便猜测我的想法。”她抬高下巴，冷笑了一声，转身离开了。

朱青僵在原地。

第一次坐火车的王雪芽兴奋得手舞足蹈，看什么都新鲜。光秃秃的树都能被她看出美感，吃个泡面也能吃出米其林餐厅的感受。她一路都在拍照，发朋友圈，像一个不知烦恼的小孩子。在她的笑脸前，池月想叮嘱她的话都被击溃了。

池月不忍心再叫醒她了，让王雪芽开心开心吧！

离吉丘县越近，条件就越艰苦，池月原以为王雪芽很快就会腻了，肯定会因为受不了而叫苦。可王雪芽的表现很出乎她的意料。这位娇小姐吃苦的能力比大多数女选手还强，对于节目组的安排配合度也非常高，根本就不需要池月提供帮助。他们这些人到达吉丘时，王雪芽从大巴上跳下来，甚至主动帮池月拎箱子。

池月：“……”

王雪芽笑得眯起眼：“是不是很佩服我啊？”

池月点头：“小乌鸦，我得重新认识你了。”

王雪芽有点儿小得意，朝她吐了吐舌头。池月看了看她。在颠簸了两天后，池月发现吉丘县城的落后程度超过了百度百科的描述，甚至超出了自己的想象，于是她开始捶胳膊甩腿，叫苦不迭，埋怨节目组为什么要选这种地方。

池月松了一口气："小乌鸦，你是最有希望夺冠的，加油！"

论专业知识，王雪芽在这一群人里肯定是顶尖的。池月最担心的体能方面，王雪芽也不输别人。再看毅力，第一个回合她就赢了。

王雪芽的信心更足："放心吧，我要是得了冠军，奖金分你三分之一……"

扑哧！池月忍不住笑了："我以为会是一半！"

王雪芽掰指头："还得扣税，还得孝敬爸爸妈妈爷爷奶奶外公外婆，还得买一些东西……"

"哈！"池月搂住她的肩膀，乐不可支，"你怎么这么可爱啊？傻孩子……"

王雪芽居然当真了。

"我是认真的呢。"王雪芽瞥了她一眼。

"认真地以为自己已经是冠军了？"

"嘿嘿。我先把钱安排好，这样才有动力。"

"……"

两个人正说着话，教官突然吹响了哨子："各位选手，我们的拍摄营地离车站大约有二十五千米。现在我们原地休整，等一等后面的大巴。大家要抓紧时间，毕竟——往后休息的时间恐怕会很少了。"

"啊！"

什么意思？很多选手感到不妙。

"训练强度会很大吗？"

教官："这是节目赛制的问题，我们到达营地后，会有老师详细告诉大家。"

众人面面相觑。这时，节目组的一个负责人走到大家面前，露出一个神秘的笑容："大家别垂头丧气的！打起精神来猜一猜……谁将会出现在拍摄营地的开机现场？"

大多数人在猜明星。可是一个个明星猜过去，负责人一直在摇头。

"不对。都不对。"

王雪芽突然拔高声音："难道是乔先生？"

负责人看向她："真聪明！猜对了。"

王雪芽："……"

池月："……"

这个和聪明无关好吗？只是因为她恰好认识乔东阳的汽车。那辆曾经送过她们回家的汽车正徐徐地从公路上驶过来，走在另一辆大巴的前面。哪怕车上覆盖了不少尘土，失去了它本来的光洁，但在吉丘这个落后的县城里仍然极为显眼。

"是乔先生？"

"我来拍照……哇！我要发朋友圈。"

"哪个是乔先生？后座好像有两个人？"

"不对！驾驶室里那个……是人吗？"

池月和王雪芽交换个眼神，都不说话。

汽车停在他们面前，车窗摇下，驾驶室里的那个东西，不是人，又是人。它是——机器人天狗。小天狗扫了一眼现场，晃晃脑袋，清脆的童声响起："大家好，你们可爱的小伙伴天狗已上线。请多多关照！"

"哇！"

"哇！是机器人？"

"好可爱！"

人群里响起一阵尖叫和掌声。

乔东阳英俊的面孔慢慢地出现在后车座上。

他一开窗，池月明显感觉到身边女选手的呼吸一顿。好多人的目光从天狗的身上移向他的位置，他们举起了手机，随组的摄影师也没有客气，把镜头对准了乔东阳和天狗。

乔东阳扫了一眼池月："大家都累了吧？"

女选手们很开心，大声地回答："不累！"

"辛不辛苦？"

"不辛苦！"

乔东阳点点头，再次望向池月。

"你们呢？"

池月抿嘴，当自己是编外人员。王雪芽看了她一眼，像众人一样摇头道："不累，不辛苦。"

"哦，这样啊！"乔东阳缓缓地一笑，"既然这样，那就自己走过去吧！"

众人一惊。

乔东阳也不解释，慢慢地摇上车窗："还有，麻烦各位把照片都删掉，我不希望我的脸出现在任何平台上。谢谢！"

他说的是谢谢，可那姿态……真的好狂啊！

汽车绝尘而去。很快，众人就明白了乔东阳的意思——大巴只能载她们到营地五千米之外的地方，剩下的路需要她们徒步过去。

一群人叫苦不迭！行李箱留在大巴上，由节目组的司机送去营地。大部分选手只带一个小包，轻装上阵。池月挑挑拣拣，装满了一个大背包，背上后不动声色地跟着王雪芽出发了。

吉丘县城很小，她们出了车站，没走一会儿就看不到房舍了，眼前只有烈日和黄沙。一条沙漠公路如同赤黄的长蛇。漫天黄沙，戈壁狭长，没有尽头。人走在路上，裤管上满是灰尘。

"这要走到何年何月啊？"

"五千米吗？我怎么感觉……像走了五千千米？"

日头很晒，选手们都在抱怨。池月和王雪芽戴着口罩和帽子，背着水壶，她们的防晒做得好，表情也比其他人轻松。

"小乌鸦，我们拍个照。"沙丘上，池月举起手机。

这里风大，头巾飘扬，两个女生对着镜头比"V"。

"哇！好美！"王小姐对镜头里的自己很满意，"这张是不是很有文艺女青年的感觉？等下，我发个朋友圈。"

"这里没信号。"池月拍拍她的肩膀，"走吧，别掉队。越是走在后面，越会觉得路远！"

王雪芽这组的带队教官姓刘，是一个魁梧的汉子，他腿长脚长步子大，女选手们为了跟上他，一个个都相当吃力。渐渐地，这一队与其他的队伍拉开了距离。

“大家再坚持一下。”刘教官怜香惜玉，又一次停下来鼓励选手，“再翻过两个这样的沙丘，差不多就到了。”

“噢！”有人欢呼。

队伍又重新有了活力，姑娘们闹腾起来。她们谈论着接下来的赛程，谈论着今天晚上会有什么美食。而池月想的是——“翻过两个沙丘就到”，这句话刘教官已经说三次了。

一个沙丘，两个沙丘，无数个沙丘。沙漠无边无际，好像没有尽头。走了这么久，大家都已经饥肠辘辘，可为了行走方便，大多数人没有带食物。

“饿吗？”池月问王雪芽，然后像变魔术似的从包里掏出一个面包递给她，“垫垫肚子。”

王雪芽的眼睛一亮：“月光光，你太英明了。春风十里，不如你！”

池月笑而不语。

王雪芽把面包掰开，分一半给她，剩下的一口咬入嘴里，吃得很满足，含糊地说着：“月光光，我这辈子肯定找不到比你对我更好的男人了……”

池月瞪了她一眼：“我是女人。”

王雪芽点点头，又摇头：“我知道呀，所以我说找不到比你更好的男人嘛。”

“……”池月翻了个白眼，视线落在王雪芽的脚上，“还能走吗？”

王雪芽的眉心皱起：“能。”

她的脚已经磨出了水泡，她能坚持走到现在，还能保持乐观的心态，池月很佩服她：“加油！”

两人相视一笑。

“节目组太抠门了。不给我们准备水，也不准备吃的，事先也不告诉我们要走这么远！太过分了吧。”一个选手走到王雪芽的身边，与她搭讪。

王雪芽看了她一眼，微笑着说：“咱们还好啦，你看后面那个扛摄像机的小哥……那才叫不容易呢。”

那个选手一怔，大概意识到自己这样说不好，笑着点头：“你就好了，带了私人助理，什么脏活累活都有人干了……”

王雪芽有点儿不高兴了：“她是我朋友。”

那个选手扫了一眼池月，不知信没信，但没再继续聊这个话题：“你叫什么名字？我叫麦麦。”

王雪芽一愣，友好地笑笑：“你好，我叫王雪芽。”

麦麦笑着靠近她：“雪芽，我可以向你借一个面包吗？”

王雪芽一愣，原来她是被面包吸引过来的。

麦麦不好意思地说：“我中午没有吃什么东西，现在饿得……头昏眼花快走不动了。”王雪芽的同情心顿起，回头看池月：“月光光……”

池月干脆地打断她的话：“没有了。”

“呃！”王雪芽看了一眼池月的表情，张了张嘴，没有再问什么，转头向麦麦致歉，“不好意思，麦麦，我们只有一个面包。你看，我俩都是分着吃的。”

麦麦盯着池月手上的半块面包，咽了咽口水，有些遗憾，但没有再继续烦她们，只是说了一声没关系，就走到前头去找熟悉的小伙伴了。

王雪芽松了一口气，挤了挤池月的肩膀：“真的没有啦？”

池月：“是的。”

王雪芽不信：“你的包里鼓鼓的，都装了什么？”

池月一本正经地说：“饼干、卤牛肉、泡面、牛肉干、火腿、八宝粥，还有辣条……”

王雪芽：“……”

王雪芽突然感觉她们好富有，看了看前头的麦麦：“那你为啥不给她一点儿啊？要是让人家知道咱们这么抠，多难为情。”

池月看了她一眼：“王小姐，她借的是面包。我们没有面包。”

王雪芽：“……”对方是饿了，明显借的是吃的啊！

池月猜到了她在想什么，一脸冷漠地说：“不要做烂好人！你给她一点儿吃的，行。那其他人又来问你借，你给还是不给？”

王雪芽愣住了，没有想那么多。

池月：“离营地还有多远？不知道。接下来还会有什么考验？不知道。这个时候只要管好你自己就行了！听懂了吗？”

“哦……”王雪芽低下头，“我听你的！”

“有树！”

“快看，前面有好多树啊！”

一群选手叫了起来。她们从吉丘县城出发，越往营地走，越荒凉，在她们来的路上，连一棵树、一株草都看不见，成片的沙漠和天空相连，有一种走在人间地狱里的感觉。突然看到黄昏下的树林，有人惊喜地落泪，有人去拥抱大树，有人拍照合影，大家都很兴奋。

“这是胡杨。”池月告诉王雪芽。

“生而不死一千年、死而不倒一千年、倒而不朽一千年的胡杨？”王雪芽记得那天晚上池月给她恶补的资料里就有胡杨这种树木。

池月看着那一片胡杨林：“这次是真的离营地不远了。”

“终于……”王雪芽开心起来，“月光光，你家离这儿远吗？”

池月低头，踢了一下沙子：“不远。”

池月和王雪芽又走了大概半个小时，太阳西沉，终于到了营地。一个个白色的蒙古包坐落在沙丘下面，在太阳的余晖里泛着暖烘烘的金黄色光芒，远处的沙丘像一层层金黄色的波浪，明艳、美丽。沙丘边，一片胡杨林在风中招手。

“太美了！”

“这就是拍摄地吗？”

“为什么没有训练器材呢？”

在这群选手的想象中，训练地点应该会配有模拟太空舱一类的器材。结果这里只有沙漠与蒙古包。那到底要训练什么？

“欢迎大家来到《星空行者》的拍摄营地。现在各组分配住宿点，一个小时后，进入正式拍摄。”

一个小时后？她们不用休息吗？

众人刚刚松懈下来的心再次悬了起来。

麦麦举高手臂："教官，我们晚上吃什么啊？"

刘教官看了她一眼："在你们分到的帐篷里有一张提示卡，上面会告诉你们下一步怎么做。现在各组散开，抽签分帐篷。"

王雪芽抽到一顶胡杨树下的帐篷，开心得像个孩子："我的运气太好了，我一定是冠军命啊，月光光！"

池月瞄了一眼营地的构造，并没有认真听她在说什么。

王雪芽左看右看："月光光，不是说乔师兄来了吗？怎么没有看到人？"

池月笑笑："他这种人怎么可能住在这里？"

王雪芽怔了怔："到处都是沙漠，他不住这里，能住哪里？"

池月："离这里不到五里就有一个小镇。"

"哇！你知道得真多！我感觉自己带了一个军师。太棒了。"

王雪芽进了帐篷，打开行李箱，把生活用品都拿出来，准备铺床。

"不要动！"池月阻止她。

"为什么？"王雪芽拿着床单狐疑地问道。

池月沉默片刻："行李都照原样放好，现在什么也不要做，先看看提示卡。"

"好吧！"王雪芽拿起一张印着《星空行者》logo的卡片，看了一眼就被吓住了，"我的妈呀！"

"怎么了？"池月凑过去，只见卡片上面写着："第一天，沙漠基础训练。为了让选手克服沙漠气候的变化、缺水、饥饿等困难，提升选手的野外生存技能，今晚节目组不提供晚餐，选手需要自行外出寻找食材，并在晚上9点前返回营地。惩罚：晚上9点没有返回营地的选手，淘汰。每组最后一名返回营地的选手，末位淘汰。奖励：第一名返回营地的选手可以享用乔先生的晚餐。"

王雪芽讶然地看着池月："第一天晚上就要淘汰掉至少十五名选手？那不是白跑这么远了吗？太残酷了！"

池月勾勾唇："别想太多！也许是因为节目组的经费不够，淘汰得越快，花销越少。"

扑哧！王雪芽被逗笑了："肯定是这样，要不然怎么会让选手自己去找食物——"说到这里，她瞪大双眼，"我的乖乖，怪不得你不肯借吃的给别人。在这里，食物会不会比黄金还贵？"

池月点头："也许会。"

节目组只允许一个人带一个行李箱，大多数人都选择带上漂亮的衣服和化妆品、日用品，而池月……除了必备的换洗衣服，带了一堆吃的喝的。

王雪芽刚开始还笑她是吃货，现在彻底服了："月光光，你是怎么想到的啊？"

池月："食物和水是人类生存的基本需求，而美不美……是在满足了基本生存需求后的精神需求。在这里，美不美一点儿都不重要。"

王雪芽软软地坐在地上，拍了拍酸软的腿脚："月光光，跟你在一起，宝宝好有安全感。"

池月拉她："别犯懒，快起来，找食材去！"

王雪芽累得不想动："咱们不是有吃的吗，拿出去不就获胜了？还可以去吃一顿乔师兄的晚餐……"

"你想多了，节目组怎么可能让你这么顺利地过关？"池月给了她一个眼神。

王雪芽一怔，慢慢地抬头，看到帐篷里的摄像头："呃！我怎么忘了会有这个东西。傻了！我们暴露了。"

"嘻嘻嘻！"帐篷里突然响起一阵笑声，接着，音箱里传来天狗的警告，"不要作弊哦，被发现是会被取消资格的。"

池月望着摄像头，不吭声。

天狗："我是偷偷告诉你的，别人都不知道呢。哎哟，乔大人在掐我的脖子……"

池月："……"

天狗："乔大人，乔大人他……呃，我死了。"

池月："……"

"搞什么啊？"王雪芽一脸不可置信的表情。

池月琢磨一下，指了指那张提示卡："去吧，别再耽误了。"

“你呢？”

“我不能陪你去。”

王雪芽认真地看了一下规则，蔫了：“完了，我会迷路的。”

“这里有地图——”池月将提示卡翻过来，指着背面给她看，“这个地方就是我说的那个小镇。到了镇上，你要找到食材并不难。小乌鸦，有信号就用手机导航，把充电宝带上。”

“好难……”

“相信我，这肯定是最轻松的，后面只会越来越变态。”池月抱了抱王雪芽，“加油！我会在这里吃着卤牛肉等你回来的。”

王雪芽：“……”

营地里，工作人员都在忙。

池月站在帐篷门口看着王雪芽的背影远去，不一会儿，坐了回去。她没有碰行李箱，而是拿起手机查找信号。

嘀嘀！短信提示音响起，是一个陌生的电话号码发来的：“我两分钟后到你那里，跟你说点儿事儿。”

不用多说，这么张狂的消息只能是乔东阳发的。池月没回复他，盘坐在地上，从背包里取出一袋卤牛肉，撕开包装，慢条斯理地吃起来。一直以来，她都是个淡定的人，哪怕给她发短信的人是乔东阳——无数女人趋之若鹜的乔先生，此节目的主办者——仍然激不起她的半点儿热情。

“池小姐，收到回复。”短信又来了。

池月的眉头微微一蹙，然后她继续若无其事地吃东西，心无杂念。然而，当乔东阳找上门来的时候，她还是有些意外——这不符合乔东阳的人设啊？

“池小姐。”乔东阳的声音像融进了一丝吉丘的风沙，像是真有急事儿。

池月拿着卤牛肉的手在半空中停了片刻，然后她拿纸巾擦了擦嘴，走过去：“什么事儿？”

“方便进去说吗？”乔东阳保持着基本的教养。

池月撇嘴：“不方便。”

这样干脆地被人拒绝的情况，在乔东阳的生命中从来没有出现过。

他很生气："是很重要的事儿。"

池月挑挑眉："有多重要？"

乔东阳："人命关天。"

此刻，选手们都已经离开营地，工作人员也都出去工作了，乔东阳挑这个时候找上门来要说什么？人都有好奇心，池月也不例外，而且，乔东阳也不是闲得无聊的人。

池月迟疑着，站在门口，用手拉着帐篷："如果你是来约架的，我今天不方便，请提前预约。如果你对我有什么想法，我劝你趁早死心。"

"喀喀喀——"乔东阳冷冷地盯着她，像在看外星来的怪物，"池小姐，你一向都这么自恋的？"

池月撇嘴："不然呢？"

"你凭什么认为我——会看上你？"

"不是看上我，那你是为什么？"池月的神色很放松，她带着一点儿戏谑的口吻，"为了网店的资料？如果是，那就更不可能了！我可以出卖自己，但绝不会出卖客户。"

"你怎么卖？"乔东阳认真地问道。

池月半开玩笑半认真："不卖给你。"

"哼！"乔东阳微微挑眉，懒洋洋地从上衣口袋里掏出一个不大不小的瓶子，"我是为这个来的——"

池月不知道那瓶子里是什么，惊了惊："这不是我店里的产品吧？乔先生，你要是用坏了那里，可赖不着我……"

用坏了那里？用坏了哪里？乔东阳的眼皮跳了跳，他给了她一个冷眼："这是一瓶酒，你看不出来？"

酒？池月看着那个不认识的标签："谁要跟你喝酒？"

乔东阳看她眉头紧蹙，小脸绷紧，严肃得像在面对生死仇敌，不由得笑笑："为了给你一个接近我的机会。"

"所以，你找我就是要谈喝酒的事儿？"

"你有牛肉我有酒，是不是很合适？咱们喝上两口，你有什么心事就可以对我畅所欲言了。”乔东阳就像没有看见她的表情一样，长腿一迈，走了进去，还“好心”地提醒她，“不要站在门口，被人拍到就不好了。进来说。”

池月冷冷地转头，从上到下地打量他：“你哪里坏了？”

乔东阳一本正经：“脚后跟着火！”

池月：“……”

这个男人要不是脑子坏了，就是真的有病。他嫌弃地审视一圈帐篷里的布置，发现没有地方可坐后，居然拉过她的行李箱，将自己高贵的屁股坐了下去，然后伴随着嘎吱一声，朝她点头：“坐过来吧！”

池月：“……”

顶着一脑门的问号，她大步走过去拎他：“起来！”

“我没地方坐。”

“我管你？不许坐我的箱子。”

“我没地方坐！”

“坐地上！”池月气不打一处来，使出吃奶的劲儿，试图把乔东阳从行李箱上拖下来。然而，力气极大的她在面对乔东阳时居然这么无能为力，扯了几把，他纹丝不动。

“我的天！”她甩手，“你到底要做什么？”

乔东阳：“如果你只是为了摸一下我的胳膊，恭喜你，梦想成真了。”

“你……”池月吐一口气，“那我是不是要感谢你的祖宗十八代？”

“不用，你靠的是自己的实力。”乔东阳大言不惭，“毕竟你是第一个摸到我的胳膊的女人。”

“……”

池月的肺都快要被他气炸了，她还得保持微笑：“你到底干什么来了？”

“找你喝酒吃肉。”乔东阳低头咬酒瓶，动作很潇洒，只可惜池月真的不感兴趣：“乔先生，你是不是误会了什么？我们并不熟。”

乔东阳笑得很神秘："来！喝几口就熟了。"

池月："乔先生，我不会喝酒。有什么事儿请直说。"

乔东阳转头，认真地凝视她，那专注的眼神锁定在她的脸上，好一会儿，淡淡地说："池小姐，这是我给你的机会。"

"乔先生，我听不懂你在说什么。"

"那我们开门见山好了！"乔东阳把他的宝贝酒瓶放在地上，漫不经心地说，"你的情况我大概从郑西元那里了解了一些，你需要钱，很多钱，需要到不顾脸面卖保健品，甚至不怕危险亲自送货的地步……"

"不不不！乔先生，你误会了。"池月笑笑，"首先，我从来不认为卖保健品是一种不要脸的行为。我诚信经营，不坑蒙拐骗，怎么会丢人呢？其次，我亲自送货不是不怕危险，而是为了最大限度地服务我的客户，也是为了更好地发展我的事业。这有什么不对吗？"

乔东阳看着她，眼神炽热："事业？池小姐对未来的规划，就是卖一辈子保健品？"

池月盯着他的眼睛，可以很清楚地看见他眼中的光。

"所以，乔先生要谈的就是我的职业规划？恕我直言，乔先生你——很遗憾，并不是我的分享对象。"

"我确实不是你的分享对象，但《星空行者》很适合你，你为什么不参加？"

"这是我的自由。"

乔东阳点点头："你需要钱，《星空行者》的获奖者能得到很高的奖励。你可以陪朋友参加，自己却不愿意参赛，到底为什么？"

池月冷冷地看他："这好像不是乔先生该关心的问题？"

"不！"乔东阳一本正经地说，"本人求才若渴！我欣赏的是你的能力！"

她的能力，他在哪里看到的？池月忍不住笑了起来。

乔东阳冷冷地一哂："池小姐，说出你的故事——"他的面容严肃，一改之前玩世不恭的态度，"今天恰好我有时间。说吧，说不定我可以帮到你。”

池月不得不承认，乔东阳的话对她很有吸引力。以他的财力、物力，如果他愿意出手相助，她努力一辈子都做不了的事情可能很快就能完成。这简直就是赤裸裸的诱惑。

池月看着他，说不出话。

乔东阳的唇角勾起：“池小姐，虽然我长得好看，但你也不好一直盯着看吧？说正事。”

池月笑了，自己在想什么呢？就算乔东阳的钱多得花不完，他乐意拿出来做公益，又凭什么要把精力、金钱和时间耗在这种大多数人认为毫无意义的事情上？乔东阳是一个生意人，从他这几年在商海中打拼的战绩就能看出，这是一个讲求实际的精明人，如果没有企图，又怎会轻易布施？

“乔先生，我看你着火的不是脚后跟，是后脑勺儿吧？”

乔东阳：“……”

“我没有故事。”池月不看他逼人的目光，而是盯着那一瓶叫不出名字的酒，“你从郑先生那里听来的只是我的举手之劳，如果乔先生愿意做公益，我很欢迎，你也可以像郑先生一样，捐些树、钱，我会代表月亮坞的老小感激你的。”

乔东阳没有说话，盯着她，像在审视一道复杂的应用题。

池月歪歪头：“乔先生，虽然我长得好看，你也不好一直盯着看吧？怪不好意思的。”

乔东阳哼了一声：“你认真的？”

池月笑着点头：“是的。你可以带着你的酒一起离开了。”

乔东阳凝视着她，然后慢慢地站起来，没有拿酒，而是把手插在裤兜里，笑着问：“月亮坞很近，你不打算先回去看看，再做决定？”

池月很好奇他今天为什么会说这么多话，但伸手不打笑脸人，乔东阳的态度不错，而且有做公益的兴趣，她不想堵了人家的好心：“谢谢！我现在是王小姐的助理，不方便离开。”

乔东阳勾唇：“池小姐，你一定会为今天做的决定后悔的！”

池月侧头看着他。

这时，乔东阳已经走到了门口，弯腰撩帐篷，顿了顿，又突然回头：“我不算什么好人，但这点儿小钱我不看在眼里，就像你说的——只是我的举手之劳。”

池月的眼睛一亮。他今天来，真的是为了这件事？那他愿意为月亮坞做更多的事儿吗？池月张了张嘴，正想说点儿什么，就见乔东阳微微一笑：“不过，现在我改变主意了。嗯，一毛不拔有时候也是一种个性。”

乔东阳走了。

池月看着他留下的酒，突然有点儿懊恼：“这个该死的家伙一定是故意的！”如果他真的有心帮她，明明可以直截了当地说，可偏偏要用条件来换——抛出诱饵，又收回去，眼睁睁地看她一个人挣扎。

他简直恶劣至极！

池月抱住头：“好歹也等我上个钩啊？”

## 第三章

# 乔大人又要做坏事了

不知过了多久，池月被手机提示音拉回现实：“月光光，给我发个定位！我找不到回来的路了。”

这个小乌鸦！路痴。池月飞快地给她发了定位，然而，发出去半天那边都没有反应。池月皱眉，试着给王雪芽打电话：“你好，你所拨打的电话暂时不在服务区，请稍后再拨……”

对于王雪芽的安全，池月倒不是很担心，节目组有那么多工作人员，那么多台摄像机，不会让选手有危险的。她现在担心的是王雪芽来不及赶在9点前回营地，这样的话，王雪芽在第一个回合就会被淘汰。沙漠地区的昼夜温差极大，临近夜晚，天边的霞光未落，气温就开始转凉了。池月一直打不通王雪芽的电话，左等右等不见她回来，内心的平静渐渐被打破，取而代之的是不安和忐忑。

8点，8点10分，8点30分。

时间一分一秒地过去，池月在帐篷里待不住了。她找了一件冲锋衣套上，戴好帽子，包裹严实后走了出来。外面很冷，天还没有黑透，已然可以看到一颗颗明亮的星星，那些回到营地的选手正在配合节目组进行拍摄，灯光很亮，人声鼎沸。池月远远地看了一眼拍摄区域，再一次拨打王雪芽的电话——仍然处于无法接通的状态。

还有半小时才到截止时间，这个时候去问工作人员王雪芽的情况显然不合适。池月站在胡杨树下，有些焦躁。这时，有人从营地外面走了进来："小伙伴们，快来看我给你们带什么好吃的了。"女孩的笑声引起众人的注意，摄像机的镜头马上对准了她。

她二十来岁的样子，个子高挑，打扮时尚，深邃的五官有种欧美混血儿的感觉，长得很有辨识度，在人群里十分醒目，声音也还算好听："沙枣发面馍、蜜瓜，还有沙枣汁……我可是费了九牛二虎之力才找到这家店的呢，快！大家来尝尝……"她的热情感染了一大批姑娘。

"好喝，谢谢林盼。"

"我要一个。"

"我也要一个！"

林盼成了人群中的焦点，节目组也需要这样的镜头。于是她成功地抢占了第一天的"热点"，也获得了选手们的好感。池月觉得这个姑娘将是王雪芽的一个劲敌。

"你知道吗？林盼是有来头的。"两个女孩喝着沙枣汁边走边聊。

"有啥来头啊？"

"这你就不知道了吧？人家是拿着特别通行证进组的。"

"厉害了！她是哪位大佬的人？"

"昊光的郑总介绍的。据说是乔家内定的人……嗯，你懂的，乔家看上的儿媳妇。"

"不会吧，都内定了，咱们还参什么赛？"

"嘘——你小声点儿！"一个女孩左右看了看，瞪了旁边的女孩一眼，"这种事不好随便说的……"

"那你怎么知道的？"

“我哥在昊光工作，是郑总身边的人……”

“哇！那你也算关系户了？”

两个女孩渐渐走远，池月站在胡杨树的阴影里，再一次看看时间，又过去十分钟了！她不能再犹豫了，小乌鸦对这个节目的重视程度，池月是知道的。所以，不管节目有没有内定名额，也不管参赛选手中有没有乔家的未来儿媳，池月都会拼尽全力帮助她。

三分钟后，池月找到节目组里一个姓王的负责人，喘着气，捂住胸口：“你好，王姐。你……我想请你帮帮忙。”

池月一脸焦急的表情，脸上没有一丝血色，把人吓了一跳：“你……你这是怎么了？”

“我……我的药……”池月上气不接下气，“我的药放在王小姐的箱子里了……她的行李箱有……有密码锁，我……不知道密码，必须马上联系到她……”

“这……”王姓负责人看着她，迟疑片刻，“节目组有规定，不能中途联系选手。你看这样好不好，我给你找医生，或者送你去医院？”

池月不停地摇头，脚一软，瘫坐在地上，有气无力地说：“没、没用的，我必须拿到……特效药……王姐，我快呼吸不过来了……快……”

人命关天！王姓负责人迅速联系跟拍王雪芽的工作人员，把事情说得十分严重，很快，池月就听到了王雪芽的声音：“喂！月光光，你怎么啦？”

王雪芽很紧张，几乎是吼出声的。

池月呼呼地喘气，一字一顿地说：“小、小乌鸦……你……你回来了吗？”

王雪芽：“没，我好像迷路了。咯！”

池月：“咯咯咯……那你的密码……行李箱的密码是多少？我的药……药在你的箱子里……药……”

王雪芽：“……”

电话那边没了声音，王雪芽大概是愣住了。

池月接着说："你个迷糊虫……不……不会也忘了吧？"

王雪芽与她认识多年，对这种小伎俩驾轻就熟，马上反应过来："越慌张越想不起来。月光光，你又犯病了？"

"快！告诉我密码……"

"怎么办？我想不起来密码了，怎么办？"

她急得快哭出来了，池月捂着胸口的手反倒松了松："看一看……聊天记录……你上次发给我过……我换手机……没有保存……"

"噢，对！对！我想起来了。马上！我的手机……刚才工作人员说带手机违规，他们拿去保管了，我去拿回来。"

"我……等你……"

不到两分钟，王雪芽就发过来一串密码："520520！"

池月抬头看着王姓负责人："谢……谢谢姐……我回去……拿药。"

王姓负责人很担心她："我扶你回去。"

"糟糕！糟糕！乔大人，出事了。出大事了！"

乔东阳的目光被天狗吸引了过去。

"嗯？"他没什么表情，心情似乎不怎么好。天狗扫描到主人的面孔，用它的"大脑"迅速做出了情绪分析："乔大人，属下有事禀报！"

乔东阳："说！"

天狗："我心爱的女人犯病了！我要不要去救她？"

它心爱的女人？乔东阳满脸"慈爱"地看着它，一巴掌拍在它的大脑门儿上，然后打开它的"眼睛"——机器人天狗的脸上有一块高清LED屏幕。此时，乔东阳看到的就是池月骗人的那一幕。

"乔大人，她是不是要死了？糟糕！乔大人，她要死了，要死了！"

乔东阳的唇角勾起："机器人果然不是人！"

天狗："乔大人，这句话是不是骂人的？"

"你不是人。"

“哦！”

乔东阳掰着天狗的脑袋：“你看不出来她是在演戏吗？”

天狗：“乔大人，你不可以这样对我，我的脑袋会被你拧掉的。”

乔东阳掰得更用力了：“看来你的面部情绪识别和处理系统需要升级了，你居然看不出来她在演戏？”

天狗被他拧得肩膀都在抖动：“瑟瑟发抖！害怕得瑟瑟发抖！”

乔东阳松开它：“天狗，你的辨识能力下降了。你被她骗了。”

天狗：“因为我不是人呀！乔大人，我们机器人是不会骗人的。”

乔东阳：“居然很有道理。”他盯着天狗的脸——那个 LED 显示屏，若有似无地一笑，“节目越来越好玩了。”

天狗对别人脸上的情绪识别不准确，对乔东阳却例外。它是他的专属 AI 宠物，对他极其熟悉。

只过了一秒，天狗就兴奋起来，天真地跺脚：“好啊！好啊！乔大人又要做坏事了！乔大人又要做坏事了！”

乔东阳：“……”

王雪芽是掐着时间回来的，她的手上还拎了一只鸡——一只活鸡！它正扑棱着翅膀，咯咯乱叫！她的额头受伤了，用纱布裹着，外套系在腰上，一说话就气喘吁吁，手上的鸡也在不停地叫唤，那画面——池月看得脑壳疼。

“你怎么回事儿？”池月上前接过那只鸡。

“我没有过时间吧？”王雪芽抹了把脑门儿上的汗。

池月看了一眼时间：“没有，差三十秒！”

“太棒了！”王雪芽猛地抱住她，“月光光，我完成任务了。”

池月被她扑得退后两步，盯着王雪芽的脸瞧：“这伤怎么弄的？严不严重？”

王雪芽摇头，吐了吐舌头：“小意思！等会儿说这个，你先说我棒不棒？那么快就领悟了你的暗示……”

池月朝她竖大拇指：“合作愉快！”

“嘿嘿，爱你。”王雪芽冲她眨眨眼，用只有她们两个人才懂的“暗号”表示了谢意，然后就去找刘教官报到了。池月看着她，不由自主地笑了。

两分钟后，王雪芽回来了。她大惊失色地看着池月："哎呀！他们直接买吃的回来，不算违规吗？"

池月："为什么违规？"

王雪芽："节目组不是说要寻找食材吗？食材，不是食物啊！你看我的鸡——"她指了指那只咯咯叫唤的鸡，"我这个才叫食材好不好？"

池月："……"

刘教官吹哨集合。全部选手在沙地上整队报数，各队队长和教官点名，最后确认，实际参赛人员一百五十人，每组末位淘汰一人，另外，截止到9点，共有十人没能按时赶到。因此，一共淘汰二十人。第一回合结束，还剩下一百三十名选手。

沙地上静悄悄的，一轮灰蒙蒙的月亮挂在天际。

"各位离开的选手，节目组为大家准备了丰厚的礼物，解散后，大家可以去找各自的教官领取。"参加节目的选手都不是为了礼物来的，谁都没有想到自己刚到吉丘第一天就会被淘汰。太快了！没有给人一点儿准备的时间。

被淘汰的人无法接受，没有淘汰的人心情也很沉重。

接下来就是胜利者的狂欢时间了。

"恭喜晋级选手！"负责人王姐带头鼓掌，紧接着，人群中爆发出一阵热烈的掌声。

有人尖叫、大笑！有人往空中丢帽子！摄像机记录下了这一刻。王姐看着大家，清清嗓子道："之前让大家寻找食材，只是为了考验你们。其实咱们节目组今晚为大家准备了丰盛的晚餐，一会儿各位领完衣服回去换上，就可以出来用餐了！"

一个个厚重的打包袋被抬了过来，袋子上有名字，队长按名单分发到各人手里。等王雪芽领完装备，抱回帐篷后，池月仔细数了一下，东西很齐全。秋冬常服、作训服、作训靴、运动服、帽子、睡袋、作训大衣，还有姓名牌，甚至包括眼罩、耳罩等小物件。每一件装备上都印有《星空行者》节目的标志。

“月光光，快看看我这样穿好看不？”王雪芽换上作训服，穿上作训靴，戴上姓名牌，把帽子一扣，朝她敬了个礼，喜欢得不得了，“是不是很帅？”

她的身材修长，宽大的作训服衬得她像一个小姑娘。

池月点点头，突然眉头一皱，又去揭她的帽子：“这个伤怎么弄的？”

“咝，疼，麻烦你轻点儿！”

王雪芽飞快地捂住伤口，然后眼神有点儿飘地说：“月光光，今天我差一点儿就不能回来见你了。”

池月一惊：“咋了？”

王雪芽低头看脚尖：“我被车撞到了。”

池月的心脏漏跳一拍：“你怎么才说？谁干的？”

“你别叫得这样大声，这不就只是擦到一点儿吗？”王雪芽示意她别叫，“就是我在镇上买鸡的时候遇到个神经病，开车像开火箭一样，擦到我了……”

“然后呢？”

“然后……他就跑了。”

“车牌号记住了吗？”

王雪芽摇头：“当时我就担心鸡有没有被碾到，忘了。”

池月骂了一声，仔细看了看她的伤。

“处理过了。”王雪芽撇嘴，“当时把我吓坏了，幸好……”她给了池月一个大大的拥抱，咧开了嘴笑道，“大难不死，必有后福。这个冠军一定是我的。”

池月哭笑不得，拉她的胳膊：“哪儿来这么大的脸？”

“因为我有你啊，超级助理。”

“我可不像你，谜之自信！”池月想到那个叫林盼的选手，还有刚才负责人念晋级名单时，默默地藏在人群里的朱青，“小乌鸦，我不担心你的能力，只担心你的智商。”

王雪芽翻了个白眼：“拜托！你还是担心我的能力吧。”

她们吃完节目组安排的自助晚餐，回到帐篷里时已是深夜。夜里风大，天气很冷，夹裹着沙子的妖风将帐篷吹得啪啪作响，如同一场突如其来的雷阵雨。王雪芽转了转酸痛的脖子："这鬼天气！好愁人！不能洗澡，身上像长了刺儿一样。"

池月："醒醒吧，能有饭吃就不错了。"

"呃！"王雪芽蹲下来去抠自己的脚，"好尴尬，我的鞋子里好像进了沙子。"

池月看王雪芽愁眉苦脸的样子，笨拙又好笑，摇摇头，蹲下来帮王雪芽脱鞋："拿到外面去抖一抖就好了。你这样抠，要抠到何年何月？"

"抖？"王雪芽坐在地上脱鞋，看到下午拿出来的床单，吃了一惊，"完了，床单上也有好多沙子。这不是在帐篷里吗？沙子怎么跑进来的？"

池月撇嘴，不知道怎么给她解释："在沙漠地区，你必须要习惯沙子。吃的、用的、穿的'无一不沙'。每天起床第一件事，就是抖一抖。"

王雪芽："……"

池月把她脱下的鞋和床单一起拿到帐篷外，抖干净后拿回来："穿上。"

她把鞋子丢给王雪芽，然后开始叠床单。

"喂，你干吗？"王雪芽不解，"睡觉穿拖鞋就行了，这个鞋拿到门口去吧。不对，你把床单叠起来干吗？不铺上睡觉吗？"

池月："现在还不是睡觉的时候。"她看了一眼啪啪作响的帐篷，"这么恶劣的天气，节目组不折腾折腾你们，怎么可能？"

王雪芽摸摸受伤的额头："不会吧？这才第一天！就不能让咱睡个好觉？"

"这不是普通的综艺节目。"池月说着把电脑包打开，将电脑摆在膝盖上，漫不经心地说，"反正你平常也不习惯早睡……闭上眼睛休息一会儿吧。"说着，她把作训大衣丢过去。

王雪芽很不情愿，但还是听了池月的话，乖乖地哦了一声，然后蜷缩着身子，将作训大衣盖在身上，闭上了眼睛。池月把王雪芽用过的水拿出去倒掉，又重新打了一盆水回来。王雪芽太困了，歪靠在大衣上睡着了，呼吸均匀。池月没打扰她，只是擦了个脸，然后就开始一个人工作了。来吉丘县之前，她和店铺的供货方签了个代发货协议，还留了一条很长的信息给对方——主要是关于未来合作和发展的建议。

池月想与对方合作开一家“无人保健品超市”。上次她转发微博获得的奖励，一部分给了妈妈，剩下的自己留下了，就是想用来开拓这个市场。王雪芽对经商没有兴趣，池月说可行，她就点头同意。但池月知道，以她们两个人的力量，开这样的超市还欠火候，她手上的资源也少了一点儿，这才想拉上供货方一起做这件事。

池月检查了一下网店的后台，打开聊天平台后看到了回复。

邵哥：“小月，你的想法我个人很赞同。不过，在实际操作层面还有很大的难度。主要涉及你说的人工智能导购与售货的问题……我们的工厂是做实体的，在这个领域还是门外汉。这样吧，我抓紧时间考察一下，再给你回复。”

池月看了看时间，手指在键盘上敲得啪啪响：“邵哥，你可以留意一下Crown公司的人工智能系统。我听说很多金融、教育、医疗行业的公司都在与他们合作……”

这么晚了，邵哥居然在线，立刻回复：“小月怎么突然想从线上做到线下了？”

池月：“在互联网时代，个人信息的泄露已经是个大问题了。我有几个客户提到他们的私人信息不知从什么地方流出去了，每天都会接到大量的骚扰电话和短信，对他们的日常生活造成了很大的困扰。保密性不够是我们这个行业的大忌，我认为这样的超市非常有发展前景。”

邵哥：“很多城市都有无人售贩机。其实有这方面需求的客户也可以通过二十四小时无人售贩机购买。”

池月：“那个太低端，我想做的是高端产品，服务于高端人士的。”池月说到服务高端人士的时候，脑子下意识地想到了乔东阳。嗯，大概就是他那样的。她说：“有些男人，你让他去无人售贩机买这种东西，他肯定不愿意，一是掉价，二是对产品质量不放心。”

邵哥：“好，这个项目我也很有兴趣，回头答复你。”

池月：“我明天做一个细则给你当参考。放心吧，我不会让你吃亏的。”

邵哥的心情很好：“哈哈，你是一个很好的合作伙伴，让我多赚了不少钱，我对你很放心。小月，我总觉得你——非池中之物啊。”

非池中之物？她姓池，那就只能是池中之物了。

池月盖上电脑。她认识邵哥好几年了，他为人诚信、负责，是一个好商家。但是，从开始到现在，他们只是在网络上合作，从来没有在线下见过。而在签合同的时候，她传过自己的身份证给对方，所以，他对她的了解比她对他的了解多。一开始王雪芽不太放心，可事实证明，池月看人的眼光没有问题。这个邵哥精明能干，做生意不吃亏，但也懂得适时地让利。退换货及时，好沟通，池月有时候支付货款晚十天半个月，从来不催，逢年过节还会送点儿礼品，多给点儿折扣，而且从来不打听合作伙伴的私人信息。

池月伸伸懒腰，帮王雪芽把作训大衣盖严，然后走出了帐篷。沙漠地区的气候环境会让大多数人紧张、害怕，但池月很放松，甚至有一种亲切感，从骨子里带来的亲切感。风停了，沙漠变得温柔起来。

池月面对的方向就是月亮坞。母亲睡了吗？姐姐睡了吗？其实，池月没有见过妈妈和姐姐描述的月亮坞。从她记事起，月亮坞就已经是一片沙化的土地了。有时候她会怀疑，山清水秀的月亮坞是不是一个传说？

嘟！哨声突然响起，尖锐、刺耳，响彻天际：“紧急集合！”

“沙漠生存训练第二个科目：沙漠野外行进开始！三分钟后，各组出发！”

哨声一响，营地嘈杂起来，帐篷里传出窸窸窣窣的声音。选手们从睡梦中醒来，鸡飞狗跳。池月听到的是“训练”，而不是“考核”，她的心稍稍地放下了一点儿。幸好乔东阳和《星空行者》的节目组还没有变态到不讲理的地步，先组织一轮培训，再进行下一次考核，而不是大开杀戒，踢人出局。

池月回到帐篷里，与匆匆出来的王雪芽打了个照面儿。

王雪芽举手比心：“Nice（太好了）!”她很兴奋。池月的准确判断让王雪芽成为第一个到达集合地点的选手。而且她着装整齐、精神抖擞，得到了刘教官大大的赞赏。大半夜训练，很多选手都在打哈欠，有几个背后还跟着一边走一边帮她们穿衣服的助理。

集合完毕，人员齐整。一声哨响后，他们就出发了。池月站在圈外，看着那两个被她视为王雪芽劲敌的女人——朱青和林盼。这是两个截然不同的对手，一个起点高，一个起点低。林盼是从国外的学校回来的，也带了助理，她的身份高调，为人却很低调。朱青从头到尾只有一个人，但延续了在航校时的人设，高冷、漂亮，与人保持距离。但她们都很精明，专业素质也不错，是有力的竞争对手。她们还有一个共同点，那就是训练时的完成度和配合度很高，团队协作能力强，肯吃苦，肯吃亏。

池月分析完她们，再看看王雪芽，突然有一种老母亲的心情。什么时候自家这棵长势不错的小白菜才能脱颖而出啊?

小白菜就是小白菜啊，再怎么长都长不成参天大树。野外行进到一个小时，王雪芽就大口地喘着气，开始了自我怀疑：“月光光，你说我是不是太高看自己了？就这样的训练，我已经觉得强度很大了。可教官说这只是开胃小菜，魔鬼训练还在后面。我的老天爷！我在想我是不是根本就不适合参加这个节目！”

“迟了！”池月跟在她的身边，“现在想什么都没用，选择了就不要放弃。”

“传说中的——自己选的路，跪着也要走完？”

“没错！”

王雪芽苦着脸抹了一把汗，重重地点头，像是突然又想到什么似的：“月光光，我观察了一下，在我们的选手队伍里没有一个人比你更强……”

池月面带微笑："我就喜欢你这种坦率的、有判断力的人。"

王雪芽喘了口气："你为什么和钱过不去？你要是参赛，冠军非你莫属。"

池月的脚踩在沙地上，发出松软的嘎吱声。走了好一会儿，她轻笑："但凡竞技类的项目，不管是体育、电子，还是别的什么……从来没有谁一定是冠军的说法。你没有发现吗？越是像冠军的人，往往就不会是冠军。"

"你还是认为节目有内定人选？"王雪芽斜眼看着她，"乔师兄不是这样的人。"

"小迷妹，你入魔了。"池月失笑，"乔东阳是个商人，精明的商人。"

"他就是很有人格魅力呀，难道你不喜欢他？"

池月看着她："我只喜欢钱。"

"搞不懂你！"

没有人搞得懂池月，哪怕是与她朝夕相处的王雪芽。

刚开始她们一起做网店的时候，王雪芽是抱着不怕亏钱的"玩儿票"态度，可池月让王雪芽相信她一定会赚钱，王雪芽嘴上答应，其实从来都不相信。在这个过程中，付出心血最多的是池月。王雪芽只是给池月提供了赚第一桶金的本钱，出力很少，是她占了池月的便宜，但池月不认可这种说法。她说，资本才是创业时最重要的条件，如果没有王雪芽的资金，她就没有今天。因此，不论将来她们赚多少钱，"春晓全球"的大股东永远是王雪芽。

王雪芽有些唏嘘："月光光，回去我就把网店的股份给你吧？其实你一个人就可以做得很好，根本就不需要我。"

池月回头一笑，背着包的剪影在月光下有一种难以描述的帅气："如果你这次拿了冠军，我就接受。"

"那我努力。"

她们脚下的路漫长、遥远，没有尽头。夜色下的沙漠中，一支支队伍像蜿蜒的长蛇在游走。

"可惜了，可惜了！"郑西元看着实时拍摄的镜头直敲桌子，"你说这个池月为什么不愿意参赛呢？连我这个外行都看得出来，她是好苗子啊。”

“知道自己外行，就不要插嘴。”乔东阳没给他好脸。

“就是觉得暴殄天物了嘛。这个女生有点儿意思，有点儿意思。”郑西元说话的时候，眼睛浅浅地眯着，尾音拖出来的音调给人一种色眯眯的感觉，“你说你眼睁睁地看着最优秀的选手一天天地在眼前晃，就是不肯参赛，是不是特闹心？”

乔东阳瞥了他一眼：“不该操心的事儿就不要管！”

“我哪有操人家的心，我这不是关心你吗？”

“滚！”

“嘿嘿！”郑西元瞄他，压抑不住八卦之心，“我说乔先生，你对池月的关注会不会太过了？就在刚才，我一百八十的智商告诉我，你这么做的理由绝不仅仅是你自己说的——出于对优秀人才的重视和培养，而是——醉翁之意不在酒。”

乔东阳抬手看了看时间：“滚回去睡吧，别在这儿碍眼。”

郑西元跷起二郎腿，懒洋洋地笑笑：“今晚我就睡你这儿。这鬼地方房间太破，就数你这间好，我不舍得走！”

乔东阳不冷不热地说：“我要休息了，明天回去还有正事。”

回去？郑西元一怔：“阿乔！不带这么玩的啊，你把我弄到这鸟不拉屎的鬼地方来，你却要走？”

乔东阳回头：“你是节目监制，必须在这儿。”

“你故意的吧？我这是招谁惹谁了？在城里吃香喝辣不好吗？”

“招我了。”乔东阳一板一眼，“你怎么招我的，需要我提醒你吗？郑总。”

“咯咯咯咯咯！”郑西元苦着脸咳嗽几声，“就那么点儿破事，至于记恨这么久吗？我都解释过了，我也是受害者，是无辜的啊！”

乔东阳一言不发，拉开门，对他偏了偏头：“滚吧！”

“可怜的我。”郑西元还没抽完，就把烟掐灭在烟灰缸里，“你是越来越变态了，真希望有个人能收拾收拾你这鸟脾气。”

“不劳费心！”

沙漠里的训练如火如荼地进行着，专业的教官有专业的训练方式，选手每度过一天，都像劫后余生。因为魔鬼式训练的残酷性，陆续有选手主动退赛，她们拿着节目组准备的礼物眼含热泪地离开吉丘，与来时的梦想挥手告别。王雪芽的脸晒黑了，人瘦了，她一到休息时间倒头就睡。从小娇生惯养的她没有吃过这些苦，但还在一直咬牙坚持。

池月既意外又欣喜："小乌鸦，你太让人骄傲了。"

"我也这么觉得。月光光，幸亏有你支持我，我不是一个人在孤军作战。我要努力拿下冠军，把网店转给你，然后飞上天去！"

"飞吧，冠军！"

冠军这个词，王雪芽提起的次数越来越多。在残酷的训练中，她的自信心越来越强，池月对她的信心也越来越足。这个状态持续了一周，《星空行者》的选手们迎来了第二次考核。

考核的头一天晚上，王雪芽裹在被子里，辗转反侧："月光光，我好紧张。你说我要是被淘汰了，好像挺对不住你的啊？"

池月抱着电脑回头："不会。你淘汰了，我肯定是最开心的那个人，这样我就不用陪你在这儿受苦了。"

王雪芽翻了个白眼："我们的友谊需要重新定义了。"

池月笑笑："快睡，养精蓄锐，争取明天打我脸。"

"走着瞧！"王雪芽拉上被子。

池月把网店的事情打理好，回头一看，这家伙已经睡着了。池月笑着摇摇头，看到邵哥的留言："你的方案我和公司的几个高层商议了，大家都很有意向。然后，Crown 那边，我们正在与他们接洽，进展很顺利。就是有一个小问题。"

池月慢慢地敲字："什么问题？"

邵哥回复："从线上发展到线下，有些事情需要当面沟通。我想和你碰个头，你看怎样？"

这个请求不过分。在电商平台合作和开无人超市不一样，希望对方有诚意，自己首先得拿出诚意。

池月说："可以。不过你得等我一段时间。我最近不太方便，走不开。"

邵哥："大概多久？"

池月想了想："这个暂时说不好。"拍摄时长取决于小乌鸦能不能晋级，目前池月还不放心让她一个人留在这里。可是，池月的回答显然不能让邵哥满意，他说："这么说吧，利用人工智能技术售卖保健品，我们肯定不是唯一一个想到的商家，商机稍纵即逝，你看这样行不行，我去你那里，你把地址给我。"

池月听着帐篷外的风声："我这儿挺远的。"

"在中国地图上吧？"

"必须在。"池月笑了起来。

"那就行。"邵哥是个务实的人，"地址发来，天南地北都没问题。"

池月犹豫一下，把定位发了过去。

邵哥："……"

天南地北都没问题，可问题是——她居然在沙漠里？

她聊完事情下线时，又是深夜了。第二天早上，帐篷外的哨声刚一响，池月就已经准备好了王雪芽的衣服和洗漱用品，等在她的身边。三分钟后集合完毕。考核项目一共有两个：一个是沙漠野外行进，一个是沙漠野外掩体搭建。两个都是基础项目，属于沙漠野外生存考核的重点。这也是过去一周里选手的主要训练科目。

有考核就会有淘汰。为公平起见，选手不得带陪同人员，池月只能留在营地等王雪芽的好消息。王雪芽是微笑着离开的，她的训练成绩不错，池月对她很有信心，可是没有想到，这家伙居然会哭着给池月打电话。

"月光光，我可能要被淘汰了。"

王雪芽有点儿小娇气，但很少哭。池月会笑话她，会逗她，但听到她的哭声就崩溃了："什么情况？"

"我不是有意的，被人陷害了。"

有人开始行动了吗？池月听到她的抽泣，眉头皱了起来："你说清楚，到底怎么回事儿？"

王雪芽："我说不清楚了——"

沙漠气候诡谲，太阳刚刚升起，地面已炙热如灼。池月从帐篷里跑出去，几乎是一口气跑到了王雪芽所在的地方。日头正烈，沙子被晒得滚烫。王雪芽坐在地上，垂着脑袋，头发散落在膝盖上，衣服脏兮兮的，一群人围在她身边七嘴八舌地说着什么，像在劝说，又像在安慰。

池月一看就上火："哭什么哭？起来！"

池月拨开人群，走近王雪芽，没去扶她，而是居高临下地看着她："马上站起来！"

王雪芽抬头，看到满头大汗的池月，有点儿惧意。

池月一脸愠色，双眼却很平静。这样的池月竟和当年她们刚认识时极为相似。那一年，她们还在上高中，王雪芽是一棵青涩稚嫩的小白菜，被一群混混儿讹诈、欺负，她只会哭，只会忍，只会拿钱消灾。那一次正巧被池月撞见，当时她也是这样拨开那一群小姑娘，让王雪芽站起来。然后，池月将她们一顿狠揍。王雪芽是乖乖女，那是她第一次打架，没有池月那么横，结果被人打得很惨，但那天之后，再也没有人敢欺负她了。她和池月也成了最好的朋友。

太阳明晃晃地刺着眼睛，王雪芽哽咽："月光光……"

池月的汗水淌下来，打湿了眉毛、睫毛、脸颊，顺着下巴流到了脖子上，但她一动不动："站起来说话！"

王雪芽抽泣着，把手撑在火热的沙地上。这一动，掌心就有鲜血渗了出来，染在黄沙上，红黄相间，格外刺眼。池月的眼里光芒一闪，她没有说话。这位娇滴滴的小姑娘咬牙切齿地对池月说："月光光，我太没用了。"

池月没有回答她，转过头看着周围的人。最后，她的眼睛对准摄像机和第五组的领队："选手受伤，你们都不用处理的吗？一堆人围着她，是在看笑话？"

烈日下，池月的身上像笼罩着一层金光，光线穿透她的头发，一根根发丝如同镀了金。可她的表情却透着寒气，大热天的，看得人心凉。摄像师手臂僵硬："我只负责拍摄，这是我的工作。"

池月像是没有听见，冷眼望向领队，目光极具侵略性："谁能说说究竟是什么情况吗？"

领队热得挠头，一脸无辜："不是我们不帮她处理伤口，是她没有完成考核，自己不愿意接受治疗，不愿意放弃。这不，我们正在劝呢。"

这时，刘教官从人群里挤了过来，一头热汗，像是刚从别处跑过来的，听声音有些紧张："这个事情是这样的……"他的嗓门儿很大，可面对池月咄咄逼人的眼神，他一个大男人居然连三秒都没有坚持住，就尴尬地搓搓手，"13号在沙漠行进的考核中遇到几个迷路的旅客。"

5队13号，513是王雪芽的编号。

池月曾为此给她起了一个诨号：虎妞！

可这家伙一点儿也不像老虎，居然就这样被人欺负了。

刘教官："13号一直处于领先状态，当时，她看到几个旅客有脱水、昏迷的迹象，就和几个选手停了下来，帮助救援。"

池月看着王雪芽的手："怎么会受伤？"

王雪芽接过话："旅客中有一个小孩，我看到他突然从沙坡上往下滑，就伸手去拉他，突然有人在背后推了我一把……"说到这里，王雪芽抹了一把脸上的沙子，指着她摔下来的沙坡，"我就是从那里摔下来的。不，我是被人推下来的！"

池月的脸一沉，她慢慢地转头，将周围的人看了一遍。四周一片寂静，没有人说话。刘教官和领队交换了个眼神："当时都在救人，13号反映的情况我们都没有看到……不过，除了几个旅客，现场没有外人，按理说不会发生这样的事情。"

"按理说……"池月冷笑，"什么事儿都讲道理，世界早就太平了！"她走到摄像师面前，"可以把你拍的样片给我看一下吗？"

摄像师条件反射般地让开了机位，很快，又反应过来："我说——你是谁啊？我为什么要给你看？"

池月说："我是王小姐的私人助理，怀疑有人危害她的人身安全。”

她冷得发寒的眼光看得人很不舒服。

刘教官过来打圆场：“事情呢，我们肯定会调查清楚的，会给你们一个交代，但样片我们有规定不能外传，很抱歉，不能让你看。”

池月点点头：“那几个迷路的旅客呢？哪儿去了？”

领队见她很讲道理，稍稍缓了一口气：“节目组已经派车把他们送去了医院。”

“明白了。”池月也不多说什么，望着王雪芽，“那她的考核怎么处理？”

池月气场全开的时候是有点儿凶的，领队把原本想说的话咽了回去，换成更委婉的说辞：“13 号的考核时间已经超了，原则上来说被淘汰了……不过，她也是为了救人嘛，我会把情况汇报上去，等节目组讨论后再给出处理意见，你看怎么样？”

领队的最后这句话不是对王雪芽说的，而是在问池月。软的怕硬的，横的怕愣的，这话果然不假。王雪芽刚才难受得肝肠寸断，也只得到了几句安慰，可池月一要横，马上就迎来了转机。

池月不表态，转头问王雪芽：“王小姐，你看怎么样？”

王雪芽脸上的泪痕未干，她闻言点点头。

池月又礼貌地问领队：“那现在没事了吧？我可以带她去医院了吗？”

“可以，可以！需要我们派车吗？”

“当然。”池月没有拒绝。

在这种地方，有汽车代步当然是最好的。然而，不等领队叫车过来，一辆越野车就冲了过来：“怎么回事儿，怎么回事儿？”

开车的是郑西元，是节目监制，听说出了状况，马上赶了过来。他刚刚跳下车，就被王雪芽盯上了：“是你！”王雪芽瞪大的眼睛像一把解剖刀，恨不得把他给生生剖开，“我总算找到你了。”

额头上的伤还没好，“肇事逃逸”的司机就主动上门了，王雪芽的怒气总算找到了发泄的地方。她总觉得自己的霉运是从那天买鸡开始的，所以看到郑西元就没有好气，顾不得手上的伤，一把揪住他："月光光，是他，就是他害的我。"

郑西元："……"

他堂堂一个大男人，被小姑娘揪了领子，成何体统？

"咯！咯！"众目睽睽之下，他轻轻地拉开王雪芽的手，"这位女士，你是不是误会了……"

王雪芽："误会什么？你化成灰我都认识你。"

郑西元："……"

众人的目光炽热。了解郑西元的人都知道他是什么样的人，一个在女人堆里打滚的男人，王雪芽跟他还能有什么恩怨？男女私情呗！

池月说："原来是你！"她笑着走近。

郑西元被她的眼光镇住，赶紧举起手："月掌柜，不关我的事儿啊！我不认识你这位朋友，没有招过她，更没有惹过她。"

池月说："那天是你撞的她吧？一周前，镇上的市场？忘了？"

哦？郑西元反应过来："哎呀！吓死我了，我还以为是哪个相好的找上门来讨说法呢，原来是买鸡那事儿啊。"说到这里，他笑盈盈地望着王雪芽，"不好意思啊，小妹妹，我没有认出你。你这……这是黑了？瘦了？丑了？哈哈，有点儿不敢认，抱歉，抱歉。"

"会不会说话？"王雪芽咬碎一口白牙，"谁丑？哪个丑了？"

池月拉住王雪芽，看她的手还在渗血："先去医院！"说罢，池月拉开车门，扶着愤愤的王雪芽坐进去，然后笑着望向郑西元，"郑哥，麻烦了。"

这笑怎么这么吓人呢？郑西元的心尖一抖，他发动了汽车。

池月笑着介绍："小乌鸦，这位就是'野兽战斗机'，咱们家的老客户。郑哥，这位是我的合伙人，王雪芽女士。你们认识认识吧。"

王雪芽一愣，看着郑西元，那表情显然充满了嫌弃。

郑西元尴尬地咳嗽："不打不相识，王小姐，请多多指教！"

"指教就不必了！"池月懒洋洋地笑笑，"让你们认识的意思是方便谈赔偿。”

池月从来都不是一个好说话的人，要赔偿的时候更是理所当然，尽管王雪芽不在意这点儿小钱，她要的只是一个公道，一个道歉。但池月认为最解恨的方式就是宰他一笔——然后，道不道歉的就无所谓了。

“给钱才是最有诚意的道歉方式，你说是吧，郑哥？”

“……”郑西元持续尴尬，“是的是的，有道理。”

“大家都是成年人，道什么歉呢？不用那么矫情！”

郑西元看到池月就脑壳疼，不太敢惹她：“那你说，赔多少合适？”

池月：“这个嘛，需要坐下来好好谈。”

在医生给王雪芽处理伤口的过程中，郑西元一直心惊胆战。他知道池月会对他狮子大开口，但没想到她一开口就是一个亿！

郑西元的眼睛都瞪大了：“你这是讹诈吧？”

池月一笔一笔地算给他听：“小乌鸦那天在买鸡的路上被你撞了头，有一点儿轻微的脑震荡……因为头部的伤没完全康复，导致她在今天的考核中神经失调，不小心摔下沙丘，很有可能遭到淘汰。她是争夺冠军的有力选手，如果被淘汰了，直接损失就是一个亿。至于其他方面——嗯，比如和乔先生手拉手飞上天这种精神上的损失更是不可估量。不过，看在我们有多年交情的分上，精神损失就免了！你就赔一个亿吧。”

你就赔一个亿吧！

你就赔一个亿吧！

你就赔一个亿吧！

郑西元瞠目结舌：“这……不对呀，我说你几个意思？”

池月打断他的话：“我说的难道不对？”

郑西元想了想，忍不住笑了：“别说，好像还真有道理！”

池月抬抬下巴：“所以，你认赔吗？”

“行了！我知道你要什么。”郑西元无奈地说道，“我会跟节目组沟通王小姐这个事情，争取不让她在这一轮被淘汰。”

“你想多了。”池月笑笑，“如果可能，我们当然选择要一个亿的赔偿。有了一个亿，谁还累死累活地在这儿跟人钩心斗角，玩宫心计啊。”

宫心计？郑西元微怔，不过马上反应过来了。池月为什么逼他？因为她不仅要王雪芽不被淘汰，还要找出那个推王雪芽的人！

“我做不了主！”郑西元实话实说，“你要求的两件事，我都做不了主。”

池月：“那谁做得了主？”

郑西元看着她，眼睛一亮，阴森森地笑道：“我觉得吧，你就做得了主！”

“……”

申城，乔宅。

乔东阳停好车，刚走入大门就接到郑西元的电话。听到节目组发生的事故后，乔东阳问：“查了吗？是谁干的？”

郑西元直叹气：“这个没法查啊！摄像机拍的样片我都看了，机位不对，没有拍到。再说了，这事儿是真是假谁也不知道，谁能保证那位王小姐不会为了不被淘汰而编一个段子呢？”

乔东阳沉默片刻：“现场的人怎么说？”

“没人看见，只有王雪芽认为自己是被人推下去的。”郑西元笑道，“就算是包公复活，恐怕也断不了这个案子。”

乔东阳捏捏眉心，没有发表意见，而是反问郑西元：“那你打电话的目的是什么？”

“我肯定无事不登三宝殿嘛。”郑西元的笑声有点儿怪怪的，很不自在，“阿乔啊，我们是不是朋友？”

乔东阳哼了一声：“不是。”

“那总是兄弟吧？兄弟有难，你帮不帮？”

“对不起，我妈没给我生兄弟。”

这天聊不下去了。

郑西元的笑容逐渐变形：“那我被人讹诈，你管不管？”

乔东阳斩钉截铁：“不管！”

“哎呀！你这么狠心啊？人家好歹也跟你睡过一宿的！”

“少套近乎，没事挂了。”乔东阳半点儿情面都不讲。

“等等！”郑西元深吸一口气，“如果我说讹诈我的人是池月呢？”

乔东阳正准备上楼，闻言脚步一顿，慢吞吞地在客厅的沙发上坐下来，悠闲地交叠双腿：“说说看！”

哈？郑西元打个响指：“我就说嘛，你不会不管我的。”

他把池月说的话原原本本地复述了一遍，没想到乔东阳听完居然表示认可：“她说的没毛病！”

郑西元哀号：“不是吧？你居然忍心看着我被伤害？”

乔东阳说：“非常忍心！并且为此感到愉悦。”

郑西元牙根痒痒,不死心地追问:“那王雪芽怎么处理？淘汰？我告诉你，池月这个女人不是省油的灯，她一旦认定有人故意推王雪芽，就不会善罢甘休，到时候你要是被她讹上，可就惨了。”

“是吗？”乔东阳饶有兴致地听着，“我都有点儿期待了呢。”

“你是不是活得太无趣了，恨不得有人天天找你麻烦？”

乔东阳微微眯眼，揉了揉太阳穴：“也许吧。”

气不气人？郑西元恨不得掐死他：“那你顺手帮我把麻烦解决一下，喂？喂？阿乔？”他还想说什么，可乔东阳已经毫不客气地挂掉了电话。并且当郑西元再次打过去的时候，乔东阳还扔给他一条狗：“你好，我是乔大人的私人 AI 宠物天狗，他目前无法接听您的电话。有事留言，没事退朝！”

回家坐了不到三分钟，乔东阳就往外走去。

保姆不敢吭声，过来帮他拿包。一个女人从厨房里走过来，堵在门口：“怎么走了？不吃午饭吗？”这个女人有点儿年纪了，但保养得很好。她穿着名牌，系着围裙，手上拿着一根切了一半的胡萝卜，那样子不像女主人，也不像保姆。但不管她是什么样子，在乔东阳的眼里都是一个可笑的存在。

“让开。”他说。

女人尴尬地赔着笑：“你爸爸说……你中午要在家吃饭，我准备了好多菜，你看你这一走……”

乔东阳冷冷地扫了她一眼："乔家倒不起剩菜剩饭了？"

女人抬眼看他一下，又迅速垂下眼睛，用商量的语气说："吃了饭再走吧，你爸爸很快就回来了。没有看到你，他怕是又要生气。"

"他生气，关我什么事儿？他生我的气，又关你什么事儿？"

乔东阳的反问很尖锐，女人哑口无言。

"让开！"他的个子很高，对比之下，那女人更是显得单薄。她的头几乎快要垂到胸口了，语气近乎哀求："东子，我不希望你和你爸爸一直这么僵下去……"

"你是谁啊？凭什么来管我们父子之间的事情？"乔东阳不耐烦，话里的刺磨得更尖了，"记住，你不是我妈，没有资格在我面前指手画脚！"

"东子……"女人还想说什么，可看见乔东阳冷若冰霜的眼睛，终于默默地退开了，"好吧，你开车注意安全……你爸爸对你那个智能系统信不过，你不要太依赖机器，电脑怎么也比不上人脑，你……"

乔东阳与她擦肩而过，离开了。女人没说完的话哽在喉咙里。

沙漠地区的气候十分任性，白日里还烈日如火，一到晚上就冷得让人哆嗦。

池月刚陪王雪芽回到营地，就接到了乔东阳的电话："喂！乔先生，找我有事儿？"

"你怎么知道是我？"乔东阳的声音软绵绵的，不像前些日子那么刻薄，还带着一丝懒懒的笑意，"你该不会把我的号码存起来了吧？"

"呵呵！"池月不给他好脸，"别自恋了。姐过目不忘。"

"是对我记忆深刻吧？"

争论这个有意义吗？比谁更自恋？池月没有耐心了："乔先生，说正事吧。节目组的事故，你们准备怎么处理？"

她急，乔东阳却不急："你说呢？"

池月沉默片刻："我的诉求就两点：第一，保留王雪芽的参赛资格；第二，揪出那个使坏的人。"

电话里许久没有声音。

池月站的地方风有点儿大，一棵矮小的胡杨在风里疯狂地跳舞，好像随时会被拦腰刮断。她低头捡起一片叶子，在指间转动着：“喂？说话！”

乔东阳还是没有出声。

“乔先生？”风太大了，把池月的声音都吹散了。一个人的对话让这通电话有点儿变味。池月清了清嗓子：“乔先生，我知道你听见了。我不急着等你的答复，也愿意给你们时间。不过，请你一定相信，我不是在开玩笑。如果你们不处理，到时候不要怪我让你难堪！”

“嗬！”电话那边传来一声轻笑，古怪又暧昧，“你准备怎么让我难堪？嗯？”

池月的眉心一蹙。不待她说话，乔东阳又笑着补充：“你知道吗？你发狠的样子特别有挑战性，我很想知道你到底能带给我多少惊喜，我也很期待你给我的难堪。毕竟——我这辈子都没见过能让我难堪的人，尤其是女人！”

池月沉默了。

风呼啸而过。

她静静地站了一会儿：“乔东阳，你喝酒了吧？”

电话那头静悄悄的，乔东阳没有回答。沙漠里的冷风呼呼地刮着，吹起池月的长发。她抬手摁了好几次，终于妥协，任由它散乱地纷飞，一如她此时的心情——躁动、不安。

池月认为乔东阳不是一个会没事打电话闲扯的人，他要说的话一定与王雪芽的事儿有关，只是不敢肯定乔东阳的决定是什么。而且，她嘴上说得横，心里却没底。对方有资本，而她什么都没有。节目组会不会开这个先例？这位乔先生又为什么用挑衅的语气对她讲这种暧昧不清的话？

“池月。”乔东阳唤她的全名，正如她刚才叫他的名字一样。

池月抿了抿唇：“你说，我听着呢。”

“你那里风很大？”乔东阳突然低笑。

池月一时没反应过来。她侧过头，看着疯狂扭动的胡杨，还有营地里不时走动的人群，轻轻地嗯了一声：“你不是这么无聊的人吧？怎么关心起天气来了？”

“因为我明天要过来。”乔东阳说得很自然，就像在和秘书交代行程一样，说完，又叹了口气，笑道，“就为了你们那点儿屁事，浪费我这么多宝贵的时间。刚回来，又要跑一趟吉丘。我很忙的，池小姐！”

池月挑挑眉：“乔先生，我也很忙。所以，你到底想说什么屁话？”

乔东阳没吱声。

池月想象着他被戗的样子，唇角不由自主地勾起：“其实你如果不方便，可以远程指挥，没必要亲自跑一趟。当然，你也可以现在就告诉我处理结果。”

“我刚才说过了。”乔东阳淡淡地说，“我很期待你准备给我的难堪。”

“明白了。”池月在一阵短暂的心烦意乱后轻笑一声，“就是说，你们坚持要淘汰掉王小姐，是这个意思吧？”

乔东阳迟疑一秒：“节目组是有规章制度的。”

池月一动不动地盯着那棵快被刮断的胡杨：“好，明白了。”她毫不犹豫地挂断了电话，没有多余的话。“好”究竟指什么？她没有传递给乔东阳半点儿情绪，她怎么想，什么态度，他一无所知。

在帐篷里等着的王雪芽也一无所知。看到池月进来，王雪芽迎上去，把暖水袋递给她：“接个电话怎么这么久？冻坏了吧？快来暖暖手。”

“我不冷。”池月拉着王雪芽坐下，将乔东阳在电话里说的事儿如实相告，“小乌鸦，如果最后的结果还是被淘汰，你会不会很难过？”

王雪芽心里一酸。她付出越多，就越在乎。参加《星空行者》这个节目是王雪芽人生中难得用心做的一件事，她当然会难过，但看着池月，摇着头笑了：“不会。我来参加之前就有心理准备。”

“好！”池月握紧她的手，“咱们做好最坏的打算。节目组不给公道，那我们只能靠自己了。”

“靠自己？”王雪芽讶然，“你想做什么？”

池月反问：“教官告诉你最多的话是哪句？”

王雪芽：“……”她的脑子蒙，池月却很清醒：“自救。任何情况下都不要轻易放弃自己。”

“可是——”不放弃又能怎样？虽然她真的很冤枉。但节目组要淘汰她，她还能左右得了人家的决定吗？

“看我的。”池月回头拿过帽子扣在脑袋上，转身就走。

“月光光？”王雪芽追出去，“天都黑了，你上哪儿去？”

“等我！”池月的声音飘散在风里。

池月是半夜回来的。营地里一片安静，但王雪芽还没有睡，焦灼地等待着，直到听到池月的脚步声响起，才安下心来：“吓死我了。月光光，你干什么去了？”

池月搓了搓快要冻僵的手，把电脑抱过来，坐在地上：“你快睡！明天早上起来再说。你不好好休息，是不想参加比赛了？”

王雪芽：“……”

她满肚子的疑惑，却拗不过池月。池月是个极有主意的人，能量正、点子正，决定的事情就一定要做。王雪芽只好一个人先睡了，然而，没想到次日起来的时候，竟然发生了天翻地覆的变化。《星空行者》正在拍摄，关注度很高。一些有颜值有实力的选手在网上甚至已经有了后援团，吸引了不少粉丝。因此，选手们的一举一动都颇受关注。今天凌晨，一个爆料帖横空出世，迅速发酵，立刻成了全民关注的热点。

“《星空行者》选手互斗，节目或将成为最大的宫斗剧——是为航天选才，还是为乔宫选秀？”

该帖爆料某选手为排除异己，将另一个夺冠热门选手推下二十米高的沙坡，导致其身体多处受伤，险些毁容。话题充满八卦之气。这样的事儿本就是人民群众津津乐道的话题，一石激起千层浪，这个帖子迅速被各大门户网站转载，无数围观群众参与热议。

在这个帖子后面还附有一个技术分析帖，该帖里有一张出事的沙坡照片，并标注了沙坡高度，人体重心，人体重量，人体落地处，滑行距离及受伤部位，并在垂直于斜面向上以及沿斜面向上的方向画了一条带箭头的线段。同时，发帖人根据数值计算出摩擦力等各项物理数据，用以证明王雪芽不是自己摔倒，而是被人推下沙坡的。

“两种落地方式，力的作用肯定是不同的。”

帖子很快聚集了各路技术大神，他们在技术帖原有的资料基础上计算出了更多的数据，俨然把帖子搞成了一个科普帖。于是，上一个热点的热度还没有消退，下一个又来了。

媒体戏谑：“学好数理化，遭遇宫斗也不怕！”

话题的热度持续不减，节目组慌了。王雪芽还没把帖子看完，电话就打进来了。领队、教官、负责人王姐，一个接一个。

“不要接！”池月冷冷地看着她。

“啊？”王雪芽差点儿按下接听键，一个哆嗦又把手收了回来，“为什么？”

池月揉了揉膝盖：“身受重伤的你昨晚突然发烧，现在不是应该还在昏睡吗？”

王雪芽：“……”

池月把作训大衣丢到她身上：“别慌！有我呢。”

不到十分钟，刘教官和节目组的王姐就找了过来。池月依旧不让王雪芽出面，磨蹭了足足一分钟，才慢慢打开帐篷走出去：“王姐，刘教官，你们——怎么来了？”

刘教官是个实诚人，憋不住话：“13 号呢？我们有事问她。”

池月一脸平静：“昨天我陪她换药回来，吹了点儿冷风。她受了伤，又不适应沙漠气候，半夜就发烧了，这会儿在睡觉呢。”

刘教官一怔，正要说话，被王姐拦住，她说：“池小姐是吧？”王姐往帐篷那边看一眼，笑着说，“节目开机前，选手和我们是签了协议的。选手不能传播未经节目组许可的节目内容，不得私自爆料竞争对手的隐私，互相攻讦，影响节目形象，或者传播诋毁节目组形象的信息……”

“等等！”池月缓缓地抱住手臂，“王姐，你的话我怎么听不懂？”

王姐的脸沉了下来，池月却笑了：“你是说今天的帖子吧？你的意思——那帖子是我们王小姐发的？”

王姐僵硬地笑笑：“这件事节目组还没有给出处理意见，你们私下这么做，是不是不太好？”

池月：“你这么说，有证据吗？”

王姐当然没证据，但是她的脸色已经相当不好看了：“说实话，我个人非常同情王小姐的遭遇，也一直在努力和公司的高层沟通，帮你们从中斡旋，结果你们搞这么一出，不是让我难堪吗？”

“对不起！”池月保持微笑，“我不懂你的意思。帖子不是王小姐发的，也不是我发的。当然，如果是别的什么好心人仗义执言，我们也管不着，对不对？王小姐跟你们签了协议，别人可没签，没义务为你们保密，包庇坏人！”

“你——”王姐的脸涨成了猪肝色。

在节目组里，不管多厉害的选手都得捧着她，这样一个别人恨不得叫一声姑奶奶的人被池月一顿抢白，面子上过不去：“行！你们不识好歹，我也没办法。”撕破遮羞布，就不用再掩饰情绪了，王姐道，“那我就直说了吧，刚接到上头的通知，5 队 13 号选手王雪芽，由于考核成绩不达标，只能淘汰——”

王姐的“汰”字还没说完，电话就响了，她看了池月一眼，转身去接。不到十秒，王姐就像见鬼一样地转过头，那双描了浓重眼影的眸子死死地盯着池月：“好的，我明白了。”

池月一直在笑，就那么安静地看着王姐笑，不问话，也不退让，直到王姐拿着手机走回来：“池小姐——今天节目组没有安排训练，主任说下午让选手们开个短会，重点讨论一下近期出现的问题……”她的语气突然变得委婉，声音也弱了，“晚上在县城聚餐，乔先生会出席。请你一定要参加！”

池月的神经跳了一下：“我说过，帖子不是我发的。”

“我知道，我知道。”王姐的眉眼都垂了下来，“刚才是我态度不好，你别介意，我也是为你们着急。这样吧，等见到乔先生大家再交流……”

池月奇怪地看她一眼，点头。

池月回到帐篷里时，王雪芽的嗓子眼都快急出火来了：“月光光，帖子到底是谁发的？”

池月慢慢解下围巾，丢在行李箱上：“邵哥！”

王姐说的短会果然够“短”，一直到下午4点半，会议还没结束。池月是陪着王雪芽一起去的，旁听。主持会议的是王姐，几个负责人都在。王姐总结了前一个阶段训练和考核的成果，表扬了选手们吃苦耐劳的精神，给大家提了一些建议，然后开始介绍下一个阶段的训练。王姐给大家打了预防针，透露了东阳科技的航天模拟器已经运抵吉丘，选手在正式进入模拟器训练前，会进行一系列的相关训练。总之，没有最苦，只有更苦。

池月不时地看手机，脸上渐渐露出不耐烦的表情。终于，王姐说到了王雪芽的事情：“关于那天的事儿，今天给大家正式通报一下。5 队 13 号的考核成绩虽然不达标，但考虑到事出有因，她是为了救人才受的伤，节目组决定，暂不淘汰，留队察看。等她完成下一个阶段的考核后再做处理。”

下一个阶段还处理什么？现在都没有淘汰，难道下次考核的时候，人家通过了，还能淘汰？这不就相当于节目组已经决定了吗？选手们面面相觑。王雪芽是一个非常强的竞争对手，留下来会直接影响别人夺冠的概率，所以当然没有人愿意她留下。不过现场并没有人说话，甚至响起了一阵掌声。

又说了一些鼓励的话后，王姐宣布散会：“大巴在外面等着，大家回去收拾收拾，然后一起去县城。今天好好放松一下，明天继续训练！”

他们到达吉丘县城时，天色已晚。太阳落下了地平线，灰蒙蒙的小县城在细碎的余晖里像一颗沙漠中的明珠，金灿灿的，平添了几分姿色。

池月和王雪芽下了车，边走边聊，走得很慢，特地落在众选手的后面。没想到这么一拖延，她们竟在上电梯的时候遇到了乔东阳和郑西元一行三人，第三个“人”是侯助理抱着的小机器人天狗。

乔先生一如往常，英俊的脸上是不近人情的冷漠，看到她们后眼皮都不抬，仿佛浑身都写着“全世界就数老子最牛”。他从小帅到大，不管走到哪里，从来都不会特别注意谁。因此，他习惯了无视别人，习惯了女生的尖叫与媚眼，习惯了别人主动示好——可是，他跩是他的事儿，池月压根儿不看他，更不理会他，只当他是空气。

他们两个人一左一右，“冷气全开”，让其他三个人顿时觉得电梯好拥挤……

郑西元清清嗓子，没话找话：“月掌柜，你也来了哈。”

池月眼睛都不眨：“是的。你们乔先生特地邀请我来的。”

特地邀请？郑西元僵着脖子侧头看去——乔东阳的目光斜过来：“有吗？池小姐？”

池月反问：“没有吗？乔先生？”

乔东阳轻轻一笑：“我请的是全体《星空行者》的选手以及她们的助理等人。当然，也包括池小姐。”包括，但意义就不同了。

池月并不在意这个：“原来是这样？我还以为乔先生专门邀请我来的呢，看来是我误会了。不过，这样的话就太好了。”

众人还没有反应过来，电梯就到了。

门一开，池月就冲了出去：“小乌鸦，咱们一会儿再联系。”

王雪芽一怔：“你……去哪儿？”

“邵哥等着我呢……”池月难得俏皮地挤了挤眼，“我们约在楼下的日料店见面，我本来想陪你去看看乔先生有什么吩咐，现在看来没我什么事儿了。那我先过去了。”

池月走得飞快。

电梯里，乔东阳没什么表情，一动不动。

侯助理尴尬了，看看乔东阳：“乔先生，电梯到了。”

乔东阳微吸一口气：“我长眼睛了。”

侯助理：“……”

他不敢说什么，只是在心里嘀咕了一句。

既然看见了，你为什么不出来，占着电梯耍什么帅啊？人家都走了！

“久等了，邵哥！”

池月拉开椅子坐下：“为了赔罪，今天我请客吧！”

她的声音很好听，尤其是叫邵哥的时候，那个邵字与别人的发音似乎不太一样，像绕了一个小弯儿，尾音“ao”像是粘在她滑滑的舌头上，转了好几转才出来，悦耳又亲近。

邵之衡是生意人，在商场上摸爬滚打的日子久了，什么样的女人都见识过，对方稍微流露出一点儿什么，就能看穿对方的心思，唯独池月……这个和他打了几年交道的女孩，他看不透。而且她每每叫“邵哥”的时候，他心里就一激灵，仿佛一下被勾动神经，回到了年轻时的初恋时光。

邵之衡不年轻了，但也不算老。三十三岁正是男人的黄金年华，他英俊、成熟、稳重，有较好的经济基础，这样的男人可以说是婚恋市场上的抢手货。邵之衡知道自己对女人有吸引力，也知道自己在这个女人面前吸引力会失效。

他微微一笑：“不用客气。谁请都一样。”

池月喜欢他平和的目光，那目光很容易让人安静下来，和他相处也比较舒服，所以没有矫情：“那就说定了，今天我请，就当是感谢和赔罪。”

“嗯？”邵之衡一时没反应过来。

池月往杯子里加了一点儿水，轻轻晃了晃，对他笑笑：“昨晚的仗义相助！”

“嗬！”邵之衡举起水杯，与她轻轻一碰，“举手之劳。”

两个人相视一笑：“点菜吧！”

池月低头拿铅笔勾菜单，用余光一看，却发现……几个熟人进来了，他们默默地在隔壁坐下。她勾勾唇，没说话，点好菜后把菜单交给了服务员。



邵之衡似乎没有发现身边的异样：“我给你的计划书你都看

了吧？”

池月双手交叉，点头：“看了，我没什么意见，就是有一个小小的问题……”

邵之衡：“你说！”

池月的眉心微蹙：“我可能没有办法马上拿出那么多钱——”

邵之衡：“这个不是问题，我可以先帮你垫付，咱们的股份比例不变。”

池月的谢谢两个字刚出口，她突然听到一声不屑的冷哼，隔着一道屏风也能感受到那股浓浓的讽刺。她瞄了一眼，没有说话。

邵之衡看了池月一眼，拿起包：“对了，我今天特地带了两款公司新出的产品。根据你提供的反馈，这些产品将更加注重用户体验，你把样品拿回去看看……”

池月：“好的！”

谈生意就是谈生意，当然不会，也不该想到别的东西。这里是卡座，隔着帘子，外面的人看不到。

池月伸手接了过来：“我先拿回去，有问题再和你沟通。”

“可以。”邵之衡点头。

池月拿着样品端详着包装，不料卡座的帘子突然被人挑开了：“大白天的，研究什么呢？”

说话的人是乔东阳。

池月冷笑一声，抬头看过去，不料，看到的却是一个摇头晃脑地转着眼睛的机器人天狗，以及抱着它做鬼脸的侯助理。

池月：“……”

她想顶人的话卡在喉咙里，浑身不舒服。

侯助理：“好巧！”

天狗：“不巧！不巧！我们是专门来看你的。”

侯助理：“……”

池月的视线越过他，盯着冰雕一样的乔东阳，回顶他刚才那句话：“不好意思，我们在谈事情，这是我们的自由。如果不小心打扰到你们，麻烦你们换位置，谢谢！”

这俩人又要掐上了，侯助理的头皮发麻。他瞄了一眼乔东阳，正想打圆场，就听乔东阳懒洋洋地笑笑："猴子，我说的话你听不见？大白天的研究机器人的性别，你是不是有病？"

侯助理背了黑锅，眼皮跳了一下，笑得贱兮兮的："乔先生说得对，可能是我……最近忘了吃药？"一个合格的拍马屁狂人必须懂得在任何场合、任何时间发生任何事情的时候都把上司拍得舒舒服服，侯助理几乎没有迟疑，马上有了下一步的行动。他将搁在椅子上的天狗举起来，端详它的裆部："天狗，你说说你到底是男生还是女生呢？"

画风莫名其妙地诡异起来，乔东阳淡定地看着，唇角……勾起。看得出来他很愉快。侯助理继续他的表演："天狗，你一定是女生吧？"

"……"池月翻了个白眼。

"不可能，我是穿着衣服的，所以你看不到……"天狗的脑子比人脑转得快多了，强大的自主推理与思考系统让它迅速找到了答案，"我身上穿着宇航服，我是一个宇航员。"末了，天狗还点了点大脑袋，"乔大人说，我是一个小男子汉。"

侯助理笑得捶桌子："那你还出卖乔先生？"

天狗："我不是出卖，我只是不会像乔先生一样撒谎。"

不会像乔先生一样撒谎！

不会像乔先生一样撒谎！

不会像乔先生一样撒谎！

气氛突变！侯助理这个马屁精快要拍不下去了："乔先生，这个不关我的事儿，不是我写的程序啊……这天狗好像变异了？自主意识最近似乎越来越强了？"

天狗："爱情的力量是伟大的。"

池月："……"

乔东阳的视线越过侯助理，他漫不经心地哼了一声："这个机器人的脑子坏了，需要重装系统。猴子，安排一下。"

侯助理连连点头："行！我换一个聪明懂事的——"

天狗的身体摇摆起来："糟了！我要被杀人灭口了！糟了！快帮我报警！快帮我报警！"

“你不是人！”乔东阳抬抬下巴，“闭嘴！”

天狗：“好的，乔大人。”

一秒后，天狗发出绝望的机械声：“你好！你的天狗宝宝已经懂事地闭上了它话太多的嘴巴，请乔大人手下留命！我代表我的祖宗十八代和子孙十九代一起感谢你。”

“喀喀喀！”侯助理笑得脸上的肌肉都控制不住地抽搐着。

“你再说——”乔东阳指着它。

天狗扫描到主人脸上的表情，脑袋偏了偏：“乔大人，你的天狗宝宝最后向你汇报一个情况。情敌长得很帅，比你大约矮三厘米，不如你年轻，脸比你黑，身材没你性感，不像一个能抢人女朋友的小白脸。”

乔东阳猛提一口气，恨不得掐死它。可是在他关闭天狗的系统前，天狗还在垂死挣扎：“乔大人，能不能让我先干掉我的情敌，你再杀死我？”

嗯？原来刚才它说的是它的情敌，不是他的？

乔东阳松了一口气，冷笑：“饶你一条狗命！闭上嘴！”说到这里，他像是突然想到什么似的，突然皱眉，“你说人家不像小白脸，那谁比较像小白脸？”

天狗很安静，已经闭上了嘴。

一个帘子把两个卡座隔开。没有了天狗的聒噪，气氛有点儿怪异。

池月安静地看着他们表演，直到天狗“静默”，才开口：“乔先生，可以麻烦你们把帘子放下来吗？我们有私事要聊，不方便让外人听到。”

乔东阳懒洋洋地瞄了她一眼，半个字都懒得说。

“乔先生……”侯助理坐在“风暴”中心，浑身不自在。可他刚想说点儿什么，就被乔东阳打断了：“吃饭的时候，我不喜欢被人打扰。”

他不喜欢被打扰，她就喜欢吗？

池月的脸色一沉：“服务员——”

她招手叫来服务员，指着撩开的帘子："我们用餐被打扰到了，你看看应该怎么处理？"

服务员看看乔东阳，再看看池月，一脸歉意地赔笑："那只能麻烦小姐——你们换个地方用餐了！"

池月差点儿从椅子上跳起来："凭什么？"

他们先来的，菜都上来了，却让他们走人？这根本没道理！只可惜这世上的事儿原本就不讲道理。

服务员赔着笑说："实在抱歉！小姐，我们店被这位先生包场了，今天你们的花销也全由这位先生买单……如果影响到你们用餐了，我们可以赔偿你。"

池月冷冷地一笑，拿包站起来："邵哥，我们换地方，我请你！"

邵之衡从头到尾都没有吭声。他当然知道乔东阳是谁，不过，在乔东阳与池月发生龃龉的时候，始终保持礼貌的微笑，不参与、不插话，现在池月要走，也只是配合。

"行！"他微笑着看向服务员，"上了的菜，麻烦结算一下。"

服务员一脸尴尬："这位先生，不用结算。"

"那怎么行？"邵之衡微微一笑，"这顿饭我们还吃得起。我想，你们店也不至于这么霸道，非要逼人接受请客吧？"

服务员："好的，先生，您稍等。"

他们结账，走人。

池月冷眼走过卡座，半眼都没看乔东阳。当然，乔东阳也没有看她。相反，他的目光落在池月的手上——众目睽睽之下，她淡定地拿着一个印着某种不可描述的图案的产品，居然能脸不红、心不跳？

"乔先生！"侯助理是最着急的人，眼看池月走了出去，生怕老板又作出别的花样，不方便拍马屁，赶紧好心提醒，"您看，咱们要不要换个策略？我觉得吧，您这次的千里送——"

"哼！"乔东阳冷声打断他，"既然有人来千里送人头，我当然要成全！"

"……"侯助理一脸蒙。

推人的“宫斗事件”闹得沸沸扬扬，像《星空行者》这样的大型真人选秀节目，现场除了监控，至少还有五六十个机位。可这样密集的镜头居然没有拍到当时的画面，这确实有些匪夷所思了。

“要么就是王雪芽在撒谎！”

“要么就是那个人——提前做了功课。”

池月和邵之衡分析了一下情况，想了想，她又摇头，自我否定：“不过，从小乌鸦的叙述来看，这应该是一起偶发事件，对方推人也是临时起意……”

邵之衡：“如果是这样，那么要搞清楚情况很难，靠那些技术分析指控不了任何人，我们唯一能做的……就是找节目组的事儿，但这样对王小姐没有好处。”

毕竟王雪芽还要继续参赛，节目组现在做出了让步，她们再逼迫他们就过分了。

池月点点头：“除非有影像资料，要不然确实很难。”

“你稍等。”邵之衡的电话响起，他望了池月一眼，接起来说了几句，突然面露笑容，“好的，我把位置发给你。行，行，等着你啊小老弟！”

“怎么了？”池月看着他。

邵之衡放下电话：“峰回路转。”

池月：“嗯？”

邵之衡：“我有个小老乡正好在《星空行者》节目组做摄像师。我问过，他当天也在现场，我约他出来吃饭，一会儿当面说。”

池月沉吟：“小老乡？”

相识这么多年，邵之衡对池月是有所了解的。池月对任何人都有防备心，强势的外表下其实是一颗没有安全感的心：“放心吧，我几年前搞活动时认识的。为人不错，等会儿你见到就知道了。”说到这里，邵之衡一笑，“我帮你们引荐一下。以后在节目组里你也算有个熟人，多多少少能照顾一点儿。”

池月明白了。在宫斗剧里，哪怕认识个知根知底的小太监，也能占优势。节目组里有个认识的摄像师，那不更是好事吗？

“行。那谢了，邵哥！”她举杯，“欠你个人情，我记下了。”

“呵呵！我的荣幸！”

一到晚上，吉丘的夜晚就冷了下来。

帐篷被狂风吹得啪啪作响，王雪芽捂着耳朵，脑袋钻入被子里：“外面什么声音啊？真可怕，就像有人在敲门似的。”

“不是好像，是真的有人敲门。”

池月笑着看了她一眼，走过去拉开帐篷，一看就愣住了。冷风中站着一个身姿笔挺的男人，一件黑呢大衣披在他的身上，狂风一吹，那飘逸的感觉很有几分上海滩老大的霸气，只是他的眉目冷硬，杀气腾腾，有点儿像来找碴儿的。

池月扶着帐篷：“有事儿？”

乔东阳：“有！”

池月抿着嘴，看着一步步走近的男人：“不用靠近我，我不聋。”

乔东阳停下脚步，看到她脸上嫌弃的表情，挑挑眉：“池小姐，你好像忘了我们的约定？”

池月一愣。

乔东阳冷冷地挑眉，双手插在大衣的口袋里，那懒洋洋的样子看上去无害，却狂妄到了极点：“需要我提醒你吗？某年某月的某一天，你曾经自认为有本事和我打架……”

池月：“……”

这人是个什么奇葩？她随口说的话，他居然记得这么清楚，还找上门来约架？

“好。”她不认输，“你说时间。”

“择日不如撞日。”

“……”

这叫撞日？池月凝视他：“乔先生出门前是不是翻过皇历？”

乔东阳：“不敢？”

池月下意识地观察他的表情，却没有在他的脸上找到玩笑的痕迹——他居然是认真的。

她想了一下，点点头：“行！去哪里打？”

乔东阳偏了偏头："跟我来！"

"不行！"池月哪能这样跟他走？她抱臂站在那里，上下打量他，"我对你的人品没有信心。"

乔东阳："放心，我会找裁判的。"

他有备而来？

池月冷笑："那输赢怎么算？"

乔东阳眯眼，凝视她："你是不是特希望我说：你输了，你是我的；我输了，我是你的？"

池月困惑："乔先生，你是有什么不可示人的癔症吗？"

"池小姐，你的眼睛出卖了你的心。"乔东阳的嘴唇慢慢勾起，他半开玩笑半认真地说，"不用挣扎了，喜欢我的人很多，你不是第一个，也不会是最后一个。我不会嘲笑你的，我这个人很善良。"

这是什么神奇的自我评价？

池月抬手，在他眼前晃了一下："所以呢？你来找我就是为了展现你的魅力，求我放你一马，让你赢一场挽回颜面？"

乔东阳笑笑："你没机会赢我。"

池月慢慢抱起手臂："打完再说，免得被打脸。"

乔东阳："那你走啊？"

池月冷笑："乔先生，深更半夜的，我怎么知道你有没有别的企图？万一你是因为暗恋我不成，就想骗我出去，图谋不轨呢？"

乔东阳："我？对你图谋不轨？嗬！呵呵呵——"冷笑几声，他挑高眉头，一脸不屑地盯着池月，"池小姐，像你这么自恋的人，我只见过一个。"

池月："那就是你自己？"

乔东阳："没错！"

池月："所以，打不打？"

乔东阳："打！"

池月："好，我们不仅要找中间人，还要写好协议。"

乔东阳迟疑了一秒："好！"

听说他俩要约架，还要立下"生死契约"，就跟传说中的江湖大侠一样，王雪芽惊得目瞪口呆，又听说自己即将成为裁判之一，更是吓得瑟瑟发抖：“月光光，咱好好活着不好吗？”

没有人相信池月打得过乔东阳，不仅王雪芽不信，另一个裁判郑西元在听说这件事后的表情也与王雪芽如出一辙：“你们这是有多大的仇、多大的怨啊？大晚上的，一男一女，干点儿让彼此身心愉悦的事儿不好吗？打什么架啊？”

这话说得……王雪芽扫了他一眼，露出鄙视的表情。

这时，第三个裁判天狗开口了：“不好不好！乔大人，男人不可以打女人的。”

乔东阳冷冷地看着它：“我不是让你来点评的。”

天狗：“乔大人，男人是不可以打女人的。”

乔东阳：“你只需要全程记录！”

天狗：“乔大人，男人是不可以打女人的。”

看着它摇头晃脑的样子，乔东阳猛地敲了一下它的头：“这叫比试！你这脑子是不是真的需要回炉了？”

天狗搜索着系统里的词库：“乔大人，比试是不是比武招亲？”

乔东阳：“……”

池月递上起草好的协议：“乔先生，看看协议！”

乔东阳看了她一眼：“天狗，念！”

天狗：“好的，乔大人。”

它用机器眼扫描一下，复述：“本人池月，本人乔东阳，自愿结为夫妻……系统出错，重新念……本人池月，本人乔东阳，自愿约架，不论 PK（对决）过程中发生什么意外，生、死、伤、残，都不用对方承担任何法律责任……”协议写得很简单，大部分条款是为了规避法律风险。

乔东阳挑挑眉：“有必要吗？”

池月：“有！我怕一不小心失手，引起不必要的麻烦。”

乔东阳冷冷地一笑：“池小姐太高看自己了，你能打伤我？”

“签字吧。”池月不多说什么，把笔递给他。

乔东阳唰唰地写上名字，然后在条款下补充：“不许使用刀具。”

池月也签了名，顺便写上：“不许使用尖利的器械！”

乔东阳拿过笔：“不能撒泼用牙咬。”

池月从他手上拿过笔：“不能无赖扯头发。”

乔东阳的唇角勾起，他慢慢地写上：“不许攻击男性要害。”

池月看他一脸得意的样子，在下面写：“不许攻击女性要害。”

乔东阳瞥了她一眼，大笔一挥，在上一条的后面补充：“包括但不限于附属配件！”

池月拿起笔，盯着他。

终于，她把笔一丢，道：“谁不要脸谁赢！”

这斗嘴又斗笔的画风让王雪芽觉得不可思议。

“二位，你们难道不觉得这样很幼稚吗？幼儿园的小朋友都不这么干！”

池月垂下眼皮：“遇上幼稚的人了，没办法。”

乔东阳：“现在求饶还来得及！”

池月：“呵呵！请——”

汽车朝夜幕中开去。他们要去的那个地方距离《星空行者》的营地约莫五千米，距离池月的家乡月亮坞大约十五千米，是一个处在沙漠边缘的小镇——永锦镇。不过，这个镇上的居民比月亮坞的居民幸运，镇子的东边有一大片绿洲，那里曾经被过度砍伐，因为政策的干预，近些年得以休养生息，大片大片的林子绵延不绝。此时，一棵棵碗口粗的树被夜色染成一片墨色，看得人充满了希望。

“就这里吧。”

在镇子里打架会引人围观，这个地方离镇子远，又在树林外面，晚上没有人来。于是四个人带着一个机器人下车走了一百来米，停在一片荒地上。

“草长得挺好。”乔东阳踢了一下草根，“应该不会弄疼你。”

池月不吭声，挽高袖子，一步步朝他走过去。

“月光光……”王雪芽紧张得不行。

“放心。”池月按住她的手腕，“我没事。”

“一定要小心！”王雪芽小声叮嘱，“打不过就哭，听到没有？”

“……”

今夜月光皎洁，大地披上了一层银辉。

乔东阳看着她在月光下的影子：“天狗，灯光。”

天狗：“好的，乔大人！”

唰！天狗脑袋上的LED显示屏突然迸发出刺眼的亮光，直直地射向乔东阳。

乔东阳抬手遮眼：“你……你这是什么光？我要的是灯光，不是射光！”

“好的，乔大人！”天狗换了一种柔和的光芒，朦朦胧胧的光线笼罩着荒草地上的二人，营造出了一种浪漫的氛围。

池月一脸木然：“打个架而已，还需要灯光，你以为你是在拍电影？”

乔东阳活动了一下手指：“打架也需要情调的。”

池月：“抱歉！我山里来的。”

乔东阳：“你明明是沙漠里来的。”

不抬杠他就不舒服吧？

池月一动不动：“那么，请问你还要磨叽多久？”

乔东阳没说话，一双漆黑的眼睛盯着池月，不知道在想些什么。

池月慢慢地捏拳：“放心，我不会打你的脸。”

乔东阳冷笑：“说得好像你打得着一样。”

池月：“上一个这么说我的男人，后来……”

乔东阳：“嗯？”

池月：“后来没有了……”

乔东阳：“……”

“那好吧，麻烦池小姐多多关照。”乔东阳难得幽默一回，然后再次朝她发出邀请，“你先来！”

哼！他还挺有风度。

池月走近，再走近，更近——

月很圆，树林里一片寂静。池月走到乔东阳面前，迟疑两秒，眉头一锁，双眼在月光下滑过一抹厉色，突然出拳：“开始！”

砰！空气中传来一声一拳到肉的闷响。乔东阳吹了声口哨，就像没有痛感似的，笑着看她："继续——"

池月一怔，然后扎稳马步，又一记重拳直奔他的胸口。她算准乔东阳会反击，所以，脑子里已经预演好了下一拳的打法。可是——这一拳再次狠狠地打中了他。

乔东阳没有还手，甚至连条件反射的防卫都没有。

他看着她，双眼灼热，带着一丝笑意："继续！"

池月不淡定了。她可以很肯定自己的拳头很硬，就算乔东阳是个硬汉，也不至于连挨两拳后，脸上毫无变化吧？是他太刚了，还是太能装了？

池月深吸一口气，再一次发力，这一拳速度极快地砸在乔东阳的腰窝上……对于男人来说，这个地方是极为脆弱的，她相信乔东阳会有所行动，不可能任由她攻击。然而……她错了！

眼看她的拳头袭来，乔东阳绷紧身体，再次硬扛了一拳。他维持着笔挺的身姿，被她的拳头击中后还缓缓地露出一个愉悦的笑容，两排白白的牙齿在月光下极为耀眼："花拳绣腿只能挠个痒痒……很舒服，继续！"

啊！太欺负人了！

池月咬牙："你动手！"

乔东阳漫不经心地笑笑："你没听天狗说吗？男人是不能打女人的！这是我教它的。"

不打？他不打约她出来干吗？

数星星、看月亮、谈人生理想和诗词歌赋啊？

池月气极了，咬牙聚气，又是一拳——

"喂！说好不许攻击男性要害的！"乔东阳哼了一声，伸手扯过她的胳膊，往自己的身前一拧，"你这个女人——天狗，关灯！"

池月只觉得脖子一紧，被他从后面勒住了，然后一个旋转，自己就像一棵萝卜似的转了个一百八十度，面对面地扑向他的怀里，撞得鼻子生疼。

"乔东阳——"池月恼了。

"嘘！"乔东阳的眼神突然一沉，"不要说话！"

池月抬起的手慢慢地垂下来："什么情况？"

乔东阳看向树林："嘘！"

池月被他压在怀里，近距离地感受到他的呼吸和心跳，皱了皱眉……她克制着情绪，静待下文。乔东阳一直盯着树林，而此刻天狗早已听话地关了灯。皎洁的月色下，树影摇曳，掩在月光阴影里的树木黑漆漆的，像站立在黑暗里的一排排士兵。看不到边缘的树林突然变得阴森而恐怖，仿佛随时会从某个未知的角落里蹦出几只野兽……

风渐渐大了，气氛变得格外紧张，树叶被吹得呼呼作响。

"乔东阳！"池月被他扣在怀里，见他半晌没有动静，不耐烦了，"发生什么事了？"

她刚抬眼，就被乔东阳拍了拍脑袋："嘘！"

又嘘？池月去扯他的手："你尿急吗？"

乔东阳不说话，以比她更快的速度用宽大的手掌将她紧紧地扣住，往他的身前一扯："叫你别动，听不懂？"

池月的指尖被他握住，她心头发麻，身子发软，觉得指头都快要烧起来了："你松开我——"

"王八蛋！"乔东阳突然打断了池月的话，在她毫无准备的情况下，突然带着她的身体一个转身，捡起一块石头就朝林子里扔了过去，"谁在里面一直放屁？滚出来！"

"……"池月无言以对。

她竖起耳朵，风声掩盖了一切，什么也听不见——

"乔东阳，你拿我开涮呢？"

她用足力气去掰他的手，可乔东阳扼住她一个用力……可怜池月身子单薄，再次像棵土里的萝卜一样被他带着旋转一圈，只是这一次，她的背贴在他的胸前。

"谁在树林里偷看？再不出来，别怪我不客气了……"

没有人回答，只有风声越来越大。

"天狗！"乔东阳握紧池月的手，"灯光！"

池月的背贴在他的胸前，她快崩溃了："乔东阳，你要做什么，能不能先放开我？”

乔东阳：“我为什么要放开你？”他的手掌温热，身体强壮，这样的紧紧相贴给池月带来的那种致命的慌乱与恐惧胜过了一切暧昧，她的心跳太快了，好像下一秒就会蹦出胸腔：“乔东阳，你想占我便宜就明说，别东扯西扯的，让人瞧不起！”

乔东阳冷笑：“我占你便宜？”

“不然你抱着我干什么？”

“当然是免得被人偷袭！”他说得理直气壮，“万一人家有枪呢？你不就是很好的盾牌？”

池月咬牙，恨不得踹死他，乔东阳却在这时松开了她：“你属驴的？”

丢开她的手后，他不管池月怎么说，径直朝树林里冲去：“想跑？没那么容易——”

池月：“树林里真的有人？”

第四章

# 摸回来，两清

王雪芽跑到池月身边：“月光光？你没事吧？”

池月护住她：“我没事，你别过去。”

郑西元慢悠悠地走过来：“阿乔这个家伙，大概就是想吃个豆腐。不要紧张，这破地方哪儿来的人？藏在树林里干吗？喝西北风啊……”

“郑西元，你是不是皮又痒了？”远远地传来乔东阳的声音。

郑西元耸了耸肩膀，小声对池月和王雪芽说：“这家伙的耳朵比狗都灵！”

天狗：“狗是鼻子灵。”

郑西元看了一眼站在光源处的小矮子，呵呵一声：“你最有发言权了。”

他们正说着话，就见乔东阳从树林的阴影里走出来，手上揪着个瘦小的男人。与乔东阳高大的身躯相比，那个人就像一只被猎鹰叼住的小山雀，挣扎不开，叫唤不停。

“这是——什么人啊？”

乔东阳将那家伙丢在地上：“说，大半夜躲在树林里干什么？”

那家伙跌坐在地上，低着头：“我……我们……是半夜喝醉了回家，迷路了……”

“让你不说老实话！”乔东阳一脚踹过去，毫不留情，“迷路会看到人就跑？”

“我……我们……”那家伙支支吾吾地想编理由，一时又说不明白，“我们就在那里，看看……看看树……”

池月的脸色一变，她像是想到了什么，突然飞奔过去，冲入树林。林子里的光线不好，月光被树影遮住，地面斑驳一片。池月看到五六棵樟树被连根拔出，歪歪斜斜地倒在地上，根部用塑料和草绳绑着——分明是偷树的人还没来得及运出去，就被他们撞上了。盗树贼不想惹事，偷偷地躲在林子里，想等他们离开再装车，哪想到会被乔东阳发现……

池月看着倒在地上的樟树，心中涌起一股凉气。这些年，吉丘县与许多沙化严重的地区一样，都在开展植树造林活动，大面积的种植抬高了苗木价格。沙漠地区的树木成活率低，苗木市场形势大好。而且，这样的树木树龄较长，生命力旺盛，移栽更容易成活，价格也比普通的苗木贵。在利益的驱使下，总有一些人昧了良心，偷偷发财。他们偷挖树木，运出去倒卖，获得了丰厚的回报。无本经营是很吸引人的，这件事渐渐形成了一条阳光背后的产业链，甚至有一些当地人也会为了钱帮助不法分子偷窃公共苗木。池月家里种的树被偷窃砍伐的不知有多少，为了看林养的狗都被人药死过好几次。

她冷着脸走出树林，把那个抱着头蹲在地上的家伙拖了过来，二话不说，一顿暴打。

“哎哟！别打了！哎哟！！啊……啊……别打了啊……”

池月不吭声，继续打，打得气喘吁吁。看她这样，郑西元瞠目结舌，王雪芽也被吓住了。乔东阳抱着手臂看着，一动不动。拳拳到肉，脚脚命中，池月就像在打杀父仇人似的。

在那家伙的痛呼声里，天狗在欢呼：“好啊好啊！蒸茄子煮豆子，切香蕉榨萝卜，打坏人，打坏人喽！”打坏人就打坏人，蒸茄子煮豆子，切香蕉榨萝卜，这是几个意思？

池月的拳头在半空中只是那么一停，落下去的时候就差了一点儿力道。她打累了，于是直起身看着那家伙：“你的同伙呢？”那人已经被揍得腰都直不起来了，抱着小腹痛苦地呻吟：“他们跑……跑了！”

池月一脚踢过去：“我是问你他们在哪儿？”

“哎哟！我……我不知道……我们不是一道的……”

池月伸手拎他，又要动手，一只胳膊突然横过来，挡在了她面前：“够了！”

“关你什么事儿？闪开！”池月抬头，冷冷地看着乔东阳。

乔东阳微笑：“你冷静点儿！再打下去，你要闯祸了——”

“你看不出来吗？我一直很冷静。”池月眯起眼，“冷静得想要弄死他。”

乔东阳：“……”

天狗：“乔大人，我觉得她很冷静。”

乔东阳侧头：“闭嘴！”

天狗把音量调小了一点儿：“她真的很冷静，冷静得想要弄死他。”

乔东阳弯腰把那家伙从池月的拳头下拎出来，丢在地上：“天狗，报警！”

天狗：“好的，乔大人！”

池月挡在他的面前：“不要！”

乔东阳挑高眉头，眸子里有几分冷色：“池月，你懂点儿事儿啊！你们这鬼地方虽然天高皇帝远，但也不是法外之地，你以为自己可以私设公堂了？”

池月：“不是。”片刻后，她难得认真地解释，“报警没用。”

乔东阳的目光落在她的眼睛里，他有点儿看不透她——那双眼冷冰冰的，没有一丝温情，冷漠刻板得不像一个柔弱的女人。可这一眼看去，他的心脏竟像被什么东西蜇了一下，很疼。

“怎么会没用？”他问。

池月："以前报过，罚点儿款，拘留几天再出来后继续干这个，甚至比以前更过分，恨不得一天就把罚的钱赚回来……"她慢慢地转头，看向那片树林，"就偷这几棵树，又不是杀人放火，报警没有多大的处罚，还不如打一顿实在。"

看她挥拳，那家伙啊了一声，用双手捂住了脸。

池月一脚踢在他的胸口上："姑奶奶要揍你，遮住脸就有用吗？"

"啊！"那家伙的胸口吃痛，他条件反射地捂住胸口，而池月下一脚就踹在了他的脸上。

"你说你这种人，还要脸干什么呢？"

"别打了……求求你……别打了……我也是没办法……家里穷……吃不起饭……没办法呀……"

池月打得眼都红了："吃不起饭，那你怎么没饿死呢？吃不起饭，那干脆连胃也别要了……"说着，她又一脚踹在了他的心窝上。

郑西元看她下黑手，身子都绷紧了。

池月踹一脚，他就抖一下："阿乔，你看这，不能再打了……"

池月再打下去，他怕出人命。王雪芽也被池月吓坏了，不停地叫她的名字："月光光，你别打他的要害啊，让他疼疼就行了！你的命比他贵多了……"

池月闷头打人，不回答。冷风吹过树林，旷野里叫声不断。可是，除了天狗一直在喊"好啊好啊，蒸茄子煮豆子，切香蕉榨萝卜"外，再没人吭声。

"池月。"乔东阳沉默了好久，终于伸出手扯开她，他低下头，认真地看着她的眼睛，"可以了。"

"不可以。"池月在喘气。

"再打，他就受不住了。"

"我有分寸！"

乔东阳突然拔高声音："我看你就是没了分寸！"

池月看着他，嘴皮动了动，然后她突然移开视线，冷冷地说："松开！"

乔东阳握紧她的手腕，一寸一寸地往下移，最后慢慢地捏住她的手，在她僵硬地对抗时，弯唇哼笑："有本事，你自己松开啊？"

池月怒目："你——"

乔东阳放软了声音："行了，交给我。"

交给他？月光下，乔东阳的一双眼睛静谧从容，他由始至终都没有把"偷树"当成一件大事。池月明白，在乔东阳眼里，偷几棵树是无足轻重的事情。所以，一开始让他生气和促使他冲进树林的原因不是人家偷树，而是人家放屁让他不爽了，或者是他以为有人在偷偷跟踪他。要不然他怎么会在看到地上"躺"着被挖的树后，还反复问人家在干什么呢？

池月忽然笑了一声："乔先生，你不了解他人的生活，请不要随便插手，收起你的善心吧！"

乔东阳："……"

他这哪里是发善心？看着池月眯着眼发横的样子，他乐了："做了一辈子坏事，好不容易做一件好事，我容易吗？这事儿我管定了。天狗，报警！"说完，他拖着池月往停车的地方走去。

池月挣脱不了他铁钳似的爪子："乔东阳！"

乔东阳脸不红、心不跳："叫什么叫？我知道我的名字好听。"

池月的一口气差点儿喘不上来："我还没有找你算账呢，你竟然来管我的闲事？"

乔东阳悠闲地问道："你找我算什么账？"

池月："你刚才趁机抱我、摸我，那不是账？"

乔东阳："抱你能掉黄金啊？你又不是摇钱树，我还觉得吃亏了呢！"

池月的眼睛充血，她培养了二十年的理智在这一刻崩盘："乔东阳，你要点儿脸吗？无耻！"

乔东阳低头，借着月光审视她的脸："这么生气？行，那我让你摸回来。两清！"

池月："……"

然后，乔东阳一言不发地将池月拖到车边，抖了抖自己的衣服，整理了一下头发，摆出一个最帅的姿势，安静地看着她："好了，你可以开始了。摸吧！”

池月一动不动，没有生气，也没有顶他。她在面对乔东阳戏谑的笑脸时，甚至没有一般女孩子遭到男人言语调戏时的不安和紧张。她坦然地看着乔东阳，眼睛里像融入了月光，深不见底，竟看得乔东阳透不过气来。

“喀！”他慢慢地收敛起笑意，拢了拢衣服，“是你自己不摸的，别再说吃亏了！”

突然，池月的手伸过来，瞬间抬起，在乔东阳慢慢睁大的眼睛的注视下摸上他的脸，她不带任何情绪地摸着他的脸，像在研究一个什么稀奇的东西，眉头甚至是紧蹙着的。

乔东阳一怔，喉间像卡了一块骨头。他无法猜测池月在摸他的脸的这一刻在想些什么，但知道这不是喜欢。

“行了，扯平……”他想甩开她，池月的手却突然滑下来，落在他的下巴上。

乔东阳一僵，见鬼似的看着她。她不仅真摸，还摸得这么严肃……就像在摸一块市场上的生猪肉，一边摸，一边估算猪肉的价格。乔东阳看着她毫无波澜的眼神，有些不淡定：“还没扯平吗？”

池月依旧不说话，坦然的双眼纯粹、无尘。她的手从他的下巴抚上脸颊，再从脸颊掠过他高挺的鼻梁，再次落下时触到了他的唇。许是因为冷风吹过，乔东阳一个激灵，身子绷紧，望着池月的眼睛复杂难测：“差不多得了啊！别得寸进尺。”

池月白皙的手指落在他的纽扣上。乔东阳的衣服无疑是做工精良的高档货，一颗小小的纽扣也精致得像昂贵的钻石一样，在月下泛着光。池月似乎很喜欢，手指在纽扣上轻轻地转了一圈又一圈，然后，她的指腹一点儿一点儿地移动，探索一般慢慢地滑上他的喉结。乔东阳绷紧了身体：“池小姐？你这是上瘾了？”

池月笑了：“不是你让我摸的吗？”

乔东阳：“我已经连本带利还清了吧？”

池月淡定地看着他，突然凑近，脸几乎要埋到他的颈窝里了：“我只是想试试，看看你和别人有什么不同。”

什么意思？乔东阳不懂，斜着眼，嫌弃地皱鼻子："够了啊！我脾气不好——"

"是不同。"池月小声说着，像在自言自语。清澈的眸子像月下的泉水，水汪汪的，她就那样看着他："麻烦你抬抬手。"

"……"乔东阳哼笑，"干吗？"

池月还是那句话："我想试试你和别人为什么不同……"

从"有什么不同"变成"为什么不同"。嗯，他当然和别人不同，哪个妖艳货能和他比？乔东阳突然觉得这句话很受用，不仅不忍拒绝，还毫无招架之力。他瞥了她一眼，慢慢抬起手，不太耐烦地哼了一声："那你快点儿！"

池月嗯了一声，凑过来看了看："转过身去——"

搞什么？乔东阳要是再依着她，就真成傻子了。这个女人坏得很，肯定没安好心。他挑着眉，警惕地问："池小姐，我的耐心有限，你到底要看什么？"

池月眯起了眼。

忽然，她再次凑近他，在皎洁的月光下，她白皙的小脸娇嫩美好。乔东阳的视力极好，在这样的距离下，他几乎可以清楚地看见她脸上的绒毛，还能闻到她身上淡淡的幽香……当然也可能是幻觉，他觉得自己有点儿血气上涌，可能是感觉失调了。

"低下头……"池月拍拍他的肩膀，"我看不清你。"

乔东阳的眉头微微皱起。这么近，都这么近了，她还说看不清……这个女人，呵呵呵呵呵，果然是被他迷得脑子都不好使了吗？他要不要发发善心，让这个种树被贼偷的女人稍稍得到一点儿温情呢？

算了！这里没有灯，反正别人也看不见。乔东阳的目光落在池月的脸上，他迟疑片刻，做好心理建设后不满地警告："只此一次，下不为例！听到没有？"

池月沉默着，双眼透着笑意。

乔东阳冷哼一声，不情不愿地向她低下了高贵的头："这样看清了吗？"

"看清了，很清楚。"池月的视线落在他的头顶上，一双眼睛仿佛染上了夜色，“是真的有鸟屎在你头上。”

“……”乔东阳的身体瞬间僵硬。

“乔先生，我很确定，你之前闻到的不是屁，是你头上的鸟屎。”

乔东阳的脸色一变，他用一种难以置信的目光看着池月。

池月慢慢退后，一脸木然地从兜里掏出一张纸递给他：“晚上光线不好，看得不太清。我找了好久才帮你找到它，自己擦擦吧！”

一股郁气涌上心头。

乔东阳咬牙：“池小姐——”

“不用谢！”池月转身拉开车门，坐了上去。

回到住处，乔东阳把自己关在浴室里整整洗了两个小时，浴室里的水也哗啦啦地流了两个小时。

房间里，侯助理反复看郑西元：“这是发生了什么事儿？”乔先生回来就怒气冲冲的，一脸恨意，像是被人欠了钱没还。虽然他平常也是个精致的男人，洗澡时间也不短，但侯助理跟他这么久，从没有洗过两小时的记录：“是谁得罪他了？不，是谁……那什么他了吗？”

郑西元耸耸肩膀，忍不住笑笑：“反正不可能是我。”

侯助理又看向天狗，天狗动动大脑袋：“反正也不可能是我这种小可爱。”

“……”这个机器人有极强的记忆和学习功能。学习功能是运用在天狗身上的最为尖端的一种创新技术。也就是说，它可以通过与人交流、交往，自主学习、了解一些东西，吸收、融合，再经过强大的推理能力与系统知识的处理，转化为机器人自己的东西——虽然同样是受程序控制，但从某种意义上说，这更像是AI的自主意识。

“唉！”侯助理摸了摸它的脑袋，揉了揉，“开开心心地出去打架，气咻咻地回来……我要怎么哄嘛。”

郑西元撇嘴。

乔东阳为什么会气成这样——那是一个谜。

侯助理思考片刻，突然拍大腿："一定是池小姐！"

天狗第一时间摇头："不是池月小姐姐，是乔大人摸摸抱抱转圈圈，抱抱摸摸转圈圈。池月小姐姐生气，也摸摸抱抱，抱抱摸摸……两个人抱抱摸摸，后来，乔大人没有摸着就生气了。"

"……"

侯助理睁大了眼睛："真的？"

天狗："我们机器人是不撒谎的。"

侯助理服气了："来！让我看看，他们是怎么摸摸抱抱的……"天狗在现场，它会记录下发生的一切。侯助理将天狗抱过来，正准备解锁它的视频资料，浴室的门就被拉开了。

"你居然知道密码？"乔东阳冷冷地看着他。

侯助理一脸尴尬，像被烫了手似的飞快地丢开天狗，啪的一声，天狗摔到了地上。

"乔先生，我就是、就是帮天狗倒倒脑子里的水。这家伙胡说八道，竟敢污蔑乔先生，肯定是脑子坏了……"

天狗在地上蹬腿："我的脑子里没水，只有二百七十的智商……"

乔东阳擦着头发，不冷不热地扫了侯助理一眼："明儿一早，你去一趟派出所。"

因为天狗报了警，那个偷树贼已经被派出所的人带走了。

侯助理一开始没明白什么意思，等听完事情的原委，忍不住笑笑："偷几棵树而已，没多大点儿事儿。乔先生，咱们已经尽到公民的义务了，就不用再管了吧？"

"没多大点儿事儿？"乔东阳突然生气了，把毛巾直接扔到侯助理的脑袋上，"你不了解他人的生活，就不要随便插嘴。办好该办的事儿就行了！"

乔东阳气咻咻地回房了。

侯助理委屈地扯下毛巾，看向郑西元："我这是……说错什么了？"

郑西元呵呵一声："看不惯一个人的时候，他连呼吸都是错的。

最近你小心点儿……没事多拜拜菩萨！”他说完就走了。

侯助理一头雾水，求助地看着天狗：“我到底说错了什么？”

天狗：“我的脑子里有水，我不知道。”

侯助理：“……”

“我错了，天狗宝宝！我那不是说你，不就是……权宜之计吗？”侯助理拿毛巾擦擦它的脑袋，一脸笑意，“你最乖最可爱最聪明了，你就告诉我吧？”

天狗：“你们人类真虚伪！”

侯助理：“是是是，他们虚伪得很！”

天狗：“就是说你！”

侯助理：“是是是，我最虚伪了！天狗小可爱，你就告诉我吧，乔先生到底要让我怎么做？领导的意图我揣摩不到，得你这种智商二百七十的机器人才可以！”

天狗幽蓝的眼睛闪着光：“冷静地弄死他，乔大人就想冷静地弄死他。”

侯助理瞪大眼睛，有这么严重？他不太敢相信：“天狗，你在诓我吧？”

天狗：“我们机器人是从来不说谎的。”

侯助理点点头：“我明白了，是那些偷树的人惹到了乔先生。懂了！”

这一年，吉丘的冬天好像提前来了。之后的两天，天空一直阴沉沉的。池月陪王雪芽去训练，在阴冷且刮着干风的天气里傻站着，几乎要冻僵了。郑西元打电话来报喜，说那几个偷树贼已经全部伏法了，池月还有点儿不敢相信。

他说，今天上午警方拘捕了他们逃匿的五个同伙，还要继续探挖这个以偷树倒卖为营生的犯罪组织。池月听着他的话，看着攀岩墙上的王雪芽：“不可思议。”

池月挂了电话，王雪芽已经做完一组训练了。池月去给她递水，两个人正聊着天，只见攀岩墙的边上有一个小哥哥半蹲着身子，把相机镜头对准了她们。

“二位美女，看这里，看这里！”

那是剧情线的摄影师。池月面无表情，王雪芽走了几步，又拂了一下头发：“拍漂亮一点儿呀！”

小哥哥比了一个“OK”的手势，找了几个角度，就听见咔咔几声：“肯定漂亮，你们这么好看，再烂的摄像师都拍不出丑照，何况是我这种顶级摄像师？”

扑哧！王雪芽笑了起来：“你这是在夸我们呢，还是在自夸？”

“我在夸池月。”小哥哥半开玩笑半认真地说。然后，他拿起照相机看了看，手指摆弄几下，露出一个笑脸，八颗大白牙对着王雪芽：“你也很上镜，这几张都挺好看的。”

王雪芽：“我感觉我快被气得吐血了。”

小哥哥一脸蒙：“怎么了？”

王雪芽哼了一声，表示小仙女很生气：“她是三百六十度无死角，再烂的摄像机都拍不丑，而我——只是上镜，只是这几张照片好看……还只是因为你这个顶级摄像师拍得好。”

小哥哥腼腆地挠了挠头：“我只是想跟你开个玩笑，可能天赋不够，弄巧成拙了！不好意思啊！”

王雪芽当然不会因为池月的颜值生气，要不然这些年她早就气死了。她看小哥哥红了脸，觉得有趣，又故意逗他：“你为什么要跟我开玩笑？我们很熟吗？”

小哥哥：“我们……”他说不下去了，用求救的眼神看向池月，“现在是不太熟，不过很快就会熟了。”

“哈哈！”池月被逗乐了，一把将闹别扭的王雪芽拽过来，跟她介绍道，“小乌鸦，这就是我跟你说过的范维，第五摄像组的组长。”

范维就是邵哥介绍给池月的小老乡。那天池月和他在吉丘吃过饭，互相交换了手机号和微信，范维就去市里拿摄像器材了。池月回去的时候跟王雪芽提过这个人，只是王雪芽和他还没有见过面。王雪芽一听，有点儿尴尬。她是个有礼貌的姑娘，对方又是邵哥的熟人，觉得自己刚才的话可能不太礼貌。

“抱歉！我不知道。”

范维轻笑："没事没事，不打不相识嘛。"

"好的，谢谢啦！"王雪芽从池月那里拿过自己的手机，走近范维，"加个微信，你把刚才的照片传给我吧，我发个朋友圈显摆显摆……"

两个人头碰头地加微信。池月看着，心里划过一丝异样。小乌鸦是个心气和眼界都很高的姑娘，正常情况下，不会主动向男人要微信，而且范维长得不错，干净、阳光，有点儿文艺男的气质……该不会是他吸引了王大小姐吧？

王雪芽拿到照片后走过来，马上对池月说："我只是为了拿照片！你这个人脑子里都是污水！"

池月发笑："你那害羞的表情可不像只是为了要照片。"

王雪芽伸手掐她："坏女人，看我不撕烂你的嘴！"

"撕我？你再练三个月，可能有机会……"

两个人正笑闹着，背后传来一声轻咳。

池月回头，看到了乔东阳和郑西元。

"乔师兄好。"王雪芽乖巧地打招呼。

乔东阳的手插在兜里，他懒洋洋地看向池月："我不太好。"

池月："……"那关她什么事儿？鸟又不是她家的。

气氛很尴尬，郑西元又咳了一声："那个，我们今天是为了正事来的。"

池月和王雪芽交换了个眼神："什么正事？"

在美女面前，郑西元毫不吝啬地卖了个关子："好消息，你们猜猜是什么？"

池月："……"

王雪芽："……"

乔东阳瞪了他一眼，郑西元老实了，一脸严肃地说："那晚抓到偷树贼的事儿，我们准备录入《星空行者》，重点表现选手面对突发状况时的机智勇敢，弘扬社会正能量。当然，参与这件事的选手是王雪芽小姐，受益的也是王小姐，我们会重点包装炒作这个人设……"

他是做视频平台的，对于包装和炒作都是信手拈来。

乔东阳听得皱起眉头："注意用词！"

"……"郑西元扫他一眼，"大家都是熟人，何必拐弯抹角呢？"

"这是事实，不是包装炒作。"

"好吧，好吧，确实是事实。但事实如果没有团队运作也成不了热点，老板！"

这个想法是乔东阳提出来的。《星空行者》有广泛的知名度，所以王雪芽"受害者＋正义者"的人设很容易火。当然，他们勇抓偷树贼的事儿爆出来，对《星空行者》也有宣传作用。传播正能量更容易被公众所接受。

"可以说，这是一件双赢的事儿。"郑西元顿了顿，突然看向池月，"不，三赢。除了我刚才说的两点，其实池月你才是最大的赢家啊。你想想吉丘的现状，还有偷树贼的商业王国对吉丘生态的破坏，这些事儿被公众知晓了，肯定会为吉丘、为你的月亮坞带来最直接的好处。对不对？"

这个社会不缺善良的人。

池月懂他的意思，也承认他的话有道理，只是不知道乔东阳在策划这件事情的时候，有没有想过这"第三点好处"。

"谢谢！"她说。

"不用谢。"乔东阳接过话，"我不是为了你。我是个商人。"

池月点点头："我了解。所以，我不是对你说的。谢谢郑哥！"

郑西元："……"

他感觉自己的小命快保不住了。

为了宣传效果，节目组需要补拍一些片段。当然，补拍的镜头要以王雪芽为女主角，从她的角度展开。池月作为助理，只需要在旁边协助，拿个包、递个水就 OK。因为白天不好拍摄"小树林剧情"，所以他们先去了派出所。节目组送去了事先做好的锦旗，派出所也代表官方对他们的行为给予了肯定。他们相谈甚欢，这一段没有台本，不过，拍摄是事先谈好的，警官们很配合，还对着镜头宣传了一下法律知识。

下午主要是拍摄吉丘惨遭破坏的生态——沙漠化的土地、被黄沙覆盖的房舍，还有留守的老人和孩子。作为出镜的唯一一名

《星空行者》的选手，王雪芽虽然是照着台本在拍，但一直在努力地引导观众了解环境保护的重要性。当然，她这么做一方面是为了池月，另一方面是亲身感受到了吉丘的生态环境，有感而发。因为她很认真，拍摄效果很好，导演甚至开玩笑地说她可以凭这个片子出道了。

节目组跑了好几个地方，夜幕降临时，他们再次回到出事的小树林。

“累吗？”池月给王雪芽补妆，心疼地问道。

王雪芽摇头，眼睛亮晶晶的：“能帮到你，我很开心。”

池月微笑：“加油！争取一炮打响，你带着我吃香的、喝辣的，走上人生巅峰，然后你来为月亮坞代言，让全社会都来关注我们……嗯，绿水青山就是金山银山！”

“好。”王雪芽笑了起来，一双眼睛弯得像月牙，“等节目播出了，吉丘就会得到全社会的关注啦。不过，这事儿咱们真得感谢乔师兄……”她往拍摄场地旁停着的越野车那边望了一眼，好奇乔东阳今天怎么这么闲，一路跟随拍摄，又一直沉着脸不说话，“月光光，你俩怎么搞得像仇人似的？你也不是小气的人，为什么非要跟他过不去？”

池月：“是他非要跟我过不去。”

王雪芽哼了一声：“人家是‘金主爸爸’，从小傲娇到大的人，有点儿小脾气是正常的。你就把他当成一堆人民币，不行吗？人人都喜欢人民币，人民币凭啥就不能骄傲一点儿了？再说，人民币说你两句，你难道还能狠心不要它吗？你想想，是不是这个理儿？”

池月手一抖，忍俊不禁：“再胡说八道，一会儿我就把你的脸涂成面粉板了。”

“我是认真的。”

“我也是认真的，下巴抬高一点儿！”

“……”

今天的拍摄，抓偷树贼只是一个引子，真正的内核和关注点都在吉丘的生态环境上。池月没有进场，拿着保温杯走到外面，远远地看着王雪芽在导演的要求下拍摄。乔东阳不知什么时候走了过来，抱着双臂看着她，漫不经心地说："如果是你，会拍得更好。"

池月一哂："谢谢！"

乔东阳："为什么不唱反调了？"

池月："反对认同我的话，不是打我的脸吗？"

乔东阳若有似无地扫了她一眼："如果你现在改变主意，还来得及。"

池月慢慢地转过头，认真地看着他。时间都过去这么久了，他还没有放弃？

她笑了起来："你为什么对我那么有信心？据我观察，这一批参赛选手里是有几个好苗子的。"

"她们都不如你。"乔东阳说得笃定。

"你凭什么这样认为？你又不了解我……"池月不知该气还是该笑，觉得乔东阳这个人……又别扭，又认死理。都这样了他还不肯放弃，到底是坚韧，还是养尊处优的环境培养出来的不达目的不罢休的执拗？

"我相信自己的眼光。"乔东阳的表情严肃，低沉的嗓音被夜风一吹，带着一丝莫名的落寞，"如果我连基本的识人能力都没有，早就被人整死了。"

这话说得冷冰冰的。

池月愣了愣，无法想象娇生惯养的乔东阳"被人整死"的可能性有多少。

她懒洋洋地笑笑："就算我比她们都强，又怎么样呢？她们对你以及你的计划，都比我有兴趣。乔先生，你难道不认为兴趣才是专业选手最重要的动力吗？人因为兴趣去做的事儿，一定会拼尽全力。反之，无异于老牛拉破车。彼此都累。"

乔东阳抬了抬眉："我是老牛，你是破车？"

池月蹙眉："乔先生不懂比喻？"

乔东阳哼笑："你不应该把高智商的我和高智商的你比喻成老牛和破车，这非常不科学，池小姐。"

池月：“……”

她斜斜地瞥了他一眼：“乔先生什么时候改掉自恋的毛病，智商看上去会高很多。”说完，她不等乔东阳反驳，转身走了。

这时，王雪芽的头发被树枝钩住，她手忙脚乱地拉扯着，池月准备过去帮忙……可是，不待走近，她就停下了脚步。

范维正在拍摄，离王雪芽更近，所以看到状况，已经替王雪芽解了围，把她的头发从树枝上解救出来。两个人在低头说着什么，隐隐有笑声传来。

池月远远地看着，神态有一种菜农担心地里的大白菜会不会被猪拱了一样的凝重。

“这小子是那个姓邵的介绍的？”乔东阳又走了过来。

靠得这么近，他就不怕被人说闲话吗？池月的眉心一蹙，她想想又觉得自己可笑。乔东阳哪会是害怕别人说长道短的男人？她扭头看着他，不甚在意地反问：“节目组有要求选手不许交朋友吗？”

乔东阳：“没有。”

“那不就结了？乔先生还是不要操心这些私事了。”

“私事？”乔东阳饶有兴趣地看着她，“你不想知道是谁推王雪芽的？”

池月心里咯噔一下：“你有线索了，是不是？”

她用的是肯定的语气。不知道为什么，她就是相信像乔东阳这么“奸诈”的人如果认真调查，一定能查出当天的猫儿腻。

乔东阳没有否认：“是又怎样？”

池月的脸色一变：“那你为什么不告诉大家真相？”

乔东阳的脸上没有什么表情：“公布真相对我有什么好处？”

不管干这事儿的人是谁，都会给《星空行者》节目组抹黑。负能量的事件发酵，不仅对还在录制的节目没有好处，说不定还会产生不良导向，让所有相关的人受到舆论的攻击，给他们带来不可估量的损失。

池月不住地点头：“是。确实没好处。可你为什么要告诉我？告诉我对你又有什么好处？”

乔东阳低下头，盯着她的眼睛，唇角缓缓地勾起，笑得像一只老奸巨猾的狐狸："当然有好处，只要看到你看不惯我又干不掉我的样子，我就很开心啊！"

"乔东阳！"多少年了，池月已经很久没有这种被人气得暴跳如雷的感觉了，"到底要怎么样你才肯公布真相？"

"嗯，这个嘛……"乔东阳认真地思考一下，"除非你答应参赛。"

池月已经无言以对。

乔东阳看着她愠怒的脸，似笑非笑地晓之以理："你想想，公布真相，我必然会损失一位优秀的选手，那你是不是该把这个损失补上？池小姐，我是商人，不做亏本的买卖！"

乔东阳的唇角噙着笑，目光里是不容人拒绝的冷漠与坚持。没有讨价还价，没有通融，只有同意和不同意。从某种意义上说，他和她一样，都是不喜欢轻易妥协的人。

"需要想这么久吗？"乔东阳突然低头。许是夜晚的光线太暗，他没有估算好彼此的距离，这一低头，近得他们的鼻尖几乎快碰到了："池小姐，你不是优柔寡断的人。"

池月吸吸鼻子，觉得有点儿痒："你这么了解我？"

乔东阳抬了抬眉，盯着她黑漆漆的眼睛："我们应该是一种人。"

"乔东阳。"她突然叫他的名字。

乔东阳似是有些意外，愣了愣："你讲！"

池月抱起双臂，望向天空。今晚的月亮，没有那天晚上皎洁，也没有那天晚上圆。月亮中心的光晕仿佛被一圈黑气包围着，遥远地挂在天空中，可月光像有某种超自然的吸引力，让她每每凝视时都忍不住思考自己的人生——对于宇宙而言，人类很渺小。短短几十年的生命，我们为什么总为那点儿鸡毛蒜皮的事儿烦恼？

"你的星空计划是要去那里吗？"她望着月亮问道。

"不止。也许还有更远的地方。"乔东阳抬头，与她一起仰望天空，"人的生命是有限的，宇宙却是无限的，探索宇宙是我毕生的追求。"

池月笑了："真好。"

"嗯？"

"有钱真好。"

乔东阳呵呵地笑了一声，没说话。

池月："很好笑是吗？贫穷可以限制一个人的想象力，穷人的欲望在现实面前不堪一击。我们普通人的追求是温饱平安，一辈子都不会有离开地球，去外星看看这种高大上的理想。"

乔东阳撇嘴："我有这个条件。"

"……"

实诚、不做作，他是有这个条件。而且，他虽然满足的是自己的欲望，但比起那些唯利是图的人，做的事儿又何尝不是为全人类做出贡献？

池月微微一笑，望向了更为实际的远方——月亮坞。

"我没办法答应你。"

乔东阳转头看她："我以为你会说你愿意。"

池月也侧过脸，看到他的眼神里没有了白日里的犀利。这一刻，经过月光洗礼的她好像收起了粗砺扎人的刺，把他当成了一个可以诉说心事的"同类"。

"你给的条件很诱人，我是考虑过的，但我以前没有参赛，现在更不可能。我不想做小乌鸦的竞争对手。"

乔东阳眯起了眼："这是你不肯参赛的真正理由？"

"不完全是。"池月说，"我喜欢综合考虑。"

"你凭什么认为，没有你王雪芽就能走到最后？"乔东阳冷冷地一哼，"实际上，如果没有你，她在进入吉丘的第一轮考核时就被淘汰了。你不要以为我不知道你们背地里搞的小动作。"

池月闭上了嘴。

"池月。"乔东阳也叫她的名字，"给我一个更充分的理由。"

如果不是今晚的月光太好，不是乔东阳的目光太真诚，池月根本不需要想理由，只需要说"不愿意，不肯，不想"就足够打发他了。可这一刻，面对乔东阳咄咄逼人的眼神，她有一点儿败下阵来的感觉："小乌鸦拍好了，我过去了。"

她不打算一直站在这里陪乔东阳。就这一会儿工夫，已经有无数人在盯着他们了。试图勾引大 boss（老板）——这样的香艳八卦，能少一桩就少一桩吧。

“有时间回家去看看。”乔东阳在她背后说道。

他说得很突然。池月转头问他：“什么意思？”

乔东阳面无表情：“我建议你回去看看，也许会改变想法。你一个人的力量太小，参加《星空行者》，你可以拥有更大的影响力。只有自己强大了，才有办法做自己想做的事儿。”

池月站在原地看着他，慢慢地一笑，然后离开了。

池月是蹭节目组工作人员的车进城的，下车的时候，发现他们要去吉丘市场采买，索性就跟了进去，打算买些食材回家。冬天近了，10 月下旬的吉丘格外寒冷，简陋的市场顶棚被风刮起，池月听着那刺耳的声音，走到卖羊肉的摊前。她们家爱吃羊肉，小时候一入冬，她最盼望的就是吃一锅热气腾腾的羊肉汤。那个时候家里太穷，平常吃喝是能省就省，吃一顿羊肉汤就像过年一样，而母亲每次都把羊肉夹到她和姐姐的碗里，然后咽着口水说自己不爱吃。

从吉丘县城回家的路辗转而漫长。池月拎着大包小包赶回家的时候已近中午，妈妈正在厨房里忙活，炊烟袅袅，静谧的空间里传来几声狗吠……此情此景，竟有些她儿时记忆中的味道。

“妈。我回来了！”

池月站在厨房门口。

于凤转头，看见她手里的东西：“你这是……”

池月莞尔一笑，放下东西就开始挽袖子：“我给你和我姐做羊肉汤吃，我学到一种新的做法，你们尝过就知道了……”

于凤嗔怪：“你这孩子，我都做好菜了，别浪费！”

池月知道妈妈节省，笑道：“那咱们中午将就吃点儿，晚上再吃好的？”

于凤哼了一声，不情不愿的样子：“买这么多东西，咱们三个人怎么吃得完，又花了多少钱啊？”

“不多。你闺女能赚钱。以后你跟我姐就敞开了肚子吃，想吃什么就吃什么。山珍海味吃不起，羊肉还吃不起吗？”她笑着拉开于凤，帮忙端饭，“我姐呢？”

池月不是热情的人，虽然也会帮母亲下厨，但以前母女间很少有亲近的举止。池月知道这样的家庭是有问题的，可是，在一个伤痕累累的家里，人都喘不过气，怎么有力量去抒发高贵的情感？

于凤默默地看着女儿，觉得她今天有点儿不一样。

“你最近瘦了。”

“没有啦！”

“怎么刚走没多久又回来？”

“不能回来看看你吗？我想你和我姐了呗。”

“浪费钱。”于凤哼了一声，“你不是这样的人。”

知女莫若母啊。她抠门儿的样子——连亲妈都怕。

池月据实相告：“其实我最近一直在吉丘，只是工作忙，今天才有机会回来看你。”

于凤一惊：“你找到正经工作了？”

她以前的工作就不正经吗？

池月：“是！正经工作。”

她用母亲听得懂的语言简单地说了一下近况。

于凤听完，松了一口气：“那你回来不就耽误了王小姐的事儿了吗？”

池月摇头：“没事，我过两天就回去。”

“那就好，那就好，王小姐是个好人，让你跟着她赚钱，每次回来都带这么多东西。你回去的时候给她带点儿鸡蛋，再杀一只鸡带上。”

“嗯，嗯嗯嗯。”池月听着，应着。不知道为什么，她以前觉得不耐烦的事情，今天听了心里竟觉得温暖。母亲老了，鬓角生出了白发，她也长大了，懂得了隐藏心事。

饭菜端上桌子，池月正准备进屋叫池雁吃饭，却被于凤叫住：“囡囡啊，陈书记昨天来找我，他说……”于凤欲言又止，像是很难开口。

池月歪头："说什么了？"

于凤说："村里统一规划，咱家租的那些地得还回去，还有那些荒地、沙地，哪怕是没人管没人要的，也是属于集体的，不能咱们想种就种。"

池月皱眉。

于凤幽幽地一叹："陈书记说这是大好事，有人捐了很多钱给月亮坞植树造林，还说成立了什么生态委员会……我也不大懂……但他说得对，这是好事……有别人来管，咱们往后就能少操心了。"

"哦。"池月乖乖地点头，回屋去叫池雁。

于凤微怔，池月对村里的安排竟然没有发表意见？

吃过中午饭，池月就把池雁哄到院子里，给她洗头。然后池月拿了凳子让她坐在院子边上，自己拆洗家里的被褥衣服，又将里里外外洒扫一遍。

她一边干活，一边陪池雁说话。姐妹俩像小时候一样，东一句西一句地聊天，池雁没有逻辑，她也没有。

做完家务，池月进了厨房。她买回来的骨头早就在锅里熬着了，老远就能闻到香味。池月揭盖闻了闻，很满意。羊肉于凤已经切好，水烧热，焯一下再捞起来，加上料酒、葱、姜去去膻味，放到锅里翻炒，然后倒入汤汁开始煮。做法简单，但味儿很鲜。移锅的时候，池月把家里的电磁炉搬上桌子，开着小火，热气腾腾的羊肉汤锅就可以开吃了。

"好香！好香！吃了羊肉汤，脚上不生疮。"

池雁像个小孩子，乐得直拍手："我要吃，月月，我也要吃！"

池月拉她坐好，微微一笑："有你吃的。"

池雁伸手去抓，被池月拍开："别急！我给你弄个蘸料，味道更好！"

大蒜、小葱、香菜、生抽、蚝油、芝麻、鲜辣粉……池月早就准备好了，配完以后往池雁面前一放，池雁的双眼发亮，她直咽口水："可以吃啦！"

池月刚给她夹了一筷子，院子里就传来了狗叫声。

于凤在院子里问："你们……找谁啊？"

狗叫得更大声了。

池月心里莫名地一紧，第六感告诉她，有事儿发生了。果然，下一秒她就听到一个熟悉的声音："阿姨您好，这里是池月家吗？"

在池月眼里，乔东阳是一个任何时候都高高在上的存在。他不管看什么人都有一股子不屑的劲儿，仿佛所有人都活该被他踩在脚底下……可这一声"阿姨"恭敬有礼，吓得她筷子一抖，差点儿从手里滑落。

池雁感受到她的情绪，整个人紧绷起来："月月，是不是坏人来了？"

池月微微一笑："没有，是我一个朋友，我出去看看。"

给池雁的碗里夹了两片羊肉，池月去了院子里。

大门敞开着，刚刚入夜，天气就变了。风很大，隐隐夹着沙土的味道。

于凤对陌生人没有防备，听对方报出池月的名字，直接把人家当客人往里迎。只有大狗子"二黄"竖起背毛，警惕地狂叫。

"你们怎么来了？"池月看着三个不速之客——乔东阳、侯助理，以及被侯助理抱在怀里的天狗。

乔东阳挑挑眉梢："我们过来考察训练场地，迷路了。"

迷路也能迷到她家？池月斜了他一眼："开车了吗？来吧，我给你们指路！"

她过去就撵人，天狗叫了起来："迷路了，迷路了！肚子饿，肚子饿！"

一个机器人，你喊饿，逗谁呢？

池月差点儿没憋住笑："你饿？"

天狗的小机械臂动了动："饿死了，饿死了！"

池月的眉头动了动："机器人不是不说谎？"

"我们机器人是从来不说谎的。"天狗的大脑袋点了点，"快饿死乔大人了！快饿死乔大人了！"

气氛突然变得诡异，大家都不说话，只有二黄在吼天狗。大概在狗的眼里，这个会说话的机器人是个怪物吧。天狗也扫到了二黄，脑袋摆动一下："你不要骂我，我不是狗，我不会抢你的主人。我是乔大人的私人 AI 宠物，是有主人的。我比你高级，是 AI 宠物！"

于凤看到小天狗和帅气的乔东阳，眼睛都亮了："囡囡，院子里风大，还不快让你朋友去屋里坐？"她说完，不等池月说话，抢着招呼，"我们刚摆上桌，要是不嫌弃，随便吃点儿？"

池月："妈——"

乔东阳："好的好的，谢谢阿姨，我们就随便吃点儿吧。"

天狗发出一阵笑声："可以可以，乔大人很随便的！乔大人很随便的！"

什么叫随便？她辛辛苦苦弄了一下午的羊肉汤，很随便吗？然而，不管她怎么想，乔东阳已经"很随便"地在于凤的带领下往屋里去了。

于凤几十岁的人了，哪怕再没见过世面，基本的识人标准是有的。乔东阳模样好，又带着个一脸讨好的男人，还抱了个罕见的机器人，从气质到表情，身上几乎贴满了标签——好看、有钱、温和、有礼貌，对她女儿有兴趣。

于凤一脸老母亲看女婿的高兴劲儿："小心点儿啊，老房子门槛高，别绊了脚。"

可怜的池月，老妈的嘴快要咧到耳朵根了，哪怕心里有一万句骂人的话在飞奔，也没有办法。她回来是让母亲开心的，不是让母亲生气的。

"进来坐，快进来坐！"于凤没注意池月的表情，刚招呼乔东阳和侯助理进去，就拉了高凳过来，"雁雁，家里来客了……"

池雁抬头，咬着一片羊肉，痴痴地看着他们。那吃相很不雅观。

于凤有点儿尴尬："这个是我的大女儿。"

"啊——"池雁突然发出一声恐惧的大叫，身子从高凳上滑下来，发出剧烈的响声。

池月的脸色一变，她飞快地冲进去："姐？"

池雁双手抱头，飞快地蜷缩到桌子底下，像是看到了什么恐怖的东西，身子瑟瑟发抖，嘴里语无伦次："不要……不要过来……

你们不要过来……求求你们……不要过来……”

这突如其来的意外，把乔东阳和侯助理吓得怔住了。

于凤手忙脚乱地安抚池雁：“乖，乖，别怕啊，不是坏人，没有坏人。是月月的朋友来了，是客人……”说完，她又回头手足无措地解释，“不好意思，我女儿她精神不太好，你们不要害怕，她是不会伤害人的。”

池雁发病了，这样的她看上去狰狞又可怕。

于凤怕她冲撞了客人，怕丢池月的人，怕别人嫌弃池雁，甚至怕因此……影响池月的恋爱和婚姻。

“阿姨，要帮忙吗？”乔东阳的反应比于凤意料中要冷静，他叫侯助理，“你搭把手，送医院！”

“别碰她！”池月拨开侯助理，一把搂住池雁，轻轻地拍她的后背，“不怕不怕，是我，姐，我是月月……坏人已经被我打跑了。我们不怕，没有坏人，没有坏人了。”

“月月……月月？”池雁颤抖着看向她，语带哭腔。

她处于一种恐惧的状态中，身子紧绷，苍白的脸可怕地扭曲着，五官似乎都在狰狞的表情里移了位置，脸颊不受控制地抽搐着，仿佛下一秒她就会失控崩溃。那是一张绝望的脸。她看看池月，然后又看向乔东阳和侯助理，不住地摇头：“是坏人，是坏人。月月快跑……快跑……”

突然，她推开池月：“坏人来了……月月快跑……快跑呀！”

池月差点儿跌坐在地上，赶紧抱住池雁，紧紧地按牢，手背因为太用力，青筋都显露了出来：“姐，没有坏人！没有坏人！我会保护你的，有我在，别怕。”她的声音温柔似水，那是乔东阳从来没有听过的音调，“别怕，姐，真的没有坏人了！”

池月的声音起了安抚作用，池雁渐渐平静下来，她偷偷地抬眼看池月。那一眼是信任，也是在确认。

池月冲她点点头：“没有坏人，我保证！”

池雁犹豫一下：“他……他们……”

池月扶着她坐在凳子上：“他们不是坏人。他们是我的朋友。”乔东阳听到“朋友”两个字，眉头几不可察地挑了挑。

池雁哦了一声，低下头：“月月……我不想看到……朋友……”

池月轻抚她的肩膀，轻轻地抱住她：“那我们回房里去吃，偷偷吃，好不好？”

池雁仿佛松了口气，重重地点头：“好。”

“那我陪你进去，然后再出来给你端羊肉好不好？”

“好。”

“我们走吧。”池月像哄孩子似的哄着池雁，慢慢地拍着她往房间走。

她没有看乔东阳和侯助理的表情。根据以往的经验，每一个看到池雁发病的人都会大惊失色，先用“原来她是个神经病”的眼神观察片刻，再佯装同情地询问病情病史，满足自己的好奇心，说一堆没有用的建议。没有人真正关心和在意，他们看不到池雁的伤，更不会知道……在月亮坞那棵苍老丑陋的大树底下，埋藏着怎样的痛苦往事。

那是池雁的噩梦，也是池月的噩梦。

乔东阳的目光随着池月移动，他的脸上看不出什么情绪。

于风语无伦次地解释。

“那个……你们随便坐吧，随便坐！坐下吃，不用管她们。今天晚上实在是让你们见笑了，我女儿她平常不会这样的……”

“阿姨，您别客气，是我们打扰了。”乔东阳抱歉地一笑，在于风的招呼声里坐下来。

不一会儿，池月出来了。

她拿了个碗夹着菜，一个字都没有说。

乔东阳的眉头微微一皱：“你姐还好吧？确定不用送医院？”

池月不看他：“乔先生，这不是你该管的事儿。”

乔东阳抿了抿嘴，沉默了。一句“不该他管的事儿”，让他感到明显的距离与沟壑，也是正常人都该懂的一条边界线。乔东阳不是喜欢多事的人，更没有闲心操心别人，可是这一刻听到池月这么说，很不舒服。

“乔先生，侯助理，你们慢慢吃。不用客气的！”池月客气地招呼一声，拿着碗筷进屋了。她的背后是乔东阳审视的目光，如芒在背。池月没有回头，但喉头像卡了一根刺一样。

她知道乔东阳想问什么，但有些事情并不适合告诉别人，不是为了体面或者遮羞，而是不认为说出来后乔东阳就能理解。这些年，她已经用尽了力气去找人帮池雁治疗，国内的大医院都跑遍了，各类偏方秘法也都一一试过。精神科医生说心病最难治，池雁这辈子恐怕都只能这样活下去了。

“乔先生是吧？”于凤打破沉寂，指了指沸腾的羊肉汤锅，“吃东西吧。在我们家不用客气的！”

乔东阳看着池月的身影消失在那个黑洞洞的房门口，慢慢地一笑，拿起筷子。

等池月安顿好池雁出来的时候，桌子旁的人正相谈甚欢。有侯助理在的地方，就不会缺少话题。这家伙简直就是个猴儿精，是为了和人交流而生的，不仅能把乔先生拍好，只要他愿意拍，可以让任何人都觉得开心、受用，还无比舒服。于凤被他逗得开怀大笑。乔东阳倒是没什么话，坐在那盏节能灯下，似乎被补了一层滤镜。他的目光温和，唇角含笑，没有攻击性，与池月所认识的乔东阳好像不是同一个人。

池月慢吞吞地挨着于凤坐下来，拿着碗盛羊肉汤：“怎么了？笑得这么开心？”

于凤抚着眼角，唇角勾起：“侯助理刚才说他进门的时候，还以为咱俩是亲姐妹呢。”

不就是拐着弯儿夸她年轻吗？这么明显的假话她也相信？

池月轻咳一声，岔开话题，客气地问：“乔先生，侯助理，你们赶紧吃吧，再晚一点儿我怕出去的路就更不好走了……”

吉丘的气候大家都很清楚，像魔鬼般变幻莫测，白天晚上是两个极端。到了晚上如果遇上大风，飞沙走石，更不好走。

池月这么提醒他们也是好心，可是她的话刚说出口就被老母亲打断了：“你这孩子怎么回事儿？哪有催客人吃饭的？”

池月板着脸：“我是为了他们的安全着想。”

于凤朝她挤了挤眼睛，还想说什么，就被侯助理抢了先："那个……池小姐，我们的车没油了。"

池月偏头："……"

迷路了？没油了？那么先进的智能汽车不知道给提示的？池月很怀疑侯助理此话的合理性，但侯助理迎着她探寻的目光，脸不红、心不跳地点了点头："真的是倒霉，可把我们折腾坏了。"

池月不相信，又望向乔东阳。这个人就更淡定了，一言不发地把专注力全给了那一锅羊肉汤。本来一个长胳膊长腿的大男人佝着身子坐在窄小的高凳上，多少会有些不自在才对，可乔东阳毫不在意。他极给面子地吃着羊肉，吃相还十分好看。

池月面无表情地说："你们场地看得怎么样了？"

乔东阳："不是迷路了吗？没看成。"

池月静了静："月亮坞的自然环境比现在节目组所在的位置更恶劣，乔先生是计划把下个阶段的训练场地搬到月亮坞来？"

乔东阳："如果你参赛的话，可能性很大。"

这么聊天让人很难接话。不过，这简单的几句话却把于凤的好奇心勾起来了："乔小哥，你是说，我们家月月也可以参赛的啊？"她的双眼充满了期待，眨也不眨地盯着乔东阳，眼巴巴地等着人家点头。

池月看到她这样，恨不得找地缝钻下去："妈！"

"当然可以。"乔东阳肯定，"池小姐很优秀。"

"真的？"于凤的眼睛一亮。

"真的。"乔东阳不厌其烦地回答。

"那太好了。"于凤的双眼燃起希望，仿佛跨越阶层的上升通道突然出现在眼前，"听到没有，囡囡？你也可以参赛，为什么不去呢？"

池月清了清嗓子，低声告诉她："妈！人家乔先生就是随便客气两句，你怎么能当真呢？吃人嘴软，你那么问，让人家怎么回答嘛，他能直接拒绝吗？咱们不要让人难堪了，嗯？"

于凤明显有些失望："我就说嘛，就你这个样子，怎么能和人家王小姐比呀……"

池月看到母亲眼底逐渐黯淡下去的光芒，轻声道："是的，人家那是很专业的。所以，咱好好吃饭，不要说那些为难人的话了。明白吗？"

于凤叹息一声，抿抿唇，点头。

池月看得出来她很难过，但妈妈在客人面前又不想失了礼节，于是转过头继续热情地招呼乔东阳吃东西，不再提参赛的事情。

池月原以为吃完羊肉汤，戏就该散场了。结果她万万没有想到，她亲爱的老母亲会热情地留人家住宿："你们回去挺远的呢，这大晚上的，风沙大，不好寻路，开车多不安全……要不你们在这儿将就住一晚，天亮再走？"

"妈！"池月急了，"乔先生有机器人导航的。"

"可是——汽车没油了呀。"天狗突然蹦出一句话，刷新了存在感。

乔东阳听见后叹了口气："是。我们迷路的时候绕了太远的路，把备用油箱都烧干了。"

池月一脸不可思议地看着他："那你怎么找到我家的？"

乔东阳指了指天狗："有机器人导航啊。"

怎么说都是他有理。

池月吸口气："行！我给你想办法。"

在这个村子里，只有村长家有一辆汽车是经常使用的。月亮坞没有加油站，老村长更是没有安全感，所以家里囤着备用汽油："妈，我去村长家问问……"

池月正准备走，乔东阳一伸手就拽住了她的袖子。她一怔，狐疑地转头，就看见乔东阳无辜的眼神："我们不熟悉沙漠气候，你就不怕我们出去发生危险啊？"

沙漠地区的气候很极端，极大的温差与突然刮起的大风对不熟悉环境的人来说，简直是噩梦一般的存在。而且，月亮坞的地理位置不好，这里居于沙漠边缘，周围山峦重重，道路难行，大晚上撵人离开，无异于把人家推入危险的境地。

池月抿住嘴，没动。

外面的胡杨树被风吹得呼啸不止，院门被风撞得砰砰作响，树枝拍打在屋檐上，像一群妖魔鬼怪在嘶吼。在大自然面前，生命太过脆弱和渺小，池月是了解这一切的。虽然她与乔东阳不太对付，但还没有恨到要让人家去死的地步——更何况，他还带着天狗。那只不会死不会受伤的 AI 宠物让池月格外不忍心：“那你和侯助理只能将就着挤一晚上了。家里没有那么多房间。”

以乔东阳的傲娇性子，池月真不敢相信他会爽快地接受。可是，乔东阳竟然立刻点头：“行，我最能将就了。”

戏可真足！

池月说：“那行，你俩睡我的房间，我和我姐挤一晚上。”

睡觉的问题解决了，洗漱也是个大问题。

池月说：“乔先生，我家可能没有你用的生活用品……”

侯助理笑吟吟地摆手：“不用不用，我都为乔先生准备好了。”

他们出来考察地形，还准备生活用品？

池月明显在怀疑。

老侯擦了擦脑门儿，嘿嘿地笑着：“池小姐有所不知，我们家乔先生不太习惯用外面的东西，所以，只要出门，一应用品我都会带着，以备不时之需。”

“哦。”池月冷着脸，“中国好助理。”

“谢谢，谢谢池小姐夸奖。老侯我就剩这么一个优点了。”

不！你优点可多了。

池月看了他一眼，没说话。收拾好桌子，洗好碗，她从柜子里找出干净的床单和被套，准备换上。

“挺好看的。”乔东阳不知什么时候站到了她的背后，看着那粉嫩的颜色在她白皙的指间跳跃，慢慢地露出笑容，“只是没想到池小姐这么一个刚硬的女汉子，居然会喜欢粉色……”

池月的眼皮跳了跳，她没吱声。

乔东阳：“再仔细分析一下性格心理，你这满不在乎的外表下是藏了多少女性的渴望？！”

池月充耳不闻。

乔东阳又笑笑：“为什么把自己压抑得这么狠？嗯？”

池月头也不回，一边铺床一边回答：“乔先生，喜欢粉色呢，只是我对人民币的喜欢的延伸。不要解读太多。"

乔东阳挑挑眉，没有反驳，依然站在她的背后。

被男人这么盯着，又是在一个私密的空间里，面前还有一张现成的床，池月隐隐觉得气氛不太对。她加快速度，整理好被褥后拍了拍："可以了，乔先生，早点儿休息。"说罢，她一言不发地转身要走。

"池月。"乔东阳的声音很轻。

池月转头："还有什么指教？"

她的不悦都写在脸上，乔东阳感受到了："我认识一个教授，他对神经疾病、心理障碍都很有经验，如果你需要，我可以介绍给你。"

"谢谢，不用了。我没病。"

"我是说你姐。她的病好像挺严重。如果你觉得不方便，可以先把病情告诉我，我帮你咨询。"

池月的面色一敛，挂在她唇角的笑不见了，取而代之的是客气和冷漠："你对我就这么有兴趣吗？"

乔东阳眯起眼，与池月对视好几秒，突然失笑："你也可以这么理解。"

除了这样理解，还能怎么理解呢？对乔东阳来说，这也是一个陌生的课题。他好像无法反驳，但必须说出事实："你姐姐今天对我的反应太过强烈。她看我的眼神，就好像……我是魔鬼、凶手？那痛苦太深太狠，不是装出来的，是恐惧的，是恨的，是恨不得把我千刀万剐的。我不认识她，也从来没有被人用那样的眼神看过。我想，如果我不弄清楚这件事，我晚上会做噩梦的。"

池月冷笑一声："抱歉，那只是一个意外。"

乔东阳慢慢地走近她："伤害过你姐的人，叫什么名字？"

池月的眼底已有怒意。

这么多年，她一直与人保持着距离，这些事情，哪怕是对她最好的朋友王雪芽，也未曾分享半分。池月不需要人家的同情，也不愿意像祥林嫂一样，一次次地对外人诉说自己受过的委屈，姐姐受过的伤害……

不是每个人都愿意被人窥探隐私的，乔东阳的话冒犯到了她。她不知道是自己隐藏太久的东西被人揭开，起了反弹的作用，还是对乔东阳的忍耐到达了极点。池月沉下脸逼视着他："乔先生，你不会对自己的刨根问底感到惭愧吗？"

"池小姐，你不会因为我的关心感到温暖吗？"乔东阳勾勾唇，语气是不容拒绝的坚持，"你这样的人，一定很少得到别人的关心吧？这么敏感，这么刺儿，防备心这么重。"

"关你什么事儿？"

"池小姐，不是每个接近你的人都别有用心，万一他就是你的贵人呢？"

池月压住火："那是我的事儿。"

"当然不是你一个人的事儿。"乔东阳今天的脾气格外好，他看着池月眸底跳跃的怒火，脸上的笑意反而更浓了，"每个人的身体都是一个磁场，情绪不同，磁场产生的振动频率就不同，这些我们肉眼不可见，但一直在发生着，当周围的空间吸收负能量过多，不仅会干扰到我的磁场，影响我的情绪，甚至会让整个宇宙的磁场效应发生改变。"他慢慢地歪头，用指头轻轻地拂了拂池月垂下的头发，以便看清她的脸，"你生气不要紧，可万一影响我的飞行器上天怎么办？"

这是池月听过的最牵强附会的谬论："不早了，你该躺床上去修正你的磁场和能量了。"

"不急。我先给你解决问题。"乔东阳的声音中带着笑意。灯光昏暗，映衬着他俊朗的脸，气氛氤氲、暧昧。

池月一口老血压在心头："你这么无聊，这么有闲心，多关心关心孤寡老人和留守儿童行不？他们身上的负能量比我多多了，他们身上的磁场对宇宙的影响也比我大多了。晚安！"

她要走，乔东阳不让。

他站在她面前，一脸严肃："不一样。"

"有什么不一样？"池月冷笑，语气激烈，"难道你要说，长得好看的人磁场更强，对宇宙的影响力更大？"

“有这么夸自己的吗？”乔东阳盯着她，突然一叹，“池小姐，你这么刚的性子，得吃多少亏？”

“你该问，是吃多少亏养成的。”池月哼了一声。

“哦？”乔东阳勾起唇角，“我还真不知道，你说说看。”

池月一怔，又差点儿被他绕进去了：“别对我那么好奇！要不然吃亏的就是你了！”

池月撂下这句话，绕过他，离开了房间。

也许每个人都需要帮助，也许稍稍软一点儿就可以让自己活得更好，也许只要哀求、哭泣、朝人跪下来……就可以化解很多矛盾，得到很多她努力一辈子都得不到的东西。

但池月知道，自己做不到。

池月一头扎入池雁的房间，好久才镇定下来。

乔东阳的那些话对她不是没有影响。池雁已经睡着了，池月轻轻地躺在她身边，抱住后颈望着天花板，默默地想着，无论如何也无法入睡。

夜深了。

砰！客厅里传来一声巨响。

磁场效应来了？

池月微微一惊，披上衣服跑了出去。她跑到客厅里时，只见侯助理抱着一床被子，坐在那张简易沙发上直揉脑袋。

“……”

两个人面面相觑。

池月撇了撇嘴，还没有问，侯助理就尴尬地咳嗽起来：“那个……我不太习惯和人家睡一个被窝，所以就出来睡沙发了。”

是他不习惯，还是乔大人不习惯啊？

池月微笑：“侯助理的习惯向来跟别人不一样。”

呃！侯助理知道被她看穿了：“是是是，想和乔先生睡一个被窝太有难度了。他是真的不习惯，我跟他这么久，从来没见他跟别人睡过。上次郑西元蹭上去，都被打出去了。”

“……”

郑西元蹭上去？画面太美，她不敢想。

池月撇嘴一笑，对他们的事情不感兴趣。她帮着侯助理收拾完沙发，就去于凤的房里抱了一床被子出来，递给他："加油，我相信你做得到。你总有一天能睡到他的。"

池月开了个玩笑，可没想到一转头就看到站在房间门口的乔东阳。他穿着冬天的睡衣，整个人毛茸茸的，那睡眼蒙眬的样子像一只大熊，又没有半点儿攻击性。他此刻褪去了尖利、冷漠的感觉，甚至有一点儿……萌？

乔东阳嘀咕一声："我也冷。"他盯上了侯助理的被子。只需一秒，侯助理就领悟到了上司的意思："嘿嘿，我不冷，我不冷，这被子给你吧，老板……"

乔东阳嫌弃地眯眼："谁要你的被子？"

不要他的，那要谁的？

侯助理慢镜头一般地转过头看着池月："池小姐……"

池月："家里穷，没有被子了。"

乔东阳打了个哈欠："我认床，睡不着，陪我喝两口。"

他哪儿来那么多臭毛病？认床就回自己家去睡啊！今天晚上池月快被他折腾死了，没好气地看着乔东阳："家里穷，没有酒。"

乔东阳勾起唇角："我有。"

池月："我不喝酒。"

乔东阳："我相信你今天晚上会想喝一点儿的。"

池月一脸疑惑。

乔东阳缓缓地露出笑容，目不转睛地盯着她。他说得很委婉，又有一些不易察觉的傲娇："因为乔先生愿意免费做你的人生导师，带你走向幸福的未来人生。"

池月黑了脸："说人话！"

这不耐烦的语气不是作假，她的每一个表情、每一个细胞都写满了对他没有兴趣。乔东阳眯起眼睛，再一次认真地打量她。她不施粉黛，脸上没有半点儿妆感，一般的女人半夜醒来肯定是面目无光，疲态尽显，但池月的皮肤白皙，五官精致，肌肤细嫩得吹弹可破，像一块价值不菲的玉石，分分钟可以把人吸引进去，面不改色地将人摧毁，烧灼。沙漠里怎会养出这样的人儿？乔东阳见过无数美女，各种性格各种俏，各种套路各种飘……但从来没有过这样的感觉。

是美，又不只是美。也许，这是一种力量，一种叫池月的力量。

乔东阳在自我较量中认输了："我想投资改造月亮坞。池小姐，有兴趣与我喝两杯，听我说说计划吗？"

池月整个人呆住了。

她其实早就明白一个道理：只有资本才能改变月亮坞。她也曾经梦想过，有一天会有一个大佬突然脑子短路要投资改造这一无资源二无生产力的贫瘠之地……但那只是幻想，没有那样的傻子，没有。

对于她这个小眼神，乔先生很受用。他哼了一声："不用这么崇拜我。钱能解决的事情在哥这里就不是事儿。"

池月：还能不能让她的欣赏多持续几秒了？

乔东阳哪能知道她的想法？他一偏头："猴子，上酒！"

这个农家小院里哪里有喝酒的地方？他们只能去池月的房间。

两张高凳拼在一起放在床前，就成了一张最简易的桌子。

池月扫了一眼坐在床沿上规规矩矩的乔东阳，慢慢地走过去，坐在他身边，然后直接用嘴咬开瓶盖，往碗里倒酒："说吧。"

乔东阳诧异地看着她的动作："牙齿还好吗？"

池月一本正经："再吃几个你这样的大孩子没有问题。"

乔东阳："……"

没有开瓶器，饮酒的器皿是大粗碗，下酒的菜是炒鸡蛋和煎花生米，这是乔东阳见过的最简陋的酒席了。

池月看他没动静，端起酒碗来："来，碰一个。"

乔东阳嗯了一声，慢吞吞地拿起碗，与池月碰一下，仰头喝光。他低头一看，池月碗里的酒满满的，她一口没喝。

乔东阳眯起眼："喝啊？"

池月："我说过，我不喝酒的。"

乔东阳："不喝你给自己倒满，还碰杯？"

池月："倒满是为了给你看的，意思意思。碰杯……这不是酒桌文化吗？我以为你们有钱人都喜欢这样。"

乔东阳愣了愣，笑了："池月，你真是个古怪又不可思议的女人。"

"怎么就不可思议了？因为我没有借酒壮胆，趁机爬上乔先生的床，然后飞上枝头做凤凰，所以不合逻辑吗？"

这么直白？乔东阳的目光一沉，他忍不住笑笑："确实不合逻辑。"

"你说的那是言情小说。现实中，不是每个女人都愿意攀高枝的。"池月慢悠悠地拈了一颗花生米，然后慢慢地放在嘴里嚼，不知道在想些什么。好一会儿，她吃完那颗花生米后才笑道："人要是不小心攀上了本来够不着的高枝，那这一辈子都得活得憋屈又辛苦了。"

"怎么说？"

"你这样的家世，看着是个宝，其实……是头老虎，会吃人的。"

乔东阳扯扯嘴角："你见过我这么帅的老虎？"

"动物园里的老虎哪头不是眉清目秀的？"池月调侃，"我不愿意为了那些外在的东西失去自我，失去自由。"

乔东阳盯着她，她也盯着乔东阳。

两个人相视片刻，池月又给他的碗里倒酒："慢慢喝，别喝醉，我们之间不适合发生酒后乱性的事儿。"

乔东阳冷笑："放心，就算喝多了，我也不会让你得逞的……"

这家伙！

池月哼了一声，敛起笑意，看着他："我们村长说，月亮坞要统一规划植树了。那个找他的人就是你？"

乔东阳挑挑眉："这种事还用我亲自出面？"

行！你牛！

池月看在人民币的分上，不跟这只傲娇的"大孔雀"计较："这么说吧，如果你只是把钱交给他们来弄，我建议你还是别浪费钱了。这么多年，上头没少拨款，可你看看都整治成什么样子了。"

乔东阳没吱气。年纪不大，却活得这么通透的女人，不多。

“不会。”他坦言，“我有自己的规划。”

“那你说说，你是怎么规划的？”

乔东阳半眯起眼，舔了舔嘴唇，笑得有那么一丝妖邪的味道：“喝了这碗酒，我就告诉你。”

“你想灌醉我？”

“为了公平！”

“不喝。”

“那咱们散了吧。你什么也别问，更别想参与。”

参与？池月的心里一跳。其实比投资更重要的就是参与。乔东阳是有钱，但改造出来的月亮坞未必就是池月想要的……或者她心里的月亮坞。所以她如果有机会撬动资本大佬的牙齿，全程参与改造计划，当然是最完美的事情了。

池月二话不说，端起面前的酒碗就往嘴里灌。

咕嘟！咕嘟！酒入喉头，那滋味儿不太美妙……池月皱起眉头，硬着头皮往下咽，一只手冷不丁伸过来，扣住了她的手。

“你干吗？”池月继续往肚子里灌，含糊地说，“喝……酒。”

乔东阳哭笑不得地夺下她手里的酒碗：“你是不是傻？”

池月：不是他让她喝的吗？

乔东阳：“不能一口一口喝吗？你这样灌，是打算把自己灌醉，再借酒装疯，对我做点儿什么吗？”

池月皱着脸。

乔东阳觉得好笑：“喝个酒而已，脸怎么皱得跟包子似的？”

“你这个人就喜欢为难别人是吧？看人家不开心，你就快乐？”

“错！只是对你。”乔东阳懒洋洋地说完，看她怒目，又是一笑，“花生米煎得不错，酥、脆，要是加一点儿盐就更好了。”

池月：“不吃拉倒！”

她的语速太快，一不小心，口中的飞沫溅到了乔东阳的脸上。

看他下意识地皱眉，池月愣住了。这真是太尴尬了。

“对不起！”

乔东阳：“纸巾！”

池月回头，抽出一张纸巾递给他。

乔东阳不接："擦啊！"

"溅到哪里了？怎么看不到？"

"找鸟屎的时候，你眼神不是挺好的？"

这个梗，乔先生是忘不了了吗？

"唉！冤冤相报何时了？"

"擦！"

池月不客气地拿纸巾在他脸上一通乱抹："这样行了吗？"

乔东阳的一张脸被她搓得火辣辣的，他赶紧偏头避开："别闹！"

"不是要擦吗？来啊，擦干净呗！"池月被他传染了，发现只要他不舒服，自己心里就非常愉悦。她不顾他的阻止，像搓面团似的在他脸上拼命地搓，乔东阳一边伸手抓住她的手腕，一边往后仰——为了避开攻击，力道有点儿大。他没想到这一扯一仰，竟将池月整个人拽了过来，她往他身上一压，他受不住力，身体便直直地倒在了床上。

氤氲的灯光，昏暗浅白，整个房间像蒙上了一层神秘的面纱。两个人的视线在冰冷的空间里碰撞在一起。

池月被乔东阳捏住手腕，整个人趴在他的身上，彼此的距离近得能感受到对方的呼吸。

如此之近。她一动不动，在脑子里竭力寻找那种熟悉的、排斥的、厌恶的、痛恨的情绪。可是没有，什么都没有，她的脑子是空的。理智告诉她，她并不讨厌这样。就像那晚在小树林里，她摸他的脸，摸他的头。她渐渐靠近，渐渐丧失了本能。池月一直认为她应该是讨厌的，非常厌恶的，会本能地想吐的……可是，都没有，一切都没有发生。哪怕他们的距离如此之近。

"看够了吗？"乔东阳是个正常男人，身上软绵绵的女人正在用异常古怪的目光看他，怎会感受不到？他是知道的，毕竟那目光太冷了，她的眼里没有热度，冷得像此刻屋外的天气。

"乔东阳。"池月的双眼一动不动地盯着他。

"说。"

“你好像是不太一样。”

“……”上次她好像也说过一句类似的话？乔东阳的大脑发出警报，这个女人有问题啊？她为什么说他不一样？她所指的“不一样”是哪里不一样？

“可以再摸摸你吗？”池月突然问道。

她低下头，呼吸间带出的香气突然闯入乔东阳的肺里。

有那么一刻，他不能呼吸了。他怔住，看着这个神奇的女人。此情此景，哪个正常女人能说出这样的话……她不是疯了，就是傻了。可显然，池月不疯，也不傻。她正用一双无波无澜的眼睛看着他，她的脸上只有疑问，就好像在问——这头猪多少钱一斤，可以摸一下肉感不？

乔东阳不允许自己沦为猪肉，至少不能是这么廉价的猪肉:“这么占便宜不好吧，池小姐？”

“如果你想起身早就起来了，乔先生。”

“你压着我，我起不来。”

“我没有力气阻止你。别骗自己，你很享受。”

“我是看你入魔了，寻思要不要拯救你一下。”

乔东阳用了一个很不合时宜的词——入魔。池月听着，却觉得极为符合她当下的心境。一种古怪的、不受控制的魔性左右着她的心。为什么乔东阳跟其他男人是不一样的？第一次见面时被他抓住手腕，她还曾如蛇上身一般恐惧、惊慌，但一而再，再而三后……此刻，他们都在床上，他抓住她的手，她压在他的身上，她居然没有半分恐慌，甚至没有排斥的反应，那些曾经折磨过她的恐惧感，这一刻仿若不曾存在过。

她想知道其中有什么奥妙……乔东阳和别人不同的奥妙。是长相，还是味道、触觉？是心理上的……还是磁场效应？

“乔东阳，可以吗？”她轻声问。虚无而柔弱的声音软到极点，柔到极点，也撩到极点。

“我敢说，没有任何一个男人舍得拒绝——”乔东阳的嘴角轻轻一勾，他说出了让他将来后悔不已的作死言辞，“但我就不一样了！池小姐，虽然你很诱人，但我……呵呵！”我不能做一块廉价的猪肉啊。

后半句反映他真实心理的话，他说不出来。

池月也没有给他机会说。她不待他说完，就把头一低，靠近了他。

乔东阳微微皱眉，这女人是要强吻？他的身体紧绷，脑子很乱……他很想整理一下情绪，让自己燃烧的血液冷却一下。但没有用，她不想饶过他。她压住他，逼得更近，饱满的唇像包裹着埋藏了许久的渴望，眼看就要落在他的唇边。乔东阳的呼吸一紧，他无法控制，那只抓住她手腕的手越发用力。然而，池月的眼神一飘，她没吻他，只是在他的脸上轻轻地嗅了嗅。

没错，她只是闻了闻他。

乔东阳不敢相信自己的眼睛，池月根本就无意与他亲热。她倒像是一只准备将猎物吞食的小野兽，因为不放心，在肆意地确认猎物的安全，然后毫不留情地蹂躏他——翻他的眼皮，捏他的耳朵，捻他的鼻子，掐他的脸，像在带着探索检查。

乔东阳很生气。偏偏那只手软软的，她的呼吸暖暖的，像一股能融化神志的风，透入他的五脏六腑，搅得他头皮发麻。

“池月。”乔东阳紧紧地抓住她的手，呼吸微紧，“麻烦你告诉我，你这是在干什么？”

池月：“我说过了。”

啊！乔东阳突然大喊：“你这是在准备吃我之前，看看我有没有毒吗？”

池月冷着脸：“是。”

乔东阳：“……”

池月补充：“你这个人真的有毒！”

乔东阳像听了个荒唐的笑话，看着池月认真的脸，不知道该哭还是该笑。这个女人是个异类，是一个比他还神经的女人……不，比她那个姐姐还要神经，她姐姐是一眼就能看出来的神经病，而她是心里住了个神经病。

乔东阳气得咬牙，抓住她往自己身上一拽：“有没有毒，尝过就知道了。”

他扣住她的后脑勺儿，凉凉的、薄薄的唇凑了上去。

池月的面色一变，但她没动，就那样冷冷地看着乔东阳，好像真的在等着品尝他。

乔先生快疯了，亲不下去了。他真的觉得自己不是猎物，就是一块猪肉，献祭一般把自己交给她，恭请女王大人品尝，不仅完全没有主动权和征服感，还有那么一丝丝……可怜。

“池月，你是不是女人啊？”乔东阳气极，咬着牙问，“不懂挣扎？不懂抵抗？不会甩耳光？”

“为什么要挣扎、抵抗、甩耳光？”池月反问，“你欠打啊？”

乔东阳的表情复杂：“我刚才准备亲你，侵犯你。”

“哦。”池月的眼神毫无波澜，“我看到了。”

“我——”我该说什么？乔东阳被气糊涂了。

“我没什么感觉，甚至还有点儿想笑。”池月抢在他发飙之前慢慢地哼了一声，“虽然这是你求之不得的事情，我不应该配合，但如果能让我想明白……嗯，也没有什么，就当是成全你吧。”

“什么？”乔东阳差点儿气炸了，“喂，池小姐，你是不是对敌我双方的综合实力有什么误解？”

池月轻轻地一笑。这一笑，像是早枯的松柳突然获得了新生，像在痴、像在嗔，像在微笑，更像在悲伤：“我没有误解。乔先生，你对我有兴趣。”

乔东阳咬牙：“那是心理上的，是好奇，是探索。我这个人天生喜欢探秘、探险、探索未知，你对我来说就是未知。这根本不是生理上的……”

“我懂。”池月的视线慢慢往下移，“不过你生理上的探索好像比你心理上的探索表现得更急切，反应更迅速。”

这句话太有毁灭性了。乔东阳立刻拽着她的手坐了起来：“我是个正常男人。”

“是吗？”池月的眼睛一斜，乔东阳的脸就沉了下来，他似乎恨不得掐死她：“就像你刚才那样……换了别人，早把你连人带渣给吃了，信不信？”

池月不认同，轻轻地转了转被他捏疼的手腕：“屁话！你和别人有什么不同？骨子里都脱离不了低级趣味！”

乔东阳更生气了：“池月，你气死我又不能继承我的财产，干吗使这么大劲儿？”

池月白了他一眼，没有吱声。刚才的行为有没有酒精的作用，池月不敢确定，但此刻的她肯定是有点儿不对劲儿的——她的脑子有点儿飘，仿佛突然进入了一个非常自我的世界，从思维到行为，旁人都控制不了，自己也不能，这就是微醺的感觉？

她摇了摇头，又瞥向乔东阳："说点儿正事，转移一下注意力吧，免得……彼此尴尬。”

她说得平静从容，又直白大方，乔东阳却口干舌燥，一种从未有过的情绪在慢慢滋生，如万马奔腾，一发不可收拾。哪怕他根本就没有那份心思，但此刻就是下不去，他的内心一直在挣扎着。

他想整理一下情绪，偏偏坐在近处的她吐气如兰，那双眼睛里像有星星在闪耀，不仅洞悉了他的一切，还显得不屑一顾。

“成年人——你懂？”

他为自己找到了理由。

“我懂。”池月点头，“所以呢？”

“正常反应。”他还在试图解释，“我没有别的想法。”

“我又不会说出去，不用太在意。”池月瞥了他一眼，由上到下地打量他，“说正事吧。”

乔东阳有一种不爽的感觉。明明他什么也没做，怎么被她说得像做了什么亏心事一样？而她呢，一副不计较的姿态……先出手的人是谁啊？他又恨又气。

“池月，你说你是不是傻？好歹我也是个正常男人，你那么……对我，就不怕我把你就地正法？”

“你会吗？乔先生不像那种愿意给自己惹麻烦的人。”

乔东阳气得吸了口气：“我突然明白了！”

池月的眼睛一亮：“明白了什么？”

乔东阳看了她一眼，觉得那小脸的颜色真是漂亮：“怪不得你这么有恃无恐……”

池月歪了歪头：“我怎么了？恃美行凶？”

"得了吧你。"乔东阳闷哼一声，盯着墙角的机器人，"天狗！"

池月顺着他的视线看去："天狗不是在休眠吗？"

乔东阳："不，它在偷拍。而你——"他咬了咬牙，看着一脸无辜的女人，"早就知道。对不对？"

并不是这样的，她不知道，但不想否认。让男人以为她很聪明，不好欺负，不是好事吗？

"还喝吗？不喝了就告诉我答案。不早了，该睡了。"

乔东阳目光灼灼，他静了静："月亮坞的改造对你就那么重要？"

"是。很重要。"

"为什么？"

"不方便告诉你。"

池月说完，看他双目一厉，马上安抚他的情绪："这个是私人原因，我不想告诉任何人，不是针对你。乔先生，看在我今天晚上舍身陪你的分上……能同意我参与项目吗？"

乔东阳的一口老血差点儿喷出来："所以，参与月亮坞的改造比参加《星空行者》的计划更让你心动？"

池月迟疑了一会儿："这个答案重要吗？"

"重要。"乔东阳想了想，眼睛一抬，"因为我对你有兴趣。"

"是。"池月看着他，一字一顿地说，"比《星空行者》重要。更准确地说，我对星空计划毫无兴趣。"

面对她坦然的脸，乔东阳哼笑一声，沉默了。高凳上的酒在刚才两人撒欢的时候被弄洒了，乔东阳重新倒满，慢慢地抿了一口。酒的味道本是一样的，大概因为碗有些粗糙，喝起来滋味便不同了。

一口酒入肚，乔东阳放下粗碗，从床沿上坐起来："我会让猴子准备一个改造月亮坞的项目计划。你可以参与，可以提意见，但不可以随便质疑我的决定！"

池月的眼睛一亮："谢谢。"

"客气！"乔东阳指着门口，"你走吧。"

"我先把这里收拾干净。"

"不用。叫猴子来。"

“他已经睡着了，不太好……”

“非得影响我的磁场的振动频率？”乔东阳突然沉下脸，语气冷冰冰的，和刚才与她喝酒说话的仿佛不是一个人，“在我跟前晃来晃去的，碍眼睛。赶紧回去睡！”

小羔羊秒变大灰狼。

池月失笑：“好。给你留点儿自尊。”

乔东阳：“……”

“晚安！”池月慢悠悠地离开，头也不回。

乔东阳冷冷地看着她的背影，恶狠狠地搓了搓头发，像一个纯情少男在第一次遭遇原始而凶猛的欲望撞击后无所适从的样子，又恨又气；又像一个游戏高手在竞技赛中以王者的身份被青铜干掉了，懊恼、气愤，还没有办法报复。

“池月。”赶在池月关门前，乔东阳喊出了她的名字。

“嗯？”池月回头，面色坦然。

“我想问你……”乔东阳舔了舔牙床，低垂的眼眸在灯下显得有些忧郁，又有一丝丝魅惑，“刚才……难道你就没有一点儿反应吗？属于成年人的，正常的反应？”

这话问得咋这么古怪呢？这么“纯洁”的乔东阳像极了一个纯情的无辜少年。

池月的眼里盛满了笑：“你不会没有谈过恋爱吧？”

“难道你有？”乔东阳拔高了声音。

池月抿抿唇：“我没有。”末了，她又补充，“我没有反应。”

乔东阳的视线一冷：“一点儿都没有？”

“当然。”池月平静而认真地注视着他，她的瞳孔里——什么也没有，空无一物，不带一丝感情，“乔先生，你不要喜欢我。这是忠告。谢谢，晚安！”

她走了。

她还体贴地关上了房门。

乔东阳站在空荡荡的屋子里，心窝里的气无从发泄。

“天狗！过来。”

嗒嗒嗒，天狗走得极慢：“乔大人，我刚刚苏醒，您有什么吩咐？”

乔东阳冷眼一扫：“你都拍到什么了？”

天狗：“什么都拍到了。乔大人，我的技术可以干掉一百个摄影大师。”

坏情绪就这么被打扰了。

乔东阳输入解锁密码，把今晚的视频再回放一遍，然后不耐烦地拍拍它的脑袋：“你可以滚了！”

“好的，乔大人。”

嗒嗒嗒嗒，天狗回到刚才的位置，闭上双眼。关闭系统前，它又说了一句：“乔大人，我很爱你哟，晚安。”

乔东阳：“……”

“你还有我，晚安。”

“……”

“我是你的私人 AI 宠物，晚安！”

“你有完没完？”

“完毕！晚安。”

乔东阳走过去拉开门：“猴子！”

## 第五章
# 沙漠里的紧急救援

池月不是那么木讷的人，今夜和乔东阳之间发生的事情，不管是以什么形式进行的，都已经游走在了暧昧的边缘。但她活得太清醒，知道小小的暧昧和刹那的心动都只是生物的自然反应，荷尔蒙的衍生物，这样的感觉往往不堪一击。如果不能势均力敌，必然会变得卑微。二十岁的她拥有这样的脸蛋，这样的身材，一路上没少遇到来自男人的诱惑，如果不坚持，早就已经不是今天的池月了。不过，已经发生的事情必然会有发生的理由，池月并不会去懊恼什么。走出那间屋子，她仍是一个完整的自己，会一步一步地慢慢走，走得更高、更远。

这一夜，黄沙漫天。酒精起了作用，池月一觉睡到自然醒。

她起床一看，10点了。她原想去帮乔先生“加点儿油”，没想到刚刚穿好衣服出门，就看到乔东阳和侯助理带着天狗正要离开。

“这就走了？”池月有点儿意外。

乔东阳扯了扯衣服：“你准备留我过年？”

池月眯起眼打量他："有油了？"

乔东阳看了她一眼："昨晚没睡着，自己起来钻井开采的。"

"……"这破理由。

池月想笑。

"出了点儿事儿。"乔东阳不再开玩笑了，压低声音，略有迟疑，"节目组有选手失联了，我得过去看看。"

池月一听就紧张了："谁？"

乔东阳迟疑片刻："王雪芽。"

池月的脑子嗡的一声就炸了，她一边收拾东西，一边给范维打电话了解情况。

范维在那头也很焦急："一句两句也说不清，安保人员正在寻找。节目组已经报警了，警方也在组织营救。"

她只离开了一天，就发生了这样的变故。池月来不及向于凤解释，回屋拎起包就朝乔东阳离开的方向追了出去。

于凤在后头喊："注意安全啊，囡囡，天气预报说……"

后面的话，池月没听清楚。她十万火急地冲了出去，挡在乔东阳的车前。

"停一下！搭个车！"

车窗缓缓地落下。

乔东阳看了池月一眼："上！"

汽车飞驰在月亮坞尘土飞扬的乡村小路上。天狗放了一首节奏舒缓的音乐，缓解了池月的尴尬。她眯着眼听音乐，一路上耳朵都不得闲。

乔东阳中途接了好几个电话，时不时传来敲打键盘的声音。

他们从月亮坞出来的时候，天儿还不错，等到达永锦镇时，天气在慢慢变化。天空中有一群鸟儿在呱呱乱叫，它们在盘旋，像在慌乱地躲避什么。

池月侧头看了一眼，脸色突然一变："小心——"

话没说完，背后就传来异响。她透过汽车的风挡玻璃看见一股狂风夹裹着漫天黄沙正滚滚而来，瞬间遮住了天光。世界突然变暗了，狂风中夹杂的飞沙击打在汽车的玻璃上，如同重锤一般——

“沙暴！”对于这种天气池月并不陌生。幸好汽车是人工智能控制的，天狗有 GPS 导航功能，不会受到天气的影响：“乔大人，距离目的地还有五百米。”

乔东阳：“加速！”

“好的，乔大人！”

与沙尘暴赛跑！坐在副驾驶座上的侯助理吓得脸都白了：“妈妈呀！吓死个人了哇！”

嗡！嗡！越野车发出轰鸣，一个加速，就从黑风中突围出去了，速度快得池月什么都看不清楚。不一会儿，这辆体形庞大的越野车就已经稳稳地停下了。

“乔大人，到达目的地。”

池月把大围巾往头上一裹，戴上风镜与口罩，然后推开车门，说了一声谢谢就要往下跳。突然，她的胳膊被人抓住了。

池月一回头，就看到乔东阳冰冷的脸：“你不要命了吗？”他把她往里拉了拉，“你这干巴的小样儿，一会儿就会被大风刮跑！”

池月的视线往下一移，她发现他的另一只手搂在她的腰上。

“松开。”她冷着脸，沉默片刻，又说，“小乌鸦出事了，我不能等，一秒都不能等。”

乔东阳眯起眼看她，慢慢地松开手。

池月看了他一眼，跳下了车。沙尘暴就在背后，被狂风卷起的飞沙打在脸上，火辣辣地疼。她屏住呼吸，刚要往屋子里跑，就隐隐听到背后有脚步声，回头，看到是乔东阳，说：“你先回车上，等沙尘暴过去再下来！”

乔东阳大步走近她：“你是不是太小看我了？”

池月：“我熟悉沙漠，你不熟悉。”

乔东阳：“我是男人。”

池月：“我是女汉子。”

乔东阳看了她一眼，率先冲入院子，砰砰地拍门：“郑西元！”

那是几间节目组临时租赁的老房子。这一周，《星空行者》的选手都在这里训练，节目组为了方便，就租了几间房子存放设备，这样还可以解决后勤以及医疗问题。房子很破，周围只有一户人家，而且好像没有人居住，半面墙都倒了，全落在节目组租的房子的院落里，他们打扫后，看上去才像那么回事儿。

郑西元听到乔东阳的喊声，打开门探出头来，口罩、围巾，把脑袋包得严严实实，只剩两只眼睛在外面："阿乔，你怎么来了？这破天气……不是让你不要来的嘛。"

乔东阳沉下脸："现在什么情况？"

郑西元："进来说吧。"他的声音从口罩里透出来，有点儿含糊，"我们的安保队和警方的救援队已经派人去搜救了，应该很快就会有消息，我留在这里驻守大本营……"

乔东阳冷冷地看他："你守什么守，这房子会飞吗？赶紧带我去！"

这时已是下午，除了郑西元，大家都没吃东西。池月的内心虽然焦灼，但仍保持着从容和理性，她让郑西元从房子里拿了干粮和水，放在车上备用，然后他们才重新上路。路上，他们一边吃东西，一边听郑西元介绍情况。

失联的选手一共有三个，王雪芽是其中一个。气象台发布预警说，今日吉丘地区有 8 级大风，沙暴天气，所以《星空行者》节目组昨夜临时安排了一组"躲避沙暴"的沙漠求生技能课，贯彻落实节目要求——严格、艰苦，克服困难和极端的天气。当然，为了安全起见，节目组制订了详尽的后勤保障计划，对于特殊天气情况下的突发事件，教官们也有科学的应急预案。

事发时，在领队和教官的指挥下，大家都有序地撤离到了临时避难所。没想到，在领队清点人数的时候才发现少了三个人。

"郑哥！"池月突然打断郑西元，"我能说一句话吗？"

郑西元转头看她："你说。"

池月："你们节目组为了收视率做这些事儿，会不会太不要脸了？"

郑西元一怔，脸沉了下来。没人喜欢被人说"不要脸"，他也不例外。节目出了事故，郑西元本来就有点儿情绪。而且，他已经习惯了站在管理者的角度来思考问题，所以此刻内心的不爽全是针对那三个违规选手的："我不认为我们的安排有什么问题。这是《星空行者》的航天人才选拔赛，不是请大家来玩户外真人秀。当初她们参加节目的时候，合同上写得很清楚。"

"你们是哪里来的勇气，这样小看沙尘暴的？"池月的脸色比他的更难看，"就算这些选手很优秀，毕竟也是一群女孩子，大概她们中的大多数人没有见过沙尘暴。你们就不能循序渐进吗？为什么要直接把她们推向死亡的境地？"

郑西元张了张嘴，想说什么，却又闭上了，抿了抿唇："我知道王小姐出事，你心情不好，算了，我不跟你争！"

池月冷笑："你知道吗，在过去的几十年里，我们国家有两万多个村庄被流沙掩埋！无数人死在沙尘暴里。这是灾害，不是让你们哗众取宠的道具！每次出现这样的自然灾害，救援人员根本就不够用。你们知道自己在做什么吗？是在浪费警力、人力、公共资源？不，你们是在杀人！"

她字字如刀，刀刀刮骨。

郑西元的头有点儿疼："月掌柜……唉，行，你有道理。"

风渐渐小了，一波沙暴过去，天空渐渐明朗起来。沙漠里黄沙漫漫，一望无垠。他们是顺风开的，像在与风赛跑。荒凉的沙漠中不见人烟，遍地的黄沙像一条地毯，蔓延到了天际。

汽车很快就驶上了一条公路，公路两侧有防沙尘的绿化带，那些植被看上去柔软而温柔。可不到五分钟，再次变天，沙暴卷土重来，它打在风挡玻璃上，像是下一秒就要把他们连人带车一起吞噬。

"乔大人！我走不动了！"天狗连续发动几次，突然熄火。

池月："轮胎陷到流沙里了。"

乔东阳低声骂了一句，伸手就要去拉车门，却被池月一把抓住。

"你干什么？"他黑着脸问。

"你干什么？"池月反问。

"下去推车啊！"

"推车？你不要命了？乔东阳，你要去送死，别连累我！"池月把他刚才说的话又还给了他，而且比他的语气更凶、更狠。

乔东阳一口恶气卡在喉头，他冷冷地盯着她。侯助理和郑西元面面相觑，也惊住了。

没人敢这么凶乔东阳——没有，从来没有。

空气中突然安静了，旷野里只剩下狂烈的风声。大自然的力量排山倒海，狂风疯狂地拍打着汽车，叫嚣着，怒吼着，像是要把车掀翻，可是车里却安静极了。

乔东阳慢慢地收回手，出乎意料地没有和池月斗嘴，而是吩咐天狗："再试试，离开这个鬼地方！"

天狗："好的，乔大人。"

发动机的声音在这般恶劣的天气下显得格外刺耳。

池月皱起眉头："别试了！"

乔东阳冷冷地看着她，不说话。

池月说："吉丘的沙漠沙质松软，我们不知道堆积的流沙有多厚，汽车再继续挣扎，你就不怕会完全陷入沙子里？到时候我们就会被沙尘彻底掩埋。"

掩埋？几个人脸色一变。

池月强调："我不是在开玩笑。"

她确实不是开玩笑，汽车正在往下沉。沙尘暴吹断了防护带上的树木，直奔公路，刹那间遮天蔽日。说什么就来什么，池月也有些意外，看样子已经不是气象台说的沙暴那么简单了，这根本就是持续性的强沙尘暴。

"你们坐在车上，我下去看看。"

"池月——"乔东阳当然不允许。

"我没事！"她扣紧风镜，把口罩、围巾整理好，推开车门跳了下去。

汽车的四个轮子都已经陷入流沙里，随着沙尘暴的不断席卷，流沙越来越多，越堆越高……再等下去，怕是真的会被掩埋。

池月观察了一下地形，硬着头皮往前走了一段距离。

"水泵房！"

在沙漠里修建一条公路非常不容易，而对公路的养护更不容易。为了避免沙漠公路被流沙掩埋，人们一般会在道路的两边种上植被。但沙漠是一个严重缺水的地方，没有水，植被很快就会枯死。所以，每隔一段距离，人们就会修建一个水泵房，用来提供水源，以及养路。

这时，风沙更大了，能见度也更低了。

池月赶紧回到车边："都下来，跟我走！"

郑西元："干吗？沙漠探险？"

池月："探你个头！下来！"

郑西元刚想说话，池月的冷眼又瞪了过来："注意做好防护措施。"

几个人陆续下车，穿戴好防沙装备，连头带脸裹得严严实实。侯助理抱着小天狗，被狂风一带，东倒西歪："我的妈妈呀，这是要死人的啊！"

池月见状，伸出手："给我。"

侯助理啊了一声，还没有反应过来，天狗就出声了："可以抱抱！池月小姐姐可以抱抱……"

这个时候还有心情抱抱的……除了天狗，不会有别人。于是谁也没有说话，池月一把将天狗抱过来："大家跟上！"

郑西元用手挡着狂风："我们去哪儿啊？"

池月："水泵房。"

乔东阳："跟上就是了，你废什么话？"

郑西元闭嘴了。

侯助理又忍不住叫了起来："风太大了，我走不动。太可怕了……我感觉自己要被吹走了……"

池月回头："你这么胖，吹不走的！如果实在走不动，趴下去，爬。"

侯助理："……"

池月："抓紧时间！"

再等下去，她怕沙尘暴会更大，到时候想走都走不了了。

他们离水泵房不到五百米，但四个人走了很长时间。他们敲开水泵房的门，看到守在这里的一对老夫妻时，郑西元松了一口气："感觉像走了二万五千里长征。"

老大爷看着门外的几个陌生人："你们是干什么的啊？"

几个人面面相觑。老大爷说的是本地方言，他们都听不懂。这时，池月慢慢走过去，用家乡话说：“我们的汽车陷到流沙里了，来这儿避一避，顺便讨口水喝，给你们添麻烦了！”

“哦哦哦，快，快进来。”老大爷热情地把他们迎进去，“这天气，在外面瞎跑什么啊？老太婆，快端水来。”

一旁的老太太满脸笑意，一句话都没问。

池月：“我们有朋友失联了，现在是赶过去救援的。”

老大爷点点头：“怪不得！前面刚过去好多警车。唉，昨天就发布预警了，总是有人不信邪，老是喜欢探什么险……”

池月有点儿惭愧。

对本地人来说，探险就是在作死。

她环视一下房间，然后看着这对老夫妻：“老大爷，跟你借个东西。”

老大爷一愣：“什么？”

池月：“铲子有吗？”

“有的有的。”

老大爷一共拿来两把铲子，池月拿起一把就往外走，老大爷很爽快，拿起另一把就跟了过去：“姑娘，我帮你。”

池月不好意思地摆手：“不用的，不用的。”

老大爷笑了：“我住在这里几十年了，心里有数，放心吧。”说着，他取下墙上的帽子、围巾、风镜、口罩，收拾好以后率先拉开了门。

风猛地灌了进来。池月没再说话，跟着老大爷出去了。郑西元和侯助理面面相觑，不知道该不该动，乔东阳黑着脸看了他们一眼，跟着池月走了出去。

池月回头一瞪：“回去待好！”

这命令的语气太凶悍了，乔东阳有点委儿屈：“你一个女人可以，我一个大男人倒不行了？”看他气得眼睛都红了，池月稍稍放缓了语气：“我是本地人，我了解风沙。你别逞英雄！”

乔东阳：“我不懂，你可以教我啊！”

池月没有再说话。

汽车的轮子已经彻底埋在了流沙里。

池月拿着铲子走到车边，二话不说就开始铲沙。乔东阳试图从她手上接过铲子，被池月赏了个冷眼："蹲边上去。"

她用的是"蹲"字，乔东阳不悦地皱眉。无奈，他只能站在边上看她。她做事的时候很认真，大概是担心王雪芽，她的眉心一直皱着，虽然大部分的面孔被遮挡着，但仍然能看出她姣好的五官轮廓。

该怎么形容她呢？沙漠里的仙人掌？她生长于大旱之地，顽强、倔强，却保有水分，关键时刻还能救人一命，不过那浑身长满的刺儿也够人喝一壶的。

"换我吧。"乔东阳站了一会儿，看不下去了，不想做闲人。

"别碍事！"池月有些气喘，声音里有几分沙哑和性感。

乔东阳知道拗不过她，于是走到老大爷身边："老人家，你休息一下，换我来吧。"

老头子看了他一眼，又看了看池月，像是明白了什么似的，乐呵呵地把铲子递给他："小伙子，好好干。"

乔东阳是想好好干的，可他这双尊贵的手什么时候拿过铲子这种劳动工具？他连最基本的操作都不会，拿着铲子也无从下手，那笨拙的样子看得老大爷直叹气："还是我来吧，你这架势一看就是少爷出身，没干过粗活的。"

乔东阳："我再试试。"

他拿着铲子插入流沙中，可惜力道不够，只铲了一点点儿。

老大爷伸在半空中的手换了个方向："来，我教你。"

真是个和气又认真的老人家。

池月瞥了一眼认真跟老大爷"学习铲沙"的乔东阳，目光渐渐变得温和。

乔东阳高高地挽起袖子，学得很快，没一会儿就能熟练地操作了。沙子从他的头上、肩上、手上落下，他恍若没看见，额头都渗出了汗。

两个人一直没有说话，直到将汽车顺利地从流沙中解救出来。

乔东阳满脸骄傲，坐到驾驶座上："上车！"

他们谢过了老夫妻，要从水泵房离开的时候，池月的本意是他们三个都留下，只可惜她的建议不仅遭到了乔东阳的反对，连郑西元和侯助理都不同意。

“再大的困难，我们也要一起克服嘛。”

“现在大家是战友了。战友战友，亲如兄弟，无论刀山火海，也要一起闯。”

乔东阳不耐烦了：“别只会喊口号！上车走人！”

池月看他仍然坐在驾驶座上，愣了一下：“你不让天狗开？”

乔东阳：“人工智能和人还是有区别的。遇到特殊情况，是要用人脑解决的。机器人有时候就是个智障。”

刚才铲沙的时候他就发现，那个地方是因为附近的植被被破坏，流沙袭击公路后堆砌起来的小沙丘，如果是他本人开车就知道要避开了，可天狗的系统里没有这个设定。

“怪我？”天狗垂头丧气，“那我还能做什么呢，乔大人？”

“导航！”

池月熟悉地形，了解沙尘暴，而天狗携带着专业的 GPS 导航设备，不会在沙漠里迷路。这一次再上路，见识过沙漠危险的乔东阳对这一片土地充满敬畏，开车时格外小心。终于，他们赶到了出事地点，与救援队伍会合了。

这里有一个临时避难点，《星空行者》节目组的选手、工作人员全都在这里。截至目前，救援行动已经进行了五个多小时。然而，救援人员把节目组提供的“失联地点”搜索了一遍，还是没有发现三位失联选手的踪迹，情况越来越不妙。沙漠里的昼夜温差大，失联选手如果得不到及时的帮助，体能消耗很容易达到极限，以致脱水、休克、死亡。因此，一旦天黑了，救援难度将会更大，他们找到活人的希望也会更加渺茫。

救援队经过商议，准备扩大搜救范围，同时划分区域，兵分几路去寻找。

其中一队由池月和乔东阳带队。当然，主要是以池月为主。她虽然是一个女人，可是本地人，比好多向导更了解沙漠。

汽车继续在沙漠里颠簸。这一次，乔东阳仍然亲自驾驶。池月原以为他太习惯依赖天狗的判断，“人体功能”已经退化成了弱智的状态。没想到，他掌握沙漠行驶技巧的速度非常快，对突发状况的判断力也优于常人，确实不是吹嘘出来的高智商，而是真正的高智商——但是，这远远不够。在沙漠里行进需要很强的判断力，完全依赖导航行不通，而池月刚好可以弥补这个不足，可以根据植物的生长状况和沙丘走势来判断地形。两个人配合默契。

"停一下！"

池月一喊，几个人立马紧张起来："看到什么了？"

池月没有说话，推开车门慢慢地走下去。

"脚印？"不远处突然出现几排新鲜的脚印。虽然靠近他们汽车这一边的痕迹已经被风沙掩盖，但能看到脚印是往左前方延伸的，时断时续。

郑西元惊叹一声："有脚印就有人，我马上和救援队联系——"

侯助理："脚印是往那个方向去的。一定是她们。"

池月拿着手电筒，看着延伸出去的脚印，一直没有说话。

乔东阳默默地走到她的身边："不是她们。"

池月回头看了他一眼："嗯，这是男人的脚印。"

"啊？"郑西元打电话的手僵了僵，"男人？难道还有别的被困的人？"

这个问题她无从回答。他们与救援队取得联系后，彼此互通了一下情况，救援队决定派人过来增援他们。

"我们先过去看看吧。"池月担心王雪芽，第六感又相当强烈，无法克制跟着脚印去找找看的冲动。

几个人都看着乔东阳。

他静了静，盯着池月："在沙漠里听池小姐的。"

人在沙漠里行走，常常会分不清东南西北。众人除了听池月的，再没有别的办法，于是他们顺着脚印跟上去。一路上，池月边走边喊王雪芽的名字，嗓子都快哑了，仍然没有得到回应。

"天狗！"池月咳嗽一下，"你能跟着我学吗？"

天狗："当然可以，我最喜欢学习了。"

乔东阳猜到了池月的意图，解释说："天狗有一个自带的学习系统。你告诉它的东西，它会记忆，也会复述。"

池月点点头："天狗，你就喊小乌鸦在哪里……月光光在找你。"

天狗："好的。"

然后，他们的耳边就响起了直冲云霄的吼声。

"天狗，你就喊：小乌鸦，你在哪里……月光光在找你。"

"……"果然还是机器人。

童稚的声音划破天空，传得极远。一声又一声，一声盖过一声。

"天狗，你就喊：小乌鸦，你在哪里……月光光在找你。"

乔东阳："不要喊前面那一句，你就从小乌鸦那里开始喊！"

天狗调整过来："小乌鸦，你在哪里……月光光在找你。"

天渐渐黑了，脚印……也慢慢消失了。或者说，脚印已经被沙尘掩盖了。

侯助理边找边叹息："现在该往哪里走？我的脚都打战了。咱们这样找，能找到人吗？"

"天已经黑了！"郑西元看着渐渐变得漆黑的天空，"娘的，这鬼地方太瘆人了。"

乔东阳没怎么说话，明显比他们更沉得住气："天狗，开灯。"

"好的，乔大人。"天狗把灯打开，学了一句郑西元的话，"娘的，这鬼地方太瘆人了。"

乔东阳："不许说脏话。"

天狗："好的，乔大人。不许说脏话。"

众人："……"

一入夜，沙漠里阴森森的。

"好吓人！这片天地间什么都没有吗？"

"不。"池月慢慢地说，"会有狼！"

"啊？"郑西元缩了一下脑袋，"你别吓我。"

这时，他们的背后突然传来乔东阳的声音："快看那边！"

他用手指着的方向，有一抹光出现在沙丘下方，转瞬又消失了，再照过去时，又突然亮了一下，像是暗夜里的鬼火，诡异、瘆人。

"那是反光！"池月迅速做出判断。

"天狗照出来的反光……"乔东阳跟着解释。

"是什么东西在反光呢？"侯助理一头雾水，刚刚问出声，池月已经奔了出去。

“小心！”乔东阳大步跟上去。

池月像是发了狂一样，速度极快，他一个大男人追了好一会儿才追上她——不，不是追上的，是她突然停了下来。

乔东阳拿手电筒一照，只见被黄沙覆盖的地面上有一个类似镜子的东西正在发出若隐若现的光芒。拿着那个东西的，是一只覆满黄沙的手。

“小乌鸦！”池月跪在地上，疯狂地刨了起来。

黑夜一望无垠，沙丘起伏，像一只只潜伏在幽暗空间里的野兽，冷风一吹，让人头皮发麻。

池月来不及拿工具，她的双手像铁铲子似的在沙子里刨着，手指被沙子摩擦得火辣辣的，破了皮，疼得钻心，但没有停顿半秒。风镜、围巾全被丢到一边，她的脊背被汗浸湿，头发裹着沙子和汗水，变成一缕一缕的。她还在刨，拼命地刨。好像如果没有人阻止，她就会永不停歇地刨下去。

乔东阳迟疑了十几秒，皱了皱眉头，终于还是什么都没有说，蹲下身来与她一起刨。

随后，郑西元、侯助理赶了过来，又过了几分钟后，增援队伍赶到。人多力量大，很快，里面的人被刨了出来。

“咦！下面是什么？”

“不对！还有一个人被她压在下面——”

被掩埋在流沙里的不是一个人，而是两个。除了王雪芽，还有一个女人。

池月叫了几声，没听到王雪芽的回应，顾不上别人，一边大口喘息着，一边摸了摸王雪芽的脸，然后压住她人中上的水沟穴，拧开水袋，给她的嘴里灌水。最后池月用力，把王雪芽从沙坑里抱起来，大步往前走：“送医疗队。”

众人惊诧。

男人这样抱女人很寻常，可是，一个女人这么抱另一个女人，这得有多大的力气？

他们停车的地方离这里有一段距离，池月抱着王雪芽跑得很快，额头上的汗水顺着脸颊滚下来，滴入眼睛里，她没有去擦，脚步反而越来越快。

把王雪芽送上救护车后，池月才知道，那个和王雪芽一起被掩埋在沙土里的女人是林盼。

她有些诧异，林盼和王雪芽两人平常在节目组几乎没有交集，印象最深的一次是王雪芽被推下沙坡后，曾对池月说过一句话："不过我摔到沙坡下面后，一抬头就看到了林盼……她就站在坡上看着我。"

如果上次是巧合，那这次呢？为什么她会和王雪芽埋在一个坑里？

天已经彻底黑了，去医院的路很远。救护车走在前面，池月坐在乔东阳的车上，许久没有说话。

乔东阳将暖气调大，看向她："不冷吗？"

"不冷。"

乔东阳把外套丢到她身上："披上。"

池月慢慢地转过头："乔东阳，那个推王雪芽的人是谁，你现在可以说了吧？"

乔东阳抿了抿嘴，没有说话。月光下，他的侧颜有一丝寒意。

池月见他如此，突然拔高了声音："是，说出来对你没好处。但不说出来，就是泯灭人性，你的良心不会痛吗？因为你的隐瞒，现在差一点儿闹出人命，你们还要保护凶手到什么时候？"

这么凶他的女人，池月真是第一个。

侯助理听得心惊肉跳，恨不得捂着耳朵装死。

乔东阳却波澜不惊："不敢确定的事儿，我不能乱说。"

池月眯起了眼睛："不敢确定？怎么讲？"

"现场的摄像师没有拍到推人的画面，这个你是知道的……"

"可你说过，你知道是谁。"池月的声音骤然变冷，"你在逗我？"

乔东阳斜她一眼："虽然没拍到推人的画面，但现场那么多机位，总会拍到别的画面。我们通过技术手段将几台摄像机拍到的视频进行了分析，做了技术还原……"

天狗："不是我们，是我，是我，是我做的。我最懂技术了。"

乔东阳清了清嗓子，把刚才没有向池月发的火，都冲天狗发了：“你越来越喜欢插嘴了！天狗，你是不是想死？”

天狗：“天狗已关闭插话功能，进入静默状态。再见！”

乔东阳哼了一声，继续说：“完成技术还原后，再运用排除法……最后我们可以确认，有机会推人的选手一共有三个。”

池月的目光一厉：“哪三个？”

乔东阳眯起眼看她，迟疑了三秒。

“今天失联的就有两个。另外一个是朱青。”

“林盼、朱青、袁兰馨？”池月做了补充。

袁兰馨是目前处于失联状态的另一位选手。

乔东阳默认，车厢里寂静了一会儿。

池月问：“你的技术手段有理论依据吗？准确率多高？”

“你不相信我，也应该相信天狗。”乔东阳一边开车，一边懒洋洋地回答。

“是的是的。天狗是可以信任的。”天狗又一次接话。

池月：“……”说好的静默状态呢？

她看了一眼天狗，没有对此提出异议。一个可以让她“技术性中奖”的人工智能机器人，确实没有出错的可能。

两人沉默了一会儿，乔东阳的视线落在她的手上：“手不疼吗？”

“你说呢？十指连心。”池月淡淡地说。

“我以为你会说不疼，毕竟你是钢铁女侠。”

“嗬！”池月赏了他一个白眼，然后合上了眼睛。

“后备厢里有药。”乔东阳好心提醒，“我可以提供帮助，免费。”

池月沉默。

半晌后，她冷冷地一叹：“欠情比欠钱更难偿还。”

这是几个意思？难道她认为他是有什么企图？

乔东阳冷哼一声：“想多了。我是偶尔发发善心而已。”

王雪芽是在救护车上醒来的，随车的医务人员经过检查，发现她只是受了些外伤，不太严重。但她在沙漠里出现过休克的症状，所以出于安全考虑，他们还是把她送到了吉丘县人民医院。相比而言，林盼就比较麻烦了，处在脱水、高烧、昏迷中，一直没醒过来。

两个人是同时被送到县医院的。

经过检查和救治，医生最后交代：“林盼已经脱离了生命危险，但需要住院观察。王雪芽可以离开了。”

乔东阳松了口气，点点头，可郑西元却有点儿急：“两个都观察观察吧？万一回去后再出点儿什么事儿怎么办？”

医生：“王雪芽只是轻微脱水，输完液就可以离开了。”

郑西元：“可是——”

医生微笑：“我理解家属的心情，但请相信医生的判断。”

家属？

郑西元微微一愣：“我只是有点儿奇怪，同样是遇到沙尘暴，同样是被流沙掩埋，为什么王雪芽只受了一点儿轻伤，只是轻微脱水，而林盼的情况却那么严重，好不容易才抢救过来？”

病房里。

王雪芽在挂点滴，池月坐在她身边削着苹果，神情专注而温柔。

“月光光，我真是太幸运了，要不是你告诉我那些自救的办法，我也许活不到现在。”王雪芽的眼睛红肿，声音也沙哑不堪。她的情况比林盼好，不是因为体质特殊，而是池月给她恶补过各种沙漠自救的知识。如何防止脱水，如何保存体力，如何利用机会求救……没有什么巧合，没有什么不一样，她只是利用了池月教给她的知识。

“不过，沙尘暴的样子比你告诉我的可怕得多……”

“因为那是现实，不是想象。”

那些恐惧、绝望，没有亲身体验过是不可能真正体会的。

池月将削好的苹果递给王雪芽，又不放心地打量她：“现在感觉怎么样？”

“挺好的。”王雪芽默默地咬了一口苹果。

“那可以交代情况了。”池月沉下脸。

刚才温柔地照顾王雪芽的小伙伴不见了，换成了一个严厉的大人：“为什么不按节目组的要求去避险？”

王雪芽咬住苹果的脸僵硬了。她醒过来后，为了搞清楚情况，警察、节目组的负责人都找她单独了解过情况，问她为什么会和林盼出现在那个地方，在沙尘暴来的时候，到底发生了什么事儿。但池月一直没问。

她突如其来的冷脸把王雪芽吓住了。

看了池月好一会儿，她慢慢地放下苹果：“是我错了。”

“错了？”

“林盼是为了救我。”

这个答案出乎意料。

池月平静地看着她：“说清楚一点儿。”

王雪芽对此事极为羞愧，脑袋垂得很低：“昨天晚上我们进行过一次沙尘暴演习，但就像你说的，我没有见过真正的沙尘暴，还是太过自信了，或者说是心存侥幸！”

池月：“这不是理由。”

心存侥幸，就去与大自然对抗吗？王雪芽是个乖乖女，不会无缘无故做这样的事儿。

“我……”王雪芽面对池月可以洞察一切的双眼，表情有点儿不自在，“沙尘暴来的时候，我本来是准备前往临时避难所的，但我转身的时候，突然看到了一个镜头……”

“镜头？”池月没太明白。

“摄像机的镜头。”王雪芽咬了咬下唇，索性一股脑儿全交代了，“是范维的。”

工欲善其事，必先利其器。很多摄像师对摄像器材的追求近乎偏执，范维也不例外。可是高端的摄像器材大都价格不菲，一般人根本买不起，所以只能看着别人的器材流口水。范维是一个摄像器材的发烧友，狂热到了追求完美的程度。但他的家庭本身并不富裕，他曾经告诉过王雪芽，他随身携带的那个镜头价值十几万，他为了买它可以说是砸锅卖铁了。

他为王雪芽拍的那几张照片就是用的那个镜头。

所以王雪芽看到那个镜头被沙尘卷走时，下意识地想去帮他捡起来，结果高估了自己。镜头被狂风越卷越远，她也最终迷失在沙尘暴里……



“我开始并不知道林盼在后面，风太大了，听不到她的声音，也看不到她。月光光，不骗你，那个镜头当时离我就几步远，就几步，我没想到追出几步路的距离会变成这样……不好意思，我不该辩解，确实是我的错。林盼是为了跑过来拉我才被卷入沙尘暴里的，至于袁兰馨，我没有看到她。”说到这里，王雪芽用手指抠着被面，“我真的好害怕她们出事。月光光，我是不是很笨？”

“不是笨，是——”善良？单纯？对社会和环境认识不足？一朵从小生长在温室里的小花在面对大自然的风吹雨打时，并没有意识到危险。要说这事儿王雪芽有多大的过错，也说不上；可若说她完全没有过错，池月又说服不了自己。

“小乌鸦，你太不爱惜自己了。”这是池月认为王雪芽做得最不对的地方，“镜头没有了可以再买，人没有了怎么办？”

“买不到的。”王雪芽的眼圈更红了，“那个镜头是范维的母亲去世前买给他的，意义重大。只是可惜，我拼了命最后也只是捡到一个碎掉的镜片——”

池月明白了。

那个砸锅卖铁买镜头的人是范维的母亲。

王雪芽捡到的镜片在关键时刻救了她们一命。如果没有那个镜片反射出的细微的光，如果他们没能及时找到王雪芽和林盼，后果不堪设想……

池月从她的手里接过苹果，倒了杯水递给她：“你爱上他了？”

王雪芽的双颊微微涨红，她不敢看池月：“我不知道这是不是爱，但是听了他的那些故事，我心里挺受不了的。看到镜头的时候，我就是下意识地觉得我得帮他捡回来，反正不差那几步，我举手之劳，就可以让他不那么辛苦与伤心……”

“母性泛滥，那是同情，不是爱情。”池月给她下定义。

“也不是，跟范维在一起也挺开心的，他把我拍得那么美……”

池月哼了一声：“那就是说，真的爱上了？”

王雪芽张了张嘴，一时无法辩驳，又不想马上肯定。因为这个时候她根本就辨不清自己的情绪，而且，这个时候辩解这些没有半点儿意义。



“不管怎么说，这件事是我的责任。我跟警察和节目组都说了，如果必须有人承担责任，那个人肯定是我。”她抬头望着池月，眼睛里充满泪水，但还是强忍着没有让它掉下来，“月光光，我想退赛了……”

池月一惊：“你怎么会有这样的想法？”

王雪芽慢慢地捂住脸：“我觉得我没脸再留下来。”

王雪芽是个格外善良的孩子，内心原本就比别的姑娘柔软，遇到这样的事情，可以想象她得承受多大的煎熬。

池月揉了揉她的脑袋：“面对会比退缩更艰难，但面对可以让你变得更坚强，也只有面对才能让你彻底走出这个阴影。明白吗？”

王雪芽吸了吸鼻子：“我明白，就是我……不好意思再厚着脸皮待在这里了。别人会怎么看我？”

“很快就会过去的。除了你的亲人朋友，没有人在乎你是什么样的人，哪怕你做得再好，她们一样会说。”说到这里，池月突然怔住。

她突然想到——范维呢？那个王雪芽为了他拼命去捡镜头的男人在哪里？

“我来迟了！”说曹操，曹操就到了。

范维拎着一篮水果和一束鲜花冲入了病房，苍白的脸，满头的汗，表情透露着紧张、恐惧和关心。

“送给你的，小乌鸦。”他把鲜花放到王雪芽的病床前，“我走了很远才买到……”

吉丘县城受到了沙尘暴的破坏，这样一束鲜花，确实不太容易买到，王雪芽都不敢想他是怎么弄到的。

她扁着嘴看他，要哭不哭的样子：“谢谢你，范维。”

范维笑了笑，有些不好意思：“跟我还客气什么？我早该来看你的，可是……我被节目组派到另一个救援组里了，刚刚回来。你现在没事了吧？”

“我没事。”王雪芽想了想，“袁兰馨找到了吗？”

范维：“有一点儿眉目了，但人还没有救回来。”他思考了一下，又补充，“她的失踪好像跟你拍的那个宣传片里的偷树贼有关。目前警方已经介入，具体情况我也不知道。”

这个结果让池月和王雪芽都有些意外。王雪芽更是吓得一脸雪白，说不出话来。范维安慰她："也不关你什么事儿。你好好休息，争取早日重返节目组。"

王雪芽摇头："我很好，明天就可以回节目组，只是我……不太想回去了。"

范维一怔："你没受伤？"

这话问得……重点是不是跑偏了？

池月的表情有点儿不悦，范维却惊喜地站了起来："太好了。雪芽，你太棒了，经历了这些都没事。这体能，这素质，这应变能力，真是让人佩服……我看《星空行者》的冠军非你莫属。"

"范哥。"池月打断他，"不要给小乌鸦拉仇恨。行吗？"

"呃……"范维反应过来，"我是高兴糊涂了。"

在病房里待了片刻，池月借口上厕所，把空间留给了他们。这是小乌鸦的感情生活，她不能参与，也不好干预，可整个事件堵在她的心里，就像一团乱麻。三个女人失联，这三个人都是《星空行者》节目组的夺冠大热门。林盼、王雪芽、袁兰馨也都是池月觉得有机会夺冠的选手，其中，袁兰馨更胜一筹。可是现在，林盼和袁兰馨变成了推王雪芽滚下沙坡的"嫌疑人"，而另一个有嫌疑的朱青因为昨天发高烧没有参与训练，不在现场，算是摆脱了和这次事件有关的嫌疑。为什么会这么巧呢？池月只相信动因，不相信巧合。

王雪芽没有告诉范维捡镜头的事儿，怕他因此而难过、内疚，让事情变得更复杂。她很柔软，但也很坚强，把责任都承担了。但这件事情还是很快被曝光了。

袁兰馨被找到的时候，天已经大亮。阳光再一次透过云层洒下金色光芒，普照着漫漫黄沙上的疮痍。只可惜，她已经不再是那个活泼可爱的头号种子袁兰馨了。她被人丢弃在一个废弃的民房里，现场有激烈反抗的痕迹。警察在勘查现场时找到一个摄像机镜头，这个镜头没有镜片。

经调查核实，这就是范维遗失的那个镜头。

一个镜头害了两个女人。不，三个。这是什么情况？

袁兰馨被救回来的时候完全没法说话。三天后，她向警察和节目组的人交代，当时，她是因为看到王雪芽在追那个被风刮走的镜头，想去拉住王雪芽，后来看王雪芽那么执着，就好心跟上去帮王雪芽捡，没有想到一下子就被卷入了沙尘暴里。后来，袁兰馨费了九牛二虎之力终于捡到了镜头，可是，几个不知道从哪里冒出来的男人趁沙暴发生时的混乱挟持了她。

她叫天天不应，叫地地不灵。在那个民房里，她经历了人间地狱般的折磨，整个人精神崩溃了——

一石激起千层浪，公众哗然，王雪芽成了众矢之的。节目组里人人都不待见她，网络上更是人人喊打，众口齐呼“王雪芽滚出《星空行者》”。一个为了爱情不顾生命危险，还拖累了整个节目组，让无数人为了营救她而面临危险，甚至导致别的选手受伤、被强奸，而自己屁事儿都没有的女人，可以预见，她将会受到怎样的网络暴力。

网络上的谴责和呼声如同潮水一般，池月看得心惊胆战。角色对调，当遭受网络暴力的人变成王雪芽，这比池月当初的经历恐怖多了：一是王雪芽和她不同，她脸皮厚，不玻璃心，可王雪芽从小到大都没受过委屈，怎么承受得了？二是这次的全民声讨比起池月那次受到的校园网络暴力，攻击性不可相提并论。

《星空行者》未播先火，几个头号种子选手已经在网络上吸引了大批粉丝，有了应援团，积攒了相当高的人气，她们的一举一动都牵动着万千粉丝的心。与林盼、袁兰馨、王雪芽三个人有关的热门话题被频频刷上热搜。没有人会去质疑一个受害者的话，袁兰馨的陈述直接把王雪芽钉死在了道德的耻辱柱上。

“我火了！”王雪芽哭得双眼红肿，“月光光，犯了错就不值得被原谅了吗？”

池月起身，为她倒了一杯热水：“每个人都会犯错。”

王雪芽摇了摇头，表示不想喝：“我是不是真的像她们说的那样，任性、无脑……智障？”

池月：“当然不是。如果你无脑又智障，怎么会有人推你？小乌鸦，木秀于林，风必摧之……有人针对你，就足够证明你的优秀。你唯一的问题是太过单纯、善良，所以有时候吃点儿亏，栽几个跟头，也不是坏事。”

“月光光……”王雪芽知道她是在安慰自己，吸着鼻子问，“你会看不起我吗？”

“当然不会，想什么呢？”池月拍了拍她的脑袋。

王雪芽的眼角挂着眼泪，她抬起头，想对池月笑，结果表情比哭还难看。

池月见状，笑了笑，轻轻地搂住她：“除了我自己，我不会允许任何人骂你。”

王雪芽：“这些‘键盘侠’就像蝗虫一样多，你骂不过的……”

池月：“总会有办法的。只要人还活着，办法就比困难多。”

王雪芽憋了好久的眼泪又滑了下来：“那我如果退赛呢？你会看不起我吗？”

池月在王雪芽期待的眼神中微微点头：“会。”

王雪芽啜泣：“月光光……”

池月拍拍她的后背：“断网、睡觉。什么都不要做，什么都不要想。懂吗？”

这三天，王雪芽没有训练，没有回节目组，就在医院住着。尽管医生说王雪芽不需要住院，回去后仔细观察就行，但池月很坚持。王雪芽需要治的是心，不是身体，而且，她现在需要一个病人的身份。

从医院出来，池月叫了一辆车，直奔节目组。接待池月的人是节目的总监沈亚丽，她是刚刚上任的，接替了王姐的职务。《星空行者》节目组出了事故，原来的总监理所当然地成了主要责任者，王姐目前正在接受调查，估计再回节目组的可能性很小。

沈亚丽三十来岁的样子，上任三天就以干练狠辣的工作作风赢得了众人的吐槽。池月在她的办公室门口等了她足足十分钟，最后终于见到了总监大人。

“你好，我叫池月，是王雪芽小姐的助理。我今天来找沈总监，是准备就王雪芽小姐的参赛事宜进行沟通的。”

她自报家门，却并没有得到沈亚丽的好脸：“有授权书吗？”

“没有。”池月回答。

“那你凭什么代表王小姐找我沟通？”

池月：“需要视频授权吗？”

沈亚丽：“需要。”

池月点点头。她打通王雪芽的电话，让她照沈亚丽的要求录制了视频。大概内容是池月说的话可以完全代表王雪芽的意思，相关责任由王雪芽本人一力承担。沈亚丽收到王雪芽录制的授权视频后，眼底闪过一抹惊诧，但很快又趋于平静：“看来你不是个简单的助理。”

“不，我很简单。”池月笑了笑，“这个视频不能说明我了不起，只能说明王雪芽小姐为人单纯，容易信任人。”

沈亚丽伸出双手，十指相扣：“池小姐是吧？你准备沟通什么？”

“王雪芽小姐的舆论风波。”池月淡淡地一笑，“我认为在这个事情上，节目组没有做到事先承诺的维护选手形象，在事情发生后没有做好公关工作，且任由内部的恶性竞争发展，甚至有选手亲自下场，控制了舆论的导向，导致王雪芽小姐遭受了网络暴力。”

沈亚丽轻轻地一笑：“我的看法恰好与池小姐相反。”

池月：“沈总监请讲。”

沈亚丽的目光很犀利，她与池月正面交锋，对视几秒后笑了起来：“池小姐有自己的立场和角度，公司也有公司的立场和角度。在我看来，节目组现在还没有对王雪芽小姐做退赛处理，已经是仁至义尽。你们应该抱有感恩的心。”

“哦。”池月淡淡地一笑，“这么说，节目组准备单方面撕毁合同了？”

“撕毁合同，从何说起？”

“合同上写得不是很清楚吗？对选手的形象进行包装和维护，对网络舆论进行正面引导，是你们的责任和义务。所以，这不是仁至义尽，而是冷眼旁观，是不作为。”

“事情是她作出来的，节目组能有什么办法？”

池月又是一笑：“沈总监该不会告诉我，事故的相关细节是警方披露的吧？吃瓜群众会被人带节奏，但沈总监应该心里有数，天天上热搜，轮番轰炸，有没有人为炒作的原因？”

沈亚丽一怔，莫名地觉得池月的眼神里藏着刀锋：“池小姐什么意思？难道你认为是节目组在幕后推波助澜？”

“我没这么说。”池月轻笑，“不过，如果牺牲一个选手可以换来全网的舆论热潮，也是值得的。而且，这么大的流量和关注度也方便了节目组造星，不是吗？”

沈亚丽冷笑：“池小姐，话可不能乱说。”

池月：“我看了一下，事情发生后，大部分选手的微博粉丝都在上涨，某些选手的粉丝甚至多了数百万。不花钱就可以带来这么大的流量效应，太值了。”

沈亚丽没说话，只是眼神越来越冷。

池月正面迎上她的目光，没有畏惧：“听说沈总监以前是做艺人形象维护的？”她的潜台词：套路很溜嘛！

沈亚丽听懂了。可是，一个喜欢主导谈话的人处处被人掣肘，失去了谈话的主动权，是极为不舒服的。她的每一个毛孔里都写满了烦躁，却不得不静下心来对付这个难缠的女助理：“池小姐的想象力很丰富，我认识一些剧组的朋友，要不要推荐你去写剧本？”

“谢谢。”池月抿唇，“我的价格太高，你的朋友怕是请不起。”

“这么说，王雪芽小姐给你的薪酬很高？”

“沈总监，打听人家的薪酬好像不太礼貌吧？”

谈话节奏被池月掌控着，沈亚丽很讨厌这种感觉：“池小姐，如果没有别的事情，你先回吧，我还有事儿要忙。”

听到她下了逐客令，池月冷冷地一笑，从包里拿出一份复印的合同：“沈总监刚到任，怕是不太了解当初的合同条款，我特地复印了一份给您送来。”

沈亚丽接过来，随意地翻了翻：“你们的诉求是什么？”

池月：“节目组发公告，做公关，消除因为你们的不作为产生的影响。”

沈亚丽冷笑：“否则呢？”

池月：“黑锅总不能一个人背吧？要黑大家一起黑呗。”

沈亚丽抬头看着她，皱眉："你是不是自信得过分了？"

她的言下之意是：你有这本事吗？

池月微笑："沈总监可以拭目以待。包庇选手的是你们，允许这么不人道的训练项目存在的是你们，怂恿选手恶性竞争，炒热度带节奏的是你们……等吃瓜群众回过神，你猜他们会怎么想？"

沈亚丽定定地看着她，不说话。

池月："杀敌一千，自损八百。这笔买卖，沈总监可以和节目组的高层讨论讨论，看看怎么样划算。打扰了，我回去等你们的消息，不，看你们的表现。"

沈亚丽的视线还在她的脸上打量。这个漂亮得有点儿过分的女助理是不是有什么后台？要不然她哪儿来的胆子在自己面前这么猖狂？

"池小姐这样有恃无恐，就不怕影响王小姐今后的比赛吗？她只要不退赛，就是节目组的人。要是不小心被人穿了小鞋，恐怕对她很不利吧？"

听到这赤裸裸的威胁，池月冷笑，语气却委婉了很多："沈总监要这样做，我们也没有办法，但公道还是要讨回来的。没有公平，哪儿来的比赛？"

"公道？公平？"沈亚丽像听了个笑话，语气充满了不屑，"没想到池小姐也这么天真。你仔细数一数，各大选秀节目中有几个是因为公平公道火起来的？"

她随口说了几个综艺节目的名字，又用一种教训的语气说："流量、话题性、关注度，这才是综艺节目需要的东西。池小姐身为王小姐的助理，要明白怎样做对她才是最好的。"

池月："我不明白。"

沈亚丽看她的态度变软了，迅速否定了之前对她的身份的猜想，并露出一丝得意的表情："回去劝王小姐想开一点儿，不要和流量过不去。被人骂怎么了？没人骂，那才凉凉呢。所以请珍惜节目组为她量身定做的人设吧。这是忠告。"

节目组量身定做的人设，很好。

池月笑了："多谢沈总监指教。"

“出去吧，我还有事儿。回去好好想想，你会懂的。”

“我不懂。麻烦沈总监再解释解释——”池月慢慢地拿起手机，按了几下，沈亚丽就听到了自己的声音。她面色一变，疯狂地向池月冲过来，伸手就来抢手机：“你居然偷录视频？”

池月冷哼一声，优雅地侧过身，将手机高高地举起，在沈亚丽面前迅速地一晃，然后微笑着轻轻地插入兜里：“抢我手机没用的，第一，你打不过我，第二，视频我已经同步上传了。沈总监，不要挣扎了。我前面说的话，你好好想想吧，你会懂的。这是忠告。”

话音未落，池月就大步走出去了。

永锦镇的旅店客房里。

乔东阳在房间里待了老半天了。

电脑亮着，他倚在沙发上，懒洋洋地敲着键盘，看上去在很专注地工作。

但如果走近一看，原来是在打 LOL（游戏名，《英雄联盟》）。

“quadrakill（四杀）！”

“pentakill（五杀）！”

他熟练地操作着，一套技能，五杀到手。

“aced（团灭）！”

一个 CEO（首席执行官）的日常是怎样的？忙碌、奔波、早起晚睡、辛苦，这是普遍认知。但乔东阳就不是那种委屈自己的人，接手 Crown 的第一天就制定了各种震惊业内的规章制度。

一、精简办事流程，不搞形式主义。

二、能不开的会就不开，杜绝以开会的名义吃喝。

三、能三句话说完的事儿，就不要超过四句话。

四、合理利用工作时间，坚决不允许无意义的加班。

总而言之，这是一个高智商、注重高效率的老板。他认为，在效率低下的时间内劳动都是反人类的。一切长篇大论的 PPT 汇报和烦琐的办事流程都是为了累死老板。他只要结果，不管过程。因此，他每天的工作时长不会超过四个小时，总工作时长不会超过所有时间的百分之四十。他甚至把工作项目细分到每一个类别，制定好占用时间比。至于剩下的时间他在干吗？玩呗！

别人的行程是参加某某战略会议、某某高端论坛、某某并购仪式，与某某会面。乔东阳的行程是参加某某探险、某某科研讨论，玩某某游戏，品尝某某美食，与某某一起玩极限挑战，然后才是处理正事。所以，那天池月在车上听到他敲击键盘的声音，认为他在很努力很辛苦地工作，就是个美丽的误会。

侯助理战战兢兢地进去，心路历程至少已经走了一万米："乔先生，明天的行程都已经安排好了，我们今天晚上得赶回申城。这是你明天的行程表。"

"放那儿。"乔东阳头也不抬。

"哦。"侯助理抿了抿嘴，"乔先生，你还没吃饭。"

"出去！"

"老板……"

"不知道我玩游戏的时候最烦有人打扰吗？"

侯助理清清嗓子："饭菜要凉了……人是铁，饭是钢，不吃不喝会心慌。你看那个池小姐……几天不见，人都瘦了一圈，小脸白得像个鬼，下巴都尖了。"

乔东阳抬了抬眼："你跟我说这个是什么意思？"

侯助理轻咳一下："那不是池小姐吗，跟咱们挺熟的，我就随便说说。"

乔东阳拿起面前的杯子，轻轻地嘬了一口水："她什么时候跟你很熟的？"

侯助理的脊背都僵硬了："我是说，她跟乔先生挺熟的。"

"放屁！"乔东阳瞪他，"猴子，你是不是觉得自己很了解我？都敢随便替我做主了？"

"我不敢！"侯助理被最后那句话吓住了，整个人都紧张起来，拼命地摆手，"乔先生，我可什么都没有做啊。"

"哼！"乔东阳放下水杯，"她去节目组做什么？"

"大概是为了王小姐的事情吧，具体我没有问。"侯助理揣测着老板的心思，嘿嘿一笑，"毕竟咱们跟她也不熟。不用管。"

乔东阳的目光一冷："那件事情有结果了吗？"

这个沉迷于游戏的宅男当真什么都不知道？

侯助理恭敬地站在他面前："舆论对王小姐不太有利。不过，还是利大于弊吧，被人骂也是有人气的一种表现。"

乔东阳点点头，然后关上电脑，突然站起身："走吧。"

侯助理一蒙，跟不上节奏："去哪儿？"

乔东阳一个冷眼瞪过来："不是把明天的行程安排好了吗？回申城。"

"哦。"侯助理看看被冷落的饭菜，"乔先生，不差这一会儿，你先把饭吃了吧。"

"不饿！"乔东阳没有理会他，径直走出去，"带上天狗。"

对王雪芽来说，舆论风波很棘手，因为她是当事人。而乔东阳有自己的工作和生活，注意力不会全部放在《星空行者》节目组。他之所以会在永锦多停留三天，不是为了处理节目组的事情，而是因为吉丘县受灾，沙尘暴的袭击导致道路损坏严重，天气情况又很糟糕，走不了。

乔东阳面无表情地下楼，正准备上车，一个人影突然闪到旁边："乔先生。"

池月站在车边，黑漆漆的眸子凌厉敏锐，冰冷的脸映着车身的金属质感，看上去有些……杀气腾腾？

乔东阳松开车门，慢慢地把手插进兜里："找我有事儿？"

"有。"池月不废话，"最近乔先生都在忙什么？"

乔东阳皱起了眉："池小姐像一座活火山似的移动到我面前，就是为了关心我的私人生活？"

池月一笑："不仅关心你的私人生活，我还很关心你的未来。"

"是吗？"乔东阳勾起唇角，慢慢地笑了，"池小姐说说看？"

池月冷冷地哼笑："星空计划就是你的未来，没错吧？"

乔东阳点头："说重点。"

他不喜欢听废话，池月也不喜欢绕弯子。

池月："一个节目组窝里都烂透了，乔先生还来问我？"

乔东阳抿了抿嘴："池小姐是以什么身份来指责我的呢？"

池月："王雪芽的助理，够不够？"

乔东阳勾唇：“不够。”

池月脸色一变：“也就是说，对于节目组发生的事情，乔先生一清二楚喽？”

乔东阳皱了皱眉头：“当然！”

好一句当然，原来这一切都和他脱不了干系。这就是商人的本质：唯利是图。别人的生死与他何干？

池月怒了：“看来是我想错了。我还以为只是窝里坏了，没想到，原来从上到下，连根都烂透了。”

乔东阳蒙了两秒才反应过来，而池月已经干脆利落地转身走了。

“什么跟什么？”乔东阳冷着脸冲上去，一把拽住她，“你跟我说清楚。”

“说清楚什么？”池月冷冷地看着他，“我开始还以为是沈总监新官上任三把火烧出来的舆论风波。没想到，原来她是得了上司的授意。乔东阳，你的人设崩了，你妈知道吗？”

乔东阳脸色一变：“我就没有立过人设，崩什么崩？”

他慢慢收紧五指，池月的手腕在他的掌心里一寸一寸地往上移，被他捏过的地方变得一片火热。

“松手。”池月咬牙挣扎，“我警告你，不要动手动脚。”

乔东阳笑而不语。

“松开！”池月急了，使出吃奶的劲儿，猛地往回一拉。

砰！她没想到乔东阳会突然松手，于是身体不受控制地重重地撞在汽车上，后背疼得发麻：“乔东阳，你……”

“是你叫我松手的啊？”乔东阳无辜地看着她。

“你浑蛋！”池月的眼泪都快要疼出来了，这一下刚好撞到背上的某个神经点，痛感让她无法忍受，她慢慢地蹲了下去。

“喂？”乔东阳只是想戏弄她一下，没想到会这样，愣了一下，弯腰扶她，“池月，你怎么样？”

“你无耻！”池月突然伸出一拳，恶狠狠地砸在乔东阳的胸口上。

这一拳出得猝不及防，乔东阳更是毫无防备，他踉跄着后退几步：“池月，你——”他捂着胸口想骂人，却见池月又蹲了下去，表情很痛苦。

“搞什么？”乔东阳不敢贸然过去，捂着心窝问，“哪里不舒服？”

池月一言不发，垂着头，一动不动。

乔东阳在原地站了几秒，慢慢地挪过去，做好了防备姿势，这才慢慢地拍她的肩膀：“问你话呢，是不是哪里不舒服？”

池月摇头，没有说话。不过，她也没有再出拳揍他。

乔东阳哼了一声，突然伸手把她拽起来。

池月嘴唇发白，脸有点儿红：“你走吧，你摔我一下，我揍你一拳，我们扯平了。至于王雪芽的事儿，我会跟你算账的。”

“算账？就你这要死不活的小样儿？”

池月瞪着他，气势明显不如刚才了。

“嗬！母老虎也有露怯的时候？”乔东阳嘲弄地一笑，伸手探她的额头，滚烫一片。

“发烧了还这么横，池月，你是不是弱智？”乔东阳吼完，迅速拉开车门把她塞进去，随即喊人：“猴子，天狗。”

侯助理抱着天狗飞快地跑过来，上了车。

“开车，去医院！”乔东阳的语气很急。

侯助理愣了一下，为了保险起见，觉得自己有必要再确认一下老板的意思：“乔先生，您确定是去医院，而不是回申城？”

“你的耳朵离家出走了？”乔东阳冷声道。

“我的意思是，您明天的行程……”

“取消。”

冷冷的两个字把侯助理冻僵了。

明天三个重要的行程就这样取消了？不可思议。

“我没事。”池月不想欠这个人情，“乔先生，如果你还有最基本的怜悯心，麻烦好好管理一下你的节目组，做一个真正能挖掘航天人才的巨头，而不是为了商业利益，玩娱乐圈那一套……”

“你可不可以闭嘴？”乔东阳霸道地将手横在她面前，把她直起来的肩膀摁了回去，“病人，麻烦你有点儿病人的样子。我爱做什么，你管得着吗？我现在就爱送你去医院，你少管闲事。”

池月：“……”

到了医院，她开始测体温，高烧三十九度五。医生说是她手上的伤口发炎引起的。

医生给池月上药的时候，她不时皱起眉头，乔东阳越看越开心：“三十九度五你都没有烧糊涂，还能到处找人麻烦。池月，你是个狠人！”

池月合上眼，懒得跟他计较。

乔东阳又凑近一些，低头对她说：“《星空行者》官方刚刚发布公告，为王雪芽澄清了一些网络传言，同时把材料提交给了法务，要给造谣的人发律师函。总监沈亚丽甚至用个人微博发了声明。哟，我有点儿奇怪，池小姐，你是怎么做到的？”

沈亚丽的速度还挺快。

池月咳嗽两声：“怎么，想拜师学艺啊？拿钱来。”

乔东阳被她气笑了：“你对人民币还真是充满了感情。”

池月眼皮都不抬：“不，我对美元、欧元、黄金、珠宝等一切有价值的东西都一样热爱。”

医生的手微微一抖，池月疼得咝了一声。

乔东阳见状，幸灾乐祸：“哟，会疼，你也会疼啊？”

医生觉得好笑：“你们这样的小情侣，我还是第一次见到。”

“什么……”乔东阳话没说完，又被医生瞅了一眼：“她是病人，你就让着她点儿呗。”

池月微微一笑：“谢谢医生！”

说完，她用余光瞄了一眼乔东阳，他那表情相当不屑。

乔东阳哼笑着舔了一下牙床，表情邪恶：“医生你不懂，这叫情趣。”

池月刚输液不到十分钟，王雪芽就匆匆赶来了。看到乔东阳和侯助理都在病房里，她愣了愣，然后像是想明白了什么似的，握住池月的手，感激地朝乔东阳点头：“乔师兄，谢谢你。”

乔东阳以为她说的是送池月来医院的事儿，不以为意地笑笑：“不用谢，举手之劳。”

王雪芽：“对你来说是举手之劳，对我来说却是大恩大德。节目组发的公告和律师函虽然不能马上消灭舆论，扭转局面，但至少可以听到不同的声音了，网上已经有好多人帮我说话了……这样我已经很感激了。”

乔东阳：“……”

池月：“……”

敢情她以为是他干涉了这件事？

池月翻了个白眼：“小乌鸦，你的眼睛是离家出走了吗？”

好熟悉的话。

侯助理看看乔东阳，乔东阳看看池月，王雪芽再看看池月和乔东阳。

“啊？”王雪芽又惊又喜，紧紧地握住池月的手，“月光光，你是怎么做到的？”

这个问题，半个小时前乔东阳就问过了。

池月神秘地一笑：“秘密。”

做人留一线，日后好相见。她不是那种非要置人于死地的人，既然沈亚丽已经在积极地消除舆论影响，她何必一棒子把人打死？王雪芽与池月交换了个眼神，嗒嗒两声，不再多问，而是转向乔东阳：“乔师兄，还是得谢谢你把月光光送到医院，我知道你是大忙人，现在我来了，你忙去吧，我在这儿守着就行。”

乔东阳稳稳地坐着：“没事，我闲得很。”

王雪芽：“……”

她一脸不可思议，侯助理却觉得脸上火辣辣的。

老板啊，咱能不能不要这么丢人啊！无亲无故，见面就吵架的人，你在医院守着人家，总得找个理由吧？

侯助理清清嗓子：“王小姐，我们乔先生要晚点才走，刚才约了朋友开黑（开黑：玩游戏时，面对面或者语音交流），时间快到了，可以借你们的病房用一用吗？”

他主动为老板找借口。可惜，乔东阳越听脸越黑：“我什么时候说我要回申城了？”

侯助理：“乔先生？”

乔东阳冷着脸："开黑还是可以的。"

侯助理："……"

一直玩到深夜，乔东阳和侯助理才离开，中途还是在医院吃的盒饭。

王雪芽留下来陪池月，从喧嚣到静谧，两人沉默了许久。

"月光光，陪我一起参赛吧。我看出来了，乔师兄很希望你参赛。"

池月看着天花板，没有吭声。今天乔东阳没有说过这样的话，但池月心里清楚是怎么回事儿。花了这么多时间耗在这里，乔东阳怎么可能没有目的？他不是那种没有目的瞎打游戏的"二世祖"。

"月光光，我还是想上天！"王雪芽转过头看着池月的脸，晶莹的眼里有雾气浮动，"如果没有你，我想……我坚持不下去。"流言、是非，节目组内部的互相攻讦，这些对她这种单细胞生物来说，太过艰难了。

"我想想！"过了很久，池月回答。

第二天早上，乔东阳很早就来了医院。侯助理拎了一堆早餐，屁颠屁颠地跟在后面。

池月看了一眼，没看见天狗，无聊地合上了眼睛。

乔东阳往她面前的椅子上大大咧咧地一坐："没看到你的初恋，不开心？"

池月斜他一眼，没说话。

侯助理嘿嘿地笑着，把东西拎到床头柜上："池小姐，这早餐……"

池月没心情吃："谢谢，我已经吃过了。"

侯助理笑吟吟地正要说话，就听到乔东阳一哼："又不是给你买的。"

脑壳疼！侯助理差点儿被老板给气死，干笑几声，见别人都没有动静，又无辜地咂咂嘴，看看这个，看看那个："三分钟过去了，我是不是该说点儿什么，缓解一下尴尬？"

这时，王雪芽从卫生间出来了。

一看这情形，她朝池月挤挤眼："月光光，你不是有正事要和乔师兄说吗？"

池月沉默一下，转头看着乔东阳："乔先生，不知道你当初的想法变了没有？"

乔东阳抿嘴："嗯？"

池月："还欢迎我加入《星空行者》吗？"

乔东阳一怔。

病床上的女人面色苍白，表情严肃，不像在开玩笑。

"池小姐想通了？"

池月微笑："乔先生还欢迎吗？"

乔东阳勾起唇角："那得看池小姐参赛的理由是什么了。"

池月皱眉。

乔东阳看着她的表情，冷冷地一笑："我早就说过，池小姐是块好材料，不过，正如你当初告诉我的那样，如果你对这个节目没有兴趣，只是为了别的原因参赛，那就算你的个人素质再强，也比不上有追求的选手。"

"乔先生的意思是……"

"我很抱歉。"

池月一愣："你不同意？"

乔东阳勾勾唇角："我这个人有时候刀枪不入，有时候吧，又忍不住心软……这样，池小姐要是肯求我，我就再考虑一下。"

池月："……"

侯助理："……"

病房里针落有声。

王雪芽屏住呼吸："乔师兄，我求你，可以吗？"

乔东阳用余光瞄着池月，似笑非笑地舔舔牙："我考虑一下。一周后，等我回来再做决定。"

《星空行者》的赛程录制已超过一个月，如今万众瞩目，热度超前。一个选手从天而降，怎么说服其他选手和观众？哪怕是乔东阳本人也不能想做什么就做什么。

从医院出来，乔东阳没有直接回申城，而是叫上郑西元，返回了节目组。

沈亚丽正在办公室里被网络舆论搞得焦头烂额。官方公告一发，一群喷子（喷子：在帖子或者视频下评论时，骂人的人）就换了目标，直接朝节目组来了。做公关、开会，她顶着两个大眼袋一宿没睡，现在突然看到乔东阳，吓了一跳："乔先生……"

郑西元清了清嗓子："沈总监，你把最近一个阶段的工作给乔先生汇报一下。"

"好的。"沈亚丽看到乔东阳眼底的凉意，不敢有半分怠慢，"这次的事情，节目组也有责任，我们没有做好针对沙尘暴的应急预案，处置不力……因此，对于涉事选手王雪芽、林盼没做处理。等她们痊愈后，可以重返节目组。至于袁兰馨，节目组尊重她本人的意愿，她退赛，节目组给补偿。"

沈亚丽看乔东阳没什么反应，便把手边的一份资料递上去："乔先生，昨天晚上我们就补偿金额开了个小会。我们能接受的范围是二百万至三百万，具体要再和袁家人商议。"

乔东阳翻了翻资料，没说话。

沈亚丽有点儿拿不准他的想法："当然，这只是经济方面的补偿，另外，节目组会做好对袁兰馨的安抚工作，同时配合公安机关，争取早日将犯罪分子绳之以法。"

乔东阳依然低着头翻看着资料。

沈亚丽又说："从客观上分析，选手出事为《星空行者》带来了流量和话题，袁兰馨宣布退赛，林盼人气高涨，王雪芽……虽然舆论反应不好，但关注度很高。"

"沈总监。"乔东阳突然打断她，"我不喜欢听好的方面，说说节目组的损失。"

沈亚丽一时没反应过来。其实，这件事对节目组而言只有好处，没有坏处。赔偿点儿钱，节约了多少宣传费？流量、话题、关注度，这才是节目的生命力。

"乔先生，这个……我不太明白。"

乔东阳说："损兵折将难道不是损失？"

沈亚丽愣住了。

乔东阳慢慢地沉下脸："我们办这个节目的初衷是什么？赚钱吗？"

难道不是为了赚钱吗？沈亚丽的嘴角微微一抽，她心里不认同，但也只能顺着他说："是为了选拔优秀的航天人才，为今后的太空航行打好基础。"

乔东阳一声不吭地看着她，两根修长的手指有节奏地敲击着桌面："我有个想法。为了给更多人机会，为了东阳科技能找到更优质的选手，我们可以新增一个环节，就叫天降奇兵。"

"您是说，中途加选手？"沈亚丽吃了一惊，"不不不，这个行不通。一是现有的选手已经积累了相当的人气，天降奇兵难以服人，还会引起公众的反感，二是……这对前期参赛的选手很不公平。"

"当然会给她们公平！"乔东阳冷冷地一笑，"想做天降奇兵，不是那么容易的。我们每个队不是都有成绩排名吗？只有击败一号种子选手的人才有资格做天降奇兵。"

沈亚丽愣住了。

郑西元有些想法，不敢说。

乔东阳的眉梢一挑，他看着他们："如果咱们的种子选手在经过一个月的专业训练后，还会被一个没有系统训练过的人打败，她们还能有什么话讲？不公平吗？"

四两拨千斤，堵得沈亚丽哑口无言。

"公平，当然公平。"郑西元笑笑，"我觉得这个方案可行。"

乔东阳起身："具体细则交给你们了，一周内报上来。"

他大步往外走，郑西元看了沈亚丽一眼，跟了上去。见左右无人，郑西元又笑了起来："漂亮啊！这一招简直绝了，亏你想得出来。你说她们要是知道你打这么大个幌子，只是为了一个池月，会不会大跌眼镜？"

"我不是为了池月。"乔东阳板着脸，"我说的每句话都是认真的。如果有更优秀的人才，我为什么不要？"

"你说得对。"郑西元点头，"可我一个字都不信。"

"滚！"

沈亚丽为人刁钻，工作能力却很强。三天出方案，一天讨论决定，最后传给乔东阳，不到一周，这个计划就得以实施了。池月是从网上看到关于“天降奇兵”的消息的，乔东阳并没有给过她半点儿回复。

“《星空行者》的报名通道再次开启！”

“这是属于强者的时代！”

“击败一号种子，你，就是天降奇兵！”

燃！激情！热血沸腾！

《星空行者》的广告足以挑逗神经。因为星空节目组没有进行限制，所以在前几轮被淘汰掉的选手也有机会当选“天降奇兵”，这是给了她们一次“复活”的机会。

没有人认为自己不行。有机会复活的人都在摩拳擦掌，上次错过了机会的人也在蠢蠢欲动。此事甚至引来了无数网红美女的关注！这个节目的流量太高了，晋不晋级无所谓，蹭一波热度也行。

报名地点就在星空节目组位于吉丘县城的临时办公中心。早上8点半，池月起床洗了把脸，擦了个口红就出门了，王雪芽拎着准备好的早餐：“月光光，等等我。”

池月是不愿意她跟着去的：“那里肯定有媒体，你不怕人家问东问西的吗？”

王雪芽：“不㞞！”

她默默地戴上口罩、眼镜、帽子，朝池月比了个“V”的手势。

池月：说好的不㞞呢？

王雪芽把帽子再拉低一点儿：“有你在，我就不怕。”

池月忍俊不禁，把掌心在她的脑门儿上一贴：“池氏护身符，嗡嘛呢叭咪吽！”

报名点很热闹。吉丘这个小县城很偏僻，又刚刚受过灾，此刻办公楼下居然排了一水儿的高档汽车。她们好不容易挤到办公室，抬头一看，报名还得排队。

“我去！”王雪芽惊了一下，“大家都挺自信的啊？”

池月抿嘴一笑：“好多老熟人。”

报名现场有相当一部分人是在各个环节被淘汰的选手，复活的机会让她们重新燃起希望。还有一部分是准备用颜值碾压各条战线的网红美女，她们正忙着拍抖音，发朋友圈，写励志短文，鸡汤灌溉……

池月排队的时候，沈亚丽正好从办公室出来。

隔着人群，二人四目相对。沈亚丽沉下脸，表情相当难看。池月倒是无所谓，朝她一笑，眼神饱含深意。沈亚丽哼了一声，转身走人。

王雪芽不明所以，把视线从沈亚丽的脸上收回，捅了捅池月的胳膊，悄悄地说："这位新上任的总监是不是便秘啊？脸色这么难看。"

池月耸耸肩膀："大概是吧。"

递上有效证件，填好报名表，池月拿到一份"天降奇兵"的节目流程。不是所有报名者都可以直接与一号种子选手PK。"天降奇兵"环节分为三个阶段：第一阶段，节目组对报名选手进行筛选；第二阶段，符合规定的选手互相之间进行PK；第三阶段，最终获胜者成为"天降奇兵"，PK一号种子选手。"天降奇兵"获胜，成为《星空行者》的选手；失败，淘汰。可以说，这很残酷，"天降奇兵"丝毫不比王雪芽那一批人轻松。毕竟她们还有训练环节，而"天降奇兵"只能靠自己。

"报好名的都去隔壁摄影棚里拍照，别堵在那儿。"

每位报名选手都需要拍一张硬照，这张照片会与报名表一起被存入档案，供节目组使用。摄影棚在办公中心的左边，旁边紧挨着化妆间，节目组为选手提供了化妆师，很多报名的选手都在里面化妆，池月却领着王雪芽直接从门口走过去，根本就没有整理妆容的打算。

"月光光，我就羡慕你这种自信。"王雪芽今天是她的拎包小妹，"长得好看，就是跩！"

池月头也不回："又不是选美，胜负不靠脸。"

王雪芽："那靠什么？"

池月指了指脑袋："智商。"

王雪芽没有吭声，不是因为池月的话，而是因为看到了摄影棚里的范维。从王雪芽出院那天之后，他们就没有再见过面。王雪芽住院时，范维倒是去医院探望过她两次，但都来去匆匆。他是摄影组长，事情多，两个人的联系完全依靠网络。

乍一相见，她有点儿小激动。

范维正弓着腰和一个摄影师说着什么，回头看到她们，也是一怔。

“喀！”池月打破两个人的暧昧凝视，“拍照！”

范维笑了两声：“没想到你也会来。来吧，这边，我亲自拍。”

池月嗯了一声，没说话。

王雪芽瞄了他一眼：“帮我们月光光拍美一点儿。”

范维：“没问题！”

他端详池月片刻：“要是上个妆就更完美了！”

王雪芽：“我相信你的技术，不上妆也可以拍得很完美的。”

范维朝她笑笑：“不是我的技术好，主要是池月底子好。来，看这里。”

池月平常不是太热情，常给人一种硬邦邦的感觉。一开始范维还担心她不会摆造型，怕把她拍得太僵硬。没想到，她的镜头感居然很好，看着镜头，她就像换了个人似的，笑容灿若阳光，朝气蓬勃，满脸都是“健康向上”的正能量。

“这是我今天拍得最好的一组照片！可以用来做宣传照了。”

范维拍完，正感叹呢，池月就又恢复了一贯的表情：“我可以走了吧？”

范维笑道：“可以，回去等通知就行。”

摄影棚里又有选手进来，王雪芽一直找不到机会和范维单独说私房话，于是朝他眨眨眼睛笑了笑，就陪池月离开了。结果她们刚一下楼，王雪芽就收到范维的微信：“中午一起吃饭？”

王雪芽看池月，池月挑挑眉：“我需要回避吗？”

“当然不用！我的就是你的。”

“共享男友？”

“可以啊，只要你不嫌弃。”

池月认真想了想，皱眉："嫌弃！"

"哈哈哈！"

两人在城里找了个吃饭的地方。不一会儿，范维就到了。人家小情侣难得见面，池月只能全程盯着手机，减少存在感。

邵之衡的消息就是这时候来的："听说你去报名参赛了？"

池月看着他的头像，回复："嗯。我还没有来得及告诉你。"

不是没有来得及，是她根本就没有想过要告诉他。邵之衡明白池月是一个什么样的人，没有多说什么，只是问道："我们那个无人保健品店的前期工作基本完成了，项目随时可以上马。你现在还有精力做吗？"

池月迟疑一下："你信任我吗？"

邵之衡："信任。"

池月："那就有精力。"

邵之衡对这个回答很满意，接着说："技术部分由 Crown 公司负责，其他方面我会盯着。你不用操心，全力比赛就行。"

池月笑了起来："做甩手掌柜，那我不是占大便宜了？"

邵之衡也笑了："那不一样，风险平摊。要是赔了钱，我可不会饶过你。"

池月："行！有问题我们随时沟通。除了比赛的时候我不能回复你，其余时间二十四小时为你服务。"

邵之衡："好。"

池月："顺便问一句，你是怎么知道的？"

邵之衡微笑："小范告诉我的。"

池月瞄了一眼对面与王雪芽坐在一起的范维："哦。"

当天晚上，池月就接到了节目组的短信通知："池月，恭喜你顺利入选'天降奇兵'候选嘉宾。《星空行者》是一个大型的航天选秀节目，选拔的是综合型航天人才……希望你在接下来的比赛中，以黑马之姿成为真正的'天降奇兵'。"

第一轮 PK 在两天后。池月虽然没有经过专业训练，但一直在"陪太子读书"，对王雪芽近一个月的训练了如指掌。考虑到实际情况，除了恢复身体状态外，她准备在正式进入 PK 环节前的这两天恶补一些基础理论。

说到航天理论，王雪芽就是她的老师了。就像池月当初给王雪芽介绍沙漠知识一样，王雪芽对池月知无不言，耐心指导……毕竟是教授的女儿，王雪芽说起航天来，双眼都冒着光。

“月光光，你学东西真快，记忆力真好。”

“记忆力是学霸的标配。”

“你一定可以成为天降奇兵的！”

“不要对我太有信心。不低估对手是对自己最大的尊重。”池月说到这里，突然转头看王雪芽，“对了，你准备什么时候归队？总不能一直陪着我吧？”

王雪芽的目光微微一闪：“我啊，再等等吧。”

池月皱眉：“小乌鸦……”

这妞该不会不准备回去了吧？

王雪芽不敢看她的眼睛，一直盯着自己的脚尖：“要不以后我给你做助理吧？我不要钱。”

池月脸上的笑容慢慢收起：“不要钱，是个好建议。可是王雪芽女士，你这是坑队友知道不？”

“月光光……”

“把我带坑里了，你想上岸？”

王雪芽没有说话，默默地把手机递给她。两天前节目组发布了关于“天降奇兵”的消息，虽然他们通告大众说这是节目组一早就决定好的赛事环节，但仍然引来了一片骂声。现在节目的人气选手都已经有了相当多的粉丝基础，谁愿意再添新对手？

舆论炸开了锅，王雪芽再一次被人骂上了热搜。而且，这一次的黑锅她背得莫名其妙。全网都在骂她“狐狸精搞事情”，见不得别人好，要拉所有选手下水，为了帮好友进入节目组，搞“裙带关系”，做一些见不得人的勾当。不知道舆论源头在哪里，但传得有理有据。王雪芽和池月的亲密关系，池月突然报名“天降奇兵”，还有那天他们打《王者荣耀》的截图都传出来了。



郑西元、乔东阳、王雪芽，还有两个助理，五人开黑。网友排除了乔东阳会看上王雪芽的可能性，于是只剩下一种可能——郑西元的风评一向不好，拜倒在他的西装裤下的女人多如牛毛，王雪芽正是他在金屋里私藏的一个。

为了证明这件事，网友甚至扒出了上次王雪芽被推下沙坡，郑西元亲自开车到节目组送她去医院的事情，包括这次沙尘暴事件，郑西元对王雪芽的事更是亲力亲为，奔波在救援一线！

“说得就像真的一样。”

池月把手机还给她：“小乌鸦，嘴长在别人身上，不要在意。”

王雪芽垂下脑袋：“我是……我怕范维知道。”

怕就不知道吗？范维身处在这个圈子里，就算他自己不看，也会有人告诉他的。池月大概能理解女生在初恋中对于完美感情的执着，揽了揽王雪芽的肩膀：“如果他会介意这点儿小事，那么……这个男人不要也罢。未来那么远，那么难，他怎么可能陪你走到最后？”

王雪芽抬头看着她。

池月朝她点点头：“认真的。”

事情的发展还是超出了她们的预期。网络上的喷子看不惯的事情太多，注意力很容易转移。她们本以为流言蜚语很快就过去了，不承想，事情越传越玄。“小乌鸦”的绰号名副其实，王雪芽再一次被黑。各种冷嘲热讽铺天盖地，正常人都能被逼疯。

“一群网络暴民！”池月看到王雪芽日渐灰白还强颜欢笑的脸，忍不住找到郑西元，逼他和节目组拿出解决方案来。可是，郑西元也觉得自己很无辜：“舆论这种东西，只能疏不能堵。什么方案都没有用。你想想，我清清白白一个小伙子不也毁了吗？消消气！很快就过去了。”

池月快被他气死了：“要点儿脸！我是问你解决方案。”

郑西元：“解决什么？越黑越红，这难道不是已经红得一塌糊涂的表现吗？你回去安慰安慰王小姐，劝她想开一点儿，横竖我也不收她陪炒作的费用，就当她免费火了一把。”

池月拉下脸：“郑哥，你这是不厚道啊。”

郑西元微微一叹："我对网络喷子是无能为力的，要不然会被人黑成这样？你是了解我的，我是他们说的那种混账东西吗？"

池月提一口气："你是！"

郑西元："……"

池月静了静："这个事儿，乔东阳准备怎么处理？"

郑西元愣住了。最近一周，乔东阳都在申城忙他的新一代智能陪伴机器人上市的事情。而且，他从不关注网络舆论，知不知道这件事都不好说，哪会有什么表态？

"他啊，不会在意这个，更不会有什么处理意见。月掌柜，认真说，这种事儿是越描越黑。不解释才是最好的反击，懂吗？"郑西元身在这个圈子里，见得多，经历得多，皮早就厚了，根本不在意。

如果是池月自己，她也不在意。但现在被黑成焦炭的人是王雪芽，是她心里的小仙女。

"好，那就别怪我了！"池月发了狠话，当天晚上就发了一个引战帖子："放开那只小乌鸦 @ 王雪芽，有事儿冲我来啊！勾引什么郑西元，他个渣男有什么值得勾引的？我的目标是 @ 乔东阳。不瞒在座的各位，我要和他手牵手飞上天！"

池月发帖用的是以前的账号——月家二大爷。从上次拍卖中奖微博到现在，这是她首次登录，但那次的事件给网民留下的记忆太过深刻。毕竟人人都觉得乔东阳还欠自己一百一十六万，如今看到这个抢走他们得奖机会的 ID（账号）出现，还上来就宣布要和乔先生手拉手，那还了得？

"别碰瓷我大乔哥，谢谢！"

"博主是吃什么膨胀剂了吗？一副蠢样。"

"能不能上天，自己心里没点儿数吗？"

"炒什么啊？抱走我乔哥哥不约。"

"明人不说暗话，干吧妹子！别忘事成之后带我一个。"

"打卡吃瓜！看小姐姐被喷成筛子，落地成盒！"

上次池月中奖后拍卖微博，"月家二大爷"这个微博账号有一定的粉丝数，帖子发出去不到十分钟，就涌入了大批黑子。不知道他们是真的吃瓜群众，还是背着哪家的马甲而来，情（丧）真（心）意（病）切（狂）地对池月进行了“全方位问候”。

池月懒洋洋地刷着页面，不回复，不生气，不关评论，甚至还愉快地换了个头像——她从网上搜出来的乔东阳的照片。不知道那是他什么时候拍的，像是刚从模拟太空舱出来的样子，他穿着一身特制的宇航服，头盔夹在腋下，头朝四十五度角的方向侧着。这种衣服换个人穿一定会显得臃肿，乔东阳穿着就不会，反而显得他挺拔、精神，禁欲、冷漠，一抹阴影落在他高挺的鼻梁上，五官的轮廓深邃，有几分制服诱惑的味道。

“啊！博主有毒吧？我血槽秒空！”

“这脸皮是用什么材料做的？太经捶了！”

“头像是谁？是博主本人吗？很帅啊！不会是个小哥哥吧？”

“眼瞎啊你！那是我大乔哥！越骂越来劲儿，姐妹们，都别如了她的愿，散了吧散了吧！”

“月光光。”王雪芽后知后觉，气咻咻地冲了进来。她没有想过池月会帮她担仇恨，看到网上的骂声，快急哭了：“你快删微博吧，那些人的嘴就是茅坑里捞出来的，要多难听有多难听……”

“你看我理他们吗？”池月冷哼，“和傻子计较，拉低智商。”

王雪芽是被人一路骂过来的，太知道那种感觉了：“不行。要不我来转发你的微博，就说是我开的玩笑，我拿你的号发的。”

池月被她的天真和单纯逗笑了：“你是嫌不够热闹吗？你猜，你要这么做人家会怎么说？”

王雪芽抬头：“怎么说？”

池月：“为了争夺乔先生，多年闺密明争暗斗，厮杀路上血流成河。要心机，玩谋略，后宫风云再添猛料！”

王雪芽看她毫不在意的样子，迟疑了很久：“月光光，谢谢你。但我真不希望你因为我而受到伤害！咱们两个，一个被黑就够了，你这样做给自己惹来了麻烦不说，别人也不一定会放过我，太不划算了……”

池月笑笑：“大不了一起黑呗！墨水钱都省了。”

现在的网络上戾气横生，大家骂人不用过脑，就图个痛快。一般清醒的人只是看看、笑笑，吃个瓜，但不会轻易冒头，这样的风气纵容了网络暴力。很快，池月的个人情况被扒了个底朝天，包括对她的职业的猜想，还有她在航校与朱青、段成程之间那点儿“奇趣八卦”，统统被人添油加醋地扒了出来。当时的帖子被网友截图，大量转发评论，各种花式讽刺。

池月来势汹汹地加入了“天降奇兵”，与《星空行者》的选手成了竞争对手。如此一来，各个选手的粉丝都很讨厌她，不撕她撕谁？于是全网出现一片吐槽声。偶有几个理智的声音出现，马上就被打压下去了。除了王雪芽，没有一个人出来挺她。

“等等。”王雪芽的眼睛一亮，她像是发现了新大陆，“月光光，快看。”

“看什么？忙着呢。”池月在研究前期的训练与考核要求，对八卦没有兴趣。

“郑西元转发了。”

“嗯？”池月迟疑了一下，视线落在王雪芽手机的屏幕上。

郑西元：“本人正式声明，从今往后，谁再叫我渣男，我就以身相许！说到做到！”

一分钟之后，郑西元的微博下就被“渣男”两个字刷了屏。

郑西元：“拿去拿去，都给你们，这臭皮囊不要也罢！从现在开始，请大家排队叫老公！”又过了一分钟后，郑西元的微博下就又被“老公”两个字刷了屏。

“节操呢？”王雪芽无语。

不过，骂池月的人被郑西元分了流，王雪芽莫名地松了一口气：“月光光，他是来帮咱们的吧？”

池月：“不要想太多。”她忍不住敲打王雪芽这种容易感动的“善良病”，“没有白吃的午餐，没有无缘无故的爱与恨。人家也许只是为了一波热度。”

“噢……好吧。”王雪芽弱弱地一叹，“要是乔师兄转发就好了。”

池月眯起眼。帖子发了这么久，她发帖时甚至@了乔东阳，可他一直都很安静。乔东阳是风云人物，经常霸占流量明星才有的热搜版面，拥有超强的吸粉能力，但本人不常出现在公众视野中。上一次他出来说话还是抽奖的时候，哪会为这点儿破事出面？

事情会不会反转？哪些人下场厮杀？池月都不关心。她直接断网，准备比赛的事儿。不干就不干，干了就要干好，这是她一贯的行为准则。不承想，她专心不到十分钟，郑西元就来了电话。

“晚上7点，吉丘大酒店楼下吃火锅。”

池月：“都有谁？”

郑西元：“一个大帅哥！”

自恋是会传染的吗？

池月不想去，但郑西元这时约她，肯定有正事。看在他今天“力挺”她们的分上，池月没有拒绝。

下午，处理好手头的事情，池月和邵之衡通了个电话，商谈了一下无人商店的事情，然后匆匆戴上帽子、围巾、口罩，把自己裹得严严实实地出门了。

那家火锅店，上次池月和邵之衡去过，是吉丘唯一一家像样点儿的火锅店，就在吉丘大酒店的楼下，非常好找。她径直走过去，找到郑西元订的包间，推门一看，这脸，这眉毛，这眼睛，这鼻子，这人……是个大帅哥没错，但不是郑西元。

池月一愣：“怎么是你？”

乔东阳：“很惊讶？”

池月左右张望：“郑西元呢？”

乔东阳：“你很失望？”

池月走进去拉把椅子坐下：“乔先生不是应该在参加申城某个高端宴会吗？突然坐在这吉丘的小火锅店里，我有点儿意外。”

乔东阳眯起眼，像是笑了一下：“池小姐不是打死都不参加《星空行者》吗？突然报名参赛，还公开向我表白，我也有点儿意外。”

池月不看他，声音如往常般平静：“你专门飞过来，就是为了找我要说法的？”

“不！”乔东阳哂笑，“我是坐车过来的。”

池月：“……”

奇葩的脑回路。他有毒吧？

两人认识很久了，但从来没有单独在一起吃过饭。池月被他那双眼睛盯着，觉得身上莫名地发凉。于是找了个话题："天狗呢？好久没见到它了。"

乔东阳："系统升级。"

池月皱皱眉："升级后的天狗，还是原来的天狗吗？"

"人工智能不是人。它是没有感情的。"乔东阳若有所思地看了她一眼，递上菜单，"想吃点儿什么？自己点。"

两句话转换得太快，池月蒙了几秒。她明知道他说的是事实，但心里就是不舒服："我不是来吃东西的。有事儿说事儿，说完我就走。"

摘掉口罩的池月，干干净净的一张脸上有淡淡的不悦。

乔东阳："池小姐，你不会告诉我，你真的对一个机器人产生情感了吧？"

池月面不改色："你今天来，是要说什么？"

乔东阳的眉梢挑了挑："被你遛了一天热搜，不能就这么算了吧？"

池月："我只遛我家二黄。"

乔东阳面无表情："少扯淡。说吧！咱们的账怎么算？"

池月沉默。

严格来说这非她所愿，如果可以，她不愿意把任何人拉到吃瓜群众的口舌里，哪怕对方是乔东阳。所以这事儿说来是她不对："你要怎么算？"

乔东阳盯着她的脸："得让你长长记性，我不是那么好利用的。"

池月点点头："那你说，怎么才能消气？"

乔东阳捏捏鼻子，视线在她的脸上打转，半晌不说话。

池月："你没有想好？"

乔东阳瞟了她一眼："我打算给你个机会。你自己来说，怎么办？！"

我真是谢谢你了。这也叫机会？

桌上的火锅咕嘟咕嘟冒起了热气。

池月沉默了一会儿："要不这样吧，就当是我欠你一个人情。往后你若有需要，任何时候都可以要求我还回去。"

乔东阳："当真？"

池月："君子一言——"

乔东阳："写个借条。"

池月："……"

乔东阳："今借到乔东阳人情一个。然后，把你刚说的那些写上……"

池月差一点儿被他气笑了。不过，她又不是借钱，具体怎么还人情，"借条"也不可能明确规定，她还可以赖账。为了早点儿走人，池月没挣扎，要来一张菜单，拿过笔写在背面，递给乔东阳："恭喜乔先生！喜提借条一张。"

当天晚上，池月就接到了节目组的通知："《星空行者》'天降奇兵'的预选赛将在明日9点正式开始，请你携带好个人用品，在规定时间内到节目组指定地点集合！"

## 第六章
# “天降奇兵”

这一次，节目组换了策略，对“天降奇兵”的选拔环节采用了直播形式。之前《星空行者》的录制预热了很久，但节目内容一直是保密的，观众等得太久会失去耐心。于是，“天降奇兵”就像是《星空行者》的一个番外节目，直播的形式既满足了观众，又可以维持节目的热度，还能体现节目的公平。

摄像机就架在车门边，来一个选手，拍一个选手。选手们大方地走近，向观众挥手打招呼，并自我介绍。

“哈喽，大家好。我是孟佳仪！请大家多多关注我哟。”

“我是曹乐君，一组选手……”

虽然《星空行者》是一个流量极大的节目，但这些刚报名的选手又没什么人气，在线观看直播的人不是很多，零星飘过的弹幕大多数是骂池月或者问哪个是池月的。池月面无表情地走过去，只当没看见。她上了车，把眼罩往脸上一扣，闭目养神。

“进入‘天降奇兵’的选拔赛，不代表你们已经是《星空行者》

节目组的选手，这一点，得和大家明确一下。因为这是我们临时增加的环节，前期筹备工作不足，因此，各位选手的待遇和之前的选手也会有一些差别……”工作人员拿着话筒在大巴上向大家介绍情况，“这次的选拔赛为期一周，‘天降奇兵’的名额只有一个。希望大家珍惜这一周的时间，冲向《星空行者》为你们打开的大门，成为万众瞩目的‘天降奇兵’……”

三十名选手，一个名额，气氛瞬间凝重了。

“有勇气就会出现奇迹。加油！”

“加油！”

“加油！”

不管选没选上，节目都要录得好看。选手们的耳麦里有导演组的指示，哪怕心里惶恐不安，还是得在摄像机的镜头下信心百倍地加油打气。

这次的选手有一部分是前期被淘汰下来的人，她们比较有心理优势，一路上都在讨论以前的比赛情况，每个人都以为会像上次一样，大巴将她们载到营地，然后开始训练、比赛。可当汽车停下来的时候，她们才明白工作人员说的“待遇和之前的选手也会有一些差别”是什么意思。

大巴颠簸了几个小时，在一个漫天黄沙的地方停了下来。工作人员没有给她们心理准备的时间，立刻宣布：“十分钟后，比赛正式开始。”

三十个人分成六个组，每组五个人。

“第一轮比赛结束后，将有六个人可以进入下一轮比赛。”

也就是一个组选一个？选手们在心里盘算着，面面相觑。看着这个不见人烟的鬼地方，一个选手问：“老师，能不能问一下，咱们的比赛内容是什么？”

“生存！”

这个和上次倒是一样。大家都紧张起来，屏气凝神地听工作人员介绍：“截止到后天上午 10 点，最先到达地图上标有红点位置的前六名选手晋级。”工作人员看向由两个助理摊开的一张大地图，指了指上面的一个红标，“一会儿每个组我们都会发一张地图。大家记好时间，后天上午10点前。听明白了吗？”

众人齐声喊道：“明白了。”

工作人员让助理把地图撤下去，从大巴里搬出来一个个密封的箱子：“为了公平起见，各位的行李就放在大巴上，除了手机，不能带其他随身物品。现在各组抓紧时间，到这里来领取你们的生存物资。”

“是！”生存物资是以组为单位发放的。几个组长兴致勃勃地走过去，从工作人员打开的纸箱里拎回一个个军绿色的小挎包。

大家打开一看，全员震惊。

“一瓶水？”

“一袋饼干？”

“一盒罐头？”

“一张地图？”

女孩子们凑到一起，看着挎包里的生存物资，都以为自己看花眼了。

“一个组才这点儿东西，怎么吃啊？”

“这……谁会看地图，看看这个鬼地方有多远。”

“老天！五个人分一瓶水，一袋饼干，一盒罐头，不打架吗？”

摄像机的镜头对准了选手们的物资，直播平台上的网友也直接炸了。

“牛！‘天降奇兵’环节果然不是那么容易的。”

“为什么不是一人领一份物资呢？”

“选手们怕是要打起来吧？一个组五个人，到底是合作关系，还是竞争关系？”

“惊险！好看！期待后续！”

第一组镜头就达到了预期效果。不得不说，沈亚丽是一个合格的总监，非常了解观众的需求，也懂得拿捏分寸。“天降奇兵”本来不是她想做的节目环节，她不情不愿地接下来，很快就调整好状态，化不满为动力。在《星空行者》第一期还没有正式播出的时候，以直播的形式为节目导流，既可以试探市场的反应，也不会影响《星空行者》节目。相当于拿这些“编外选手”试水。

比赛正式开始，摄制组各就各位，直播视频同步到各大平台上。这个方式把观众的心吊了起来，“天降奇兵”比《星空行者》开拍的时候还要火热……

小组分散，池月这一组除了跟拍摄像师，只剩她们五个人。

“我好饿啊！”说话的女生年纪不大，是个健身网红美女博主，叫孟佳仪，宽大的训练服也遮不住她姣好的身材。可惜她胆子太小，又是第一次到沙漠，第一次参加节目，看到物资包里那点儿东西就慌了神：“我有点儿后悔了，那天不是才发生过沙尘暴吗？我干吗来这里……”

众人都不说话。那漫天的黄沙无边无际，好像随时都会翻卷过来要她们的命。

孟佳仪看着池月：“组长，你说话啊？”

池月：“……”

池月莫名其妙地被分配当了组长，责任感压死人，要不然直接掉头就走。

池月沉默一下，朝另一个叫罗婵的女孩伸出手：“把物资包给我！”

罗婵是之前被淘汰的选手，以前在节目组与池月打过照面，但彼此不熟。她算是老人了，了解很多选手之间的明争暗斗，一听这话，下意识地缩回了手：“我拿着吧，组长，你负责领路。不能又让你费脑力，又让你费体力。”

池月看了她一眼：“给我。”

罗婵脸一沉，有点儿不高兴：“这是大家共同的物资……”

池月：“我是组长。”

众人沉默，罗婵握住物资包不松开。

池月看她不情不愿的样子，于是看向另外三名队友：“大家的意思呢？”

五个人彼此都不熟，在这种情况下，当然是谁的气场强谁有理。

池月进组后就一直给人一种冷漠、强势、不好惹的印象，又在微博上“吹过牛”，还是第五组的组长，在彼此还在试探的阶段，三个女生宁愿相信她。

“给组长吧。”

这是她们全部的粮食，谁都害怕被其中一人拿着跑路。

大家都这么想，集体信任缺失。

罗婵冷着脸，慢慢地把物资包递到池月手上：“组长要拿好哦。”

池月：“走吧！”

将物资包背在身上后，池月一甩头，大步走在前面。

众人：“……”

她不用看地图，就这么走了？

孟佳仪追上去：“组长！地图……”

池月头也不回：“跟上我！”

几个人面面相觑，一脸不放心的表情，但在一个小集体里，大部分人拿不定主意，而且人都有从众心理，孟佳仪屁颠屁颠地跟上去，剩下的人谁都不愿意落单，她们交换了下眼神，只能跟在池月的后面。

直播正在进行。这个时候看节目的人越来越多，弹幕飘个不停。大家震惊于节目的残酷性，又心疼选手，为她们的生存状态担忧。但是，当画面切换到池月这一组的时候，观众一看她这么霸道的样子，马上收起了怜悯心。

“什么鬼？组长了不起吗？谁还不是社会主义接班人？”

“不尊重队友！真当自己是根葱了！”

“人家池小姐是要和大乔手牵手上天的女人，是大乔哥的女人！”

“弱弱地说一句，别喷！虽然我也不喜欢池月，但公正地说，这种情况当然是组长说了算……”

“戏精！池小姐给自己加戏，不就是为了让大乔哥注意到她吗？臭不要脸！”

“妈妈救命，我不想看到这个女人，求摄制组快点儿切换画面……隔夜饭快吐出来了。”

弹幕里骂声一片，网络舆论也是一边倒地冷嘲热讽。池月只当看不见，掏出手机，配合节目组的宣传，发了一条让人更加恶心的帖子："第五小组，冲呀——最后的胜利属于我们五个！"

网友：这傻子是不是脑子被天雷劈过？坐等打脸！

池月微微一笑，收起手机，加快脚步："跟不上的就早点儿退出，少遭点儿罪！"

此时正是下午 2 点，沙漠里气温极高，阳光火辣辣地照射在大地上，热气直透肺腑。

"妈妈呀，我快被蒸成人肉干了！"孟佳仪话多，又喜欢开玩笑，大概是对那一包生存物资有执念，亦步亦趋地跟着池月，不时拿手背擦擦汗，喊着饿，喊着渴，不过居然还有力气拿手机自拍发朋友圈，"不行了不行了！"

没人理她，她就自己说："你们不饿吗？我快饿死了。"

没有人说话。

孟佳仪又看池月："组长，我们这是要去哪里啊？"

池月不说话，孟佳仪又把手机递过来："组长，你帮我拍个照片吧。"

池月终于停下脚步："我建议你不要一直重复这种作死行为。"

孟佳仪："……"

她一脑门儿问号，池月继续走。

"小姐姐，我对你态度这么好，你干吗这么凶？"孟佳仪走到她面前，压低了声音，"哎，我是人气非常高的宇宙第一健身博主好不好？圈子里没有人不认识我，我的粉丝有上百万的。"

池月不耐烦了："沙漠是你家粉丝吗？它认识你吗？"

孟佳仪被顶得哑口无言："好吧好吧，小姐姐，你这个人太难交流了。本来我是好心……那么多人骂你，只有我不嫌弃你，还想和你交朋友。"

池月："我不需要朋友，你不要给我添麻烦就行。"

孟佳仪一个白眼差点儿翻到天上："我可谢谢你了！"

池月："希望你用不着这句话。"

怕什么来什么，墨菲定律再一次得到了印证。她们走了半个小时都不到，在高温炙烤下，孟佳仪说话太多，体力透支过大，走不动了："组长。我想喝口水。"

"口水在你嘴里。"

孟佳仪睁大眼睛，指了指池月的那个斜挎包："我保证，只喝一口。"

池月面无表情："一口都不可以。"

孟佳仪急了："凭什么啊？这是大家的东西，又不是你一个人的。"

池月停下脚步，看旁边三个女生都盯着自己，大概想法都差不多。她笑了，把地图摊在炽热的黄沙上，指了指那个红标："现在有网络，你们自己搜搜这是哪里，看看走过去需要多长时间。"

"我怎么没有想到呢？我搜！"

孟佳仪飞快地输入地址，搜索。

"啊！"她的尖叫声都哑了。

"三天？！"她不敢相信，另外三个人也不信。

"三天就给我们这点儿吃的？节目组是准备整死我们吗？"孟佳仪说着，掉头看向几名跟拍摄像师，目光炯炯地盯着他们的背包："小哥哥，节目组不会这么狠心的对不对？"

摄像小哥哥摆摆手，一言不发。

孟佳仪看向另一个摄像师。他面无表情，像个局外人。

"你可以向节目组求助。"池月指了指孟佳仪的背包，"里面有求生信号镜。"

孟佳仪一怔，沉默了。她们领衣服和姓名牌的时候，节目组给每个人发了一个背包，里面有一件冲锋衣，一个急救包，一个点火器，一个 LED 头灯，一把匕首，一个护目镜，一个防尘口罩，一顶帽子，一条头巾。东西看着挺多，可她们最需要的水和食物一样也没有。

"求助跟拍工作人员，也算违规。"罗婵恳切地看着池月，突然开口，"组长，这样下去她会撑不住的。给她喝一口吧。"

池月："撑不住就退赛！"

孟佳仪："你——"她的牙都快咬碎了，要不是有摄像机镜头跟拍，指定爆粗口。

池月："我怎么了？半小时你就受不了了，三天你不得死啊？早点儿退赛少遭罪！"

孟佳仪气得双眼瞪大，说不出话。这一幕同步到了视频平台，昊光视频是观看人数最多的一个平台，屏幕上是密密麻麻的弹幕。

"池小姐，我劝你善良！"

"啊！孟佳仪回去好好 PS（指用软件对图片进行修改）肌肉圈钱呗，何苦去遭罪？"

"池月太不要脸了吧？东西是大家的，凭什么她说了算？"

"我觉得池月很帅啊！有没有？"

"池小姐这是要靠女王人设洗白了？"

"毕竟是要做大乔哥的女人（狗头微笑 jpg）。"

弹幕上的唇枪舌剑沙漠里的人不知道。五个女生面面相觑，剑拔弩张。沙漠里的气温持续升高，快要把人热透了。

池月："要喝水就赶紧退出！不退出就马上跟我走。二选一！"

孟佳仪的胸腔一阵起伏，看样子她气得不轻："我……我只是想喝口水而已！"

池月："我给你十秒考虑！"

孟佳仪："池月！"

池月："十、九、八、七……"

孟佳仪："……"

四周很静，只有池月数数的声音，摄像机一直在拍。

孟佳仪慢慢地迈开腿："我走。"

池月刚数到"三"，闻言停了下来，冷冷地看着她："把包给我！"

孟佳仪的背包其实不重，但是当一个人热得快虚脱的时候，哪怕是一根稻草也会成为负担。池月的话让她有些意外，她仔细看了看，发现池月的手一直伸着，不像是在看她笑话，孟佳仪倔强的表情慢慢地松缓下来，她把背包取下来，递给池月："谢谢！"

池月不说话，把她的背包挂在自己的肩膀上，抬头看看天："我们找地方休息。晚上再走！"

罗婵："晚上？"

几个女生都有些意外。

池月说："白天赶路太耗体力，容易中暑。我们白天休息，晚上出发。昼伏夜出，速度会比较快。"

大家都累了，所以没有人反对这个建议。

池月带着几个女生又走了大约半个小时，在孟佳仪的体力达到极限之前，她们终于找到一个阴凉的地方，一堆石块挤出的小洞穴。这个小洞穴刚好可以让几个女生容身，遮阳挡光。

池月钻进去摸摸地面，低于外面的温度，有一种说不出来的舒适感："我要睡一觉。"

孟佳仪在池月的建议下，已经很久没说过话了。见有了遮阳的地方，她顾不得形象，也忘记了自己宇宙第一网红的身份，倒在地上大口喘着气，像一条缺水的鱼一样。她盯着池月的挎包，咽了咽唾沫："现在我可不可以……"

"不可以。"池月把孟佳仪的背包丢过去，给她做枕头，然后回头，"谁跟我一起去找水？"

水？三个女生同时看着她，连躺在地上的孟佳仪都坐了起来："哪里有水？"

池月："不知道。"

四个女生同时丧气："一片黄沙，哪里来的水？组长，别逗了。"

"熬着吧，我相信节目组不会让我们饿死渴死的。"

"是啊！他们肯定会派人来管我们的。"

四个人你一句我一句，充满了幻想。

池月："是不会让你们饿死，只会让你们淘汰。"

空气安静、闷热。一丝风都没有。

池月再次开口："有人去吗？"

大家看她一直背着那个生存物资包，而且并没有把它留下来的打算，四个人面面相觑，沉默了足有半分钟。终于，罗婵和一个叫刘若男的女生同时站了出来："我跟你去！"

罗婵是个有经验的选手，懂得保存实力。刘若男参加过《星空行者》的海选，是个体校生，身体素质不错，就是个人形象差点儿，她一直认为自己在海选时被刷下来是因为颜值的关系，所以很珍惜参加“天降奇兵”的机会。

这两个人都是本组实力较强的选手。她们都不愿意走出去消耗体力，但又怕池月背着生存物资走了，只能跟上她。

大家放眼一望，漫天黄沙。天空中挂着炽烈的骄阳，一棵植物都找不到，哪里有水？池月一直走，似乎漫无目的。罗婵和刘若男交换了个眼神，回头望了望，走到池月的身边：“组长，我们走远了会不会找不到回去的路？”

池月没有回头，却说出了她们的心里话：“找不到回去的路，不是更好？”

孟佳仪的体力透支得太厉害，她就是个拖累。另一个跟她在一起的女生叫刘芸，是组里年纪最小的，典型的傻白甜妹子，一张娃娃脸上婴儿肥都没有褪去，她的情况不比孟佳仪好多少。靠她们自己是根本走不到终点的。池月三人都知道，丢掉两个累赘，出线的概率更大。

如果那样她们三个走得更快，还少两个人分物资，多好的事儿！人性的弱点蠢蠢欲动，只是她们没想到池月会直接说出来。她们身上都戴着领夹耳麦，她们说的每一个字都会清楚地传到导演组那里，只不过导播让不让观众知道，就看心情了……

“不能那么想。”罗婵满脸通红，“我是怕找不回去的话，她们两个就惨了。”

池月懒洋洋地瞄了她一眼：“放心。”

放心是指要回去，还是不要回去？

罗婵猜不出池月的心思，低头走路。

突然，刘若男惊诧地叫了一声：“仙人掌？！”

池月朝那两株长在沙漠里的仙人掌大步走去。她们来之前都是做过功课的，都知道沙漠里的仙人掌可以食用。可是，这两株五六十厘米高的仙人掌浑身长满尖刺，两个女生拿手碰了碰，无从下手。



池月没有说话，戴上手套，扯住仙人掌，直接用匕首割下来平放在地上，开始剃刺。

刘若男："这是做什么？"

池月："全部带走！"

她把剃好刺的仙人掌平整地叠在一起，又指挥两个同伴像她那样做。两株仙人掌长得都很肥实，剃掉刺的叶片放在一起，刚好可以放满一个背包。

池月擦擦汗，满意地拍了拍背包："先回去吧，别走太远。"

罗婵咽了一下唾沫，看着地上的仙人掌："这个真的能吃吗？"

池月取下来递给她一片。被匕首划过的地方有黏糊糊的汁，罗婵嫌弃地皱了皱眉，又抵抗不住水分的诱惑，忙不迭地塞入嘴里，可不等咬下去，就被那苦涩的味道吓退了味蕾："呸呸呸！这也太难吃了。"

她顺手丢在地上，不停地吐舌头。

池月沉下脸："捡起来！"

罗婵怔住了，舌头上的涩味像是粘住了她的嘴。她看着池月，池月也看着她。两个人对峙着，都不说话。

刘若男看看她们，出来打圆场："我来捡——"

池月："让她自己捡！"

罗婵的双颊被烤得通红，在池月冷峻的目光下，她气得快要哭了："我要是不捡呢？"

池月："那你就不要跟着我。"

罗婵咬牙。一个人走在沙漠里是非常凶险的，她怕。可是，事到临头，她已经下不来台了："好！那你把我的生存物资给我！"

她目光热切地看着池月。这一刻，她其实希望池月能拒绝。只要池月拒绝，她就有理由继续跟小组在一起。然而，池月竟然同意了："好！"

她从背包里拿出饼干和罐头，分成五份，把罗婵那一份递给她，又拿出那瓶矿泉水："一共五百五十毫升，你喝掉一百一十毫升，剩下是我们的。"

水就在面前，从来没有那么诱人过——罗婵喉咙干涩，她咽了咽唾沫，看着池月咄咄逼人的目光，一把夺过去，拧开瓶盖咕噜咕噜灌了几口。

“够了！”池月看着，一点儿便宜都不让她占。

罗婵提一口气，把水还给她：“再见！”

阳光下，她背对镜头的影子被拉得很长。罗婵一面走，一面抹眼泪。这个画面被节目组加了特效放出来，尤为凄凉。

观看直播的观众再一次炸了。

“小姐姐哭了？”

“池小姐这是有神经病吧？全组通杀啊！气倒一个，气走一个。看她多牛，就她能！”

“罗婵才有毛病吧？吃不了苦就别来这种节目，这次我站池小姐……”

“池女王这是要火啊！”

“嘤嘤嘤，我怎么觉得池小姐又霸气又帅气？我大乔哥不会真的看上她吧？”

“呵呵。池月一生黑，不解释，无理由！”

导演组满意地看着分镜。

“天降奇兵”直播的收视率直线攀升，他们又是意外，又是兴奋：“大家辛苦了！晚上的盒饭加鸡腿，随便吃。”话音刚落下，门口就进来一个男人，他个子很高，脸色很暗，走路带风，气势碾压全场。

“乔先生？”这尊菩萨怎么来了？

乔东阳看看满屋子的工作人员，坐在分镜前：“来个盒饭！加鸡腿的！”

工作人员：“……”

池月再回到小洞穴时，孟佳仪和刘芸都奇怪地问：“罗婵呢？”

池月卸下背包：“走了。”

孟佳仪和刘芸对视一眼，看她没有解释的意思，又去看刘若男，后者耸耸肩膀，默默地坐下道：“仙人掌……真的很难吃吗？”

池月把仙人掌从包里拿出来：“尝尝？”

刘若男直挺挺地坐着，没拒绝，也没去拿仙人掌。她想到了罗婵吃仙人掌的恐怖样子，不敢轻易尝试。

池月伸着手，与她无声地对峙。

片刻后，池月收回手，直接把仙人掌放入嘴里："看来你们还是不太饿。"

众人："……"

她吃得面不改色。这不是美味，但从她的脸上看不出嫌弃。

池月慢慢地咀嚼："饥渴到极限的时候，不要说仙人掌，尿都有人喝。所以，你们挨着吧，实在忍不住就觉得好吃了。不过，一个心理成熟的人是不会让自己陷入那种境地再狼狈自救的。"

孟佳仪慢慢地挪到她身边，咽了一口唾沫："不太难吃吧？"

池月面无表情地拿一片给她，不出声。

孟佳仪是几个人里最渴的，接过来放入嘴里，嚼了嚼，眉头皱起，但没有像罗婵那样直接丢掉，而是把仙人掌拿出嘴巴，看了一会儿又重新塞回去，苦着脸，慢慢地嚼着咽下去了。没有人说话，她的咀嚼声很清晰。

"哎！"孟佳仪补充了能量，话又多起来，"其实也没那么难吃，和苦瓜差不多吧，比苦瓜更涩一点儿……要是烤一烤、放点儿盐就好了。"

池月没说话。

刘芸和刘若男见她吃了，终于放下矜持，分别拿了一片，慢慢地嚼着，摄取仙人掌的营养和水分。别无选择的时候，人总能说服自己放弃矜持。

池月默默地看了她们片刻："吃完东西，大家休息一下，天黑了赶路。"

孟佳仪："我们晚上吃什么？"

她的眼睛不停地瞄池月身上的生存物资，池月不动声色地把包放在腋下，脑袋枕着背包，背对她们躺了下去。

池月不说话，刘若男和她们聊了起来。她们听到罗婵居然是因为吃仙人掌的事儿离开的，都不免唏嘘。

孟佳仪："组长，其实我想不明白。"

池月没回头，脑袋动了动，表示她没有睡着。

孟佳仪："带着生存物资又重又不方便，你为什么不分给大家吃掉呢？这样既减轻了负担，又免得大家心里不舒服，是不是？你这个人吧，人挺好的，就是太直接了，有时候脑子转不过弯。"

她教育起了池月。

池月没有转头："生存物资是大家的希望和底线。它在，我们就相信自己不会饿死，可以忍，可以拼。如果没了，希望和念想就没了。"

三个女生面面相觑，仔细一想，是这个理儿。至少她们现在是有水有粮的人。

天还没有黑，夕阳给沙漠洒上了一片碎金。

池月睡了两个小时就出去了。她背走了生存物资，嘱咐三个女孩原地等待。没有人知道她去干什么，但这次没有人跟着她，也没有人反对。

"我很奇怪。"孟佳仪托着脑袋，"我觉得有池月在，好像沙漠没有那么可怕了。"

刘若男不说话。

刘芸嘻嘻笑了起来："是啊，佳仪姐，你不说，我都不敢说……我好喜欢她呢。你们没有发现吗？池月姐长得好漂亮的，虽然说话不太中听，但对咱们很好的。她吃仙人掌都吃得很省，挑那种小的、瘦的……"

孟佳仪抿抿嘴。

大家都不说话了。

池月去了差不多一个小时才回来，走得有点儿急，满头大汗，于是把外套脱下来，捆了一些干柴勒在背上。

刘芸看她的眼神近乎崇拜："哇！池月姐，哪里来的柴火？"

池月耷拉着眼皮："捡的。"

"哦？这个拿来干吗？"

"帮忙把仙人掌递过来。"池月不解释，把干柴在洞口点燃，又神奇地从她的背包里取出一块相对平整的石板，放在火堆里。

众人不解。直到看到她把仙人掌放在石板上，用刀子划出一条条口子，放在火上烤，孟佳仪这才惊喜地笑了起来："哈哈哈，真的可以烤仙人掌啊？"

池月嗯了一声，孟佳仪兴奋起来，感觉像野炊似的，蹭到池月身边："组长，这就是我们的晚餐了吗？"

池月："嗯。"

"不知道烤过的仙人掌会不会好吃一点儿。"

"没那么涩！"池月说。

"你怎么知道？"

"猜的。"

三个女生都盯着她，眼睛里跳跃着火光。渐渐地，石板上的仙人掌被火烤出了香味，这是一种不同于其他食物的清香，在物资短缺的沙漠，对几个饥肠辘辘的人来说，这就是美味。

孟佳仪闭着眼睛，深吸一口气："好香！要是撒点儿盐，肯定很好吃。"

池月看了她一眼，用小刀在仙人掌上刮着皮，默不作声。慢慢地，仙人掌烤得半熟了，她突然背过身，变魔术似的从口袋里掏出一个手指大小的玻璃瓶，轻轻一拧，一层细细的盐末就撒在仙人掌被划开的口子里……

"哇！这是什么？"孟佳仪叫了起来，"池月，你是仙女吗？这是哪里来的？"

"叫什么？"池月平静地瞪她，"捡的。"

孟佳仪反应过来，这肯定是池月从城里带来的。

"哈哈哈！"孟佳仪捂着嘴巴，竖了竖大拇指，情不自禁地咽口水，"我很期待今天的晚餐呢。"

导演组正在吃鸡腿的一群人看着分镜，对她们的晚餐也很期待。

"这个池月弄了什么在仙人掌上？"

"看不太清楚，她刚好背对着镜头。"

"不会是盐吧？"

众人面面相觑。

“这算犯规吗？”

“统一发的背包和物资，她哪儿来的盐？”

“只要不是带去的，就不算犯规吧？”

池月确实带盐了。

进入节目组之前，她研究了王雪芽她们的考核任务，觉得一定会有沙漠生存这一项，于是就准备了一个小盐瓶。食盐的作用不言而喻，但如果不是因为队友，她不会轻易拿出来。

“好吃！太好吃了！”她们饿了这么久，现在能吃上烤仙人掌，还是带盐的，对几个女生来说简直就是人间美味。她们赞不绝口，但在池月的监督下，都不贪多。

孟佳仪吃掉自己那一份后乖乖收手，擦擦嘴巴，摸摸肚子，满意地尖叫：“我现在可以出去跑十千米！”

笑闹了一会儿，孟佳仪又叹息：“唉，要是有一口水就更好了。”

池月没吭声，默默地从挎包里摸出矿泉水瓶，小心翼翼地倒了一瓶盖，递给她。

孟佳仪睁大眼睛，近乎感激地说：“池月……”

池月：“一人一瓶盖，润润嘴。”

“好呀！”瓶盖里的水在火光中泛着晶莹的光泽，是那样诱人。

几个女生贪婪地看着它，轮流细品着一瓶盖水，她们觉得这水浸入喉咙，好比琼浆玉液。

“我从来没觉得水这么好喝过。”

“刚才我就在想，如果有一天地球干涸了，没有了水资源，得多可怕啊？以后我要爱护环境，节约用水……”

“嗯嗯，再不浪费了。水是我们的朋友，有水就有幸福。”

三个女生争先恐后地谈感受，池月默默地把火灭了，将没有烧完的柴扎成火把，放在背包里。

“收拾收拾，准备出发。”

孟佳仪第一个跳起来，敬礼：“是，组长。”

“GO！GO！GO！（走！走！走！），我们出发啦！”

“我好喜欢我们这个小组呀！太有爱了。”

池月看她们嘻嘻哈哈的样子，沉下脸：“少说话！”

“嗯！”她们闭上了嘴巴。

沙漠渐渐沉入黑暗中。

导演组的人看着分镜里的人影，都很惊诧：“这个池月，不得了啊！”

有人轻叹，有人点头。

乔东阳坐在那里，一句话都没有说。鸡腿安静地躺在饭盒里，受了冷落。不知道过了多久，他慢慢地侧过脸：“猴子，烤仙人掌真那么好吃？”

侯助理：“我让厨师给您做一份尝尝？”

乔东阳冷着脸看着行走在沙漠里那个俏丽的背影，并没有听到侯助理的话：“这个夯货到底还有多少惊喜等着我？”

夯货？谁？侯助理一脸不解。

起风了，帐篷被吹得啪啪作响。为了跟拍方便，导演组就待在离终点不远的营地里。天一黑，风就大了起来。

乔东阳听着那叫嚣的风声：“今天晚上不会有极端天气了吧？”

侯助理：“老板，沙漠的天气天天都很极端。”

入了夜，天寒地冻，万物寂寥，白天的高温像是幻觉。沙漠延伸到天边，像是永远没有尽头。几个女生晚上吃得不错，行动力都很强，速度很快，这一运动，倒是不觉得冷了。就是走得时间长了，体力渐渐不支，到了晚上 10 点时，哪怕她们个顶个地认为自己是体能伽，也忍不住怨声载道。

“组长，我们歇歇吧？好累！”

“真是疯了！到底还有多远啊？！我们不会要一直走到天亮吧？”

池月：“再坚持坚持！坚持就是胜利。我们比别人多走一百米，就比别人多一百米的出线机会。”

鸡汤有时候挺管用的。

一句“坚持就是胜利”，让几个女生又坚持了一个小时。

“组长，看看地图……还有多远？”

池月："不远了。"

"你都没看……"

"不能看。"看了地图，哪还有行走的动力？

孟佳仪掏出手机晃了晃，有点儿泄气："没电了。你们谁的手机还有电？"

刘芸和刘若男同时摇头。

池月："我有，怎么啦？"

孟佳仪："你为什么有电？"

池月："我关机了。需要的时候再看。"

众人默默地冲她竖大拇指。

孟佳仪想了想，拉住池月的胳膊，背对着摄像头凑到她的耳边："我想给我男朋友发个消息……免得他担心我。"

池月哼了一声，指了指后面跟拍的摄像师："放心！"

孟佳仪叹气："每天都要跟他道晚安的，要不然他睡不着。"

池月："就这两天，死不了。"

正聊着天，她们突然听到刘芸叫了一声："池月姐，你看那边——"

刘芸指的地方有一个背包，背包上印着《星空行者》的logo，还有颜色、款式，看一眼就知道是她们同伴的包。

池月站在原地没有动。

刘若男说："我去看看。"然后她过去捡起背包，回头大声喊，"是罗婵的！"

每个人的背包上都印着名字。罗婵人不在这里，只有一个背包，不应该啊。

众人面面相觑："什么情况？"

池月看着跟拍摄像师："你们要不要联系导演组，问问情况？"

出于安全考虑，工作人员马上和导演组取得了联系。

消息很快反馈过来。

罗婵不见了。

她和池月分手的时候，有包括摄像师在内的三个工作人员跟她去了。罗婵负气而行，走得很快。当池月她们烤仙人掌的时候，她正在高温下的沙漠中跋涉。罗婵是一个综合实力较强的选手，一路狂奔，把几个工作人员折腾得够呛。他们扛着机器，背着大背包，渐渐有些体力不支。罗婵也累得够呛，建议原地休息，工作人员又累又乏，立刻同意了。罗婵说想去附近走走，看能不能找点儿吃的喝的，结果一去不复返。

三个工作人员被导演组骂得狗血喷头，正在发疯一样地找她。不过，导演组原以为罗婵是为了赶时间，嫌工作人员拖后腿，自己先走到前面去了。现在池月她们突然捡到她的背包，紧张感陡然而生。前不久才出过袁兰馨的案子，没人敢大意。节目组当即启动紧急预案，寻找罗婵。

第五组的几个女生都惊呆了："那我们要怎么办？"

工作人员："你们继续前进。"

于是众人重新出发。

她们默默地走了好久，刘若男突然一叹："早知道我就该拦住她的。要是罗婵有什么事儿，可怎么办啊？"她一边说着，一边用余光看池月。

池月默不作声。

直播的弹幕却炸了。

"刚才为什么突然切了画面？是不是出什么事儿了？"

"呼叫导播！我们要看池月组！"

"呼叫！呼叫！要看第五组！"

出了事儿，节目组当然不能切给观众看。罗婵的情况观众不知道，第五组在继续前行。她们累了就坐几分钟；渴了，嚼几口仙人掌。味蕾是一个适应能力很强的东西，一开始觉得难以下咽的仙人掌，吃着吃着就习惯了，涩味少了，苦味淡了，仔细咀嚼还有一丝丝甜。

"唉！"刘若男嚼着仙人掌，忍不住叹息，"罗婵要是跟我们在一起，说不定会喜欢上仙人掌的。"

众人附和。

池月不说话，观察着地形，走在前面。她背着两个大包，路上遇到什么奇奇怪怪的东西，都能被她搜罗起来放入背包里。她的负重最大，状态却最好，就像不是行走在沙漠里，悠然淡定。因为人长得好，身体好，走路姿态也好，拍出来竟有种大片的感觉。摄像小哥还特地为她拍了好几个特写镜头。低垂的睫毛长长翘翘，鼻梁高挺，即使口罩遮住半边脸，她的颜值仍然是最好的，惹得弹幕里一群颜控表示要路转粉……

“池月。”刘若男突然叫她。

池月侧头看她。

刘若男把声音压得很小：“罗婵……会不会真的出事了？”

一路上她都心神不宁。

池月是与她共同经历罗婵出走的人，她希望从池月那里找到答案。然而，池月面无表情：“出不出事，都是她自己的选择。”

这算安慰吗？刘若男心里乱糟糟的。

她说：“池月，你说我们是不是应该帮着救援队找找她？她的包在那里，人应该也离得不远。也许她正等着我们的帮助……”

池月：“你去找吧。”

她的声音淡淡的，不阻止，也不支持。但刘若男哪敢自己一个人去？她叫池月的目的，不就是希望池月能一起去吗？

“池月，我的良心有点儿不安。”

“哦。”池月的嗓音极低，像什么都没说。

刘若男盯着她的侧脸：“你对这个比赛是志在必得吗？”

池月哼笑：“不然呢，你为什么而来？”

刘若男想了想：“我就是来试试。”她压了压帽檐，笑了起来，“我长得没你们好看，海选的时候，明明各项测试都比别人优秀，还是被刷了下来。我这次来参加‘天降奇兵’，就是想证明自己不比别人差……但我心里很清楚，就凭这张脸，我走不到最后。这个节目说是不看脸，其实还是看的。”

池月：“所以呢？”

刘若男盯着她：“我怕为了一个本来就得不到的机会，失去了一个援救朋友的机会。”

“嗯。”池月的眼神很冷淡，“你可以去找她。”

刘若男：“那你呢？”

“她不是我的朋友。”池月微微仰头，她的脸蛋在月光下白皙若雪，神情却有一种说不出的凉薄，好像万事万物都跟她没有关系。

刘若男情不自禁地打了个寒噤，心里毛毛的：“池月，罗婵出事，你不会内疚吗？”

“嗯？”池月有些意外，“我为什么要内疚？”

刘若男被她看得尴尬：“如果不是你……我是说，如果你当时能稍稍退一步，她就不会一个人离开。我们让她一个人独自面对危险，是不是有点儿不厚道？”

池月盯着她的眼睛，笑了：“我不是她妈，没义务哄着她。她是成年人，那是她的选择。”说到这里，池月顿了顿，“而且，她身上有信号镜，随时可以退出比赛，并且得到节目组的帮助。如果她出了事，怪得了谁？”

是怪不了谁，可刘若男心里仍然不安。她看池月的脸色不太好看，赶紧道歉：“我刚才没有指责你的意思，只是觉得咱们同行一场，也是缘分，在不耽误事儿的情况下顺便找找她，也是可以的。”

池月：“怎么顺便？”

刘若男：“一路走，一路找。”

池月看了看她的眼睛，指着漫无边际的沙漠：“在这里随时都可能迷失方向，我们要怎么找？”

刘若男哑口无言。

池月：“我们能保证自己走到终点，不给节目组和安保、救援人员添麻烦，就是对她最好的帮助。”

孟佳仪这时走到她们身边，表情带一点儿八卦：“池月，你是在节目组做过助理吗？”

池月嗯了一声。

孟佳仪：“那你跟我们说说呗，袁兰馨那事儿到底是怎么发生的？”

池月沉默了。

孟佳仪好奇心大起：“我觉得袁兰馨真的好可惜啊。我关注过她，人长得好漂亮的，又是女飞行员……《星空行者》的一号种子。如果不出这事儿，她夺冠的可能性是最大的，说不定就成为未来的乔夫人了。”

池月的眉心皱了皱，她一言不发。

孟佳仪：“池月，你说是不是因为袁兰馨出事，节目组才后加的‘天降奇兵’？没了一号种子，其他人都不行吧？”

真是八卦！

池月叹口气：“我不知道。”

孟佳仪：“你怎么会不知道啊？说说呗！”

池月：“我既不是警察，又不是罪犯。我怎么就该知道？”

孟佳仪：“……”

池月看着她，冷笑一声：“你有这工夫八卦别人，不如节省点儿体力，自己去争取做未来的乔夫人！”

“呃！”孟佳仪扭捏起来，“别开玩笑了。我哪能……”说到这里，她瞄了一眼池月，像是想通了什么似的，恍然大悟般哦了一声，“我明白了，怪不得你这么拼……你的微博！哈哈。”

这次轮到池月无语了。孟佳仪却兴奋起来，哎了一声，拉池月的袖子：“池月，你和大乔哥熟吗？”

池月面不改色：“不熟。”

“私下跟他接触过？”

“没有。”

孟佳仪：“那你怎么敢发微博，说要跟他手牵手飞上天？”

池月用余光扫了她一眼：“因为不跟他上天，就拿不到那一个亿的奖金。”

孟佳仪猛地瞪大眼睛：“所以，你是为了钱？”

池月：“不然呢？难道他比钱还重要？”

她们的对话适时地传到导演组。

乔老板就在这里，“很不巧”地听到了那些话。

导播不敢看他的脸色了：“那个……我出去方便下。”

导演组的其他人安静下来。

乔东阳面无表情地坐在那里，若有所思。

侯助理见状，觉得不妙，悄悄地凑到他耳边："乔先生，您别往心里去。池小姐说话一向如此，鸭子的嘴，硬惯了……喀，女孩子的心思我最明白了，她肯定是听到那个选手说什么乔夫人，吃醋了。心里啊，酸得很……"

乔东阳一怔："是吗？"

是就有鬼了！

侯助理心里想笑，脸上却装得一本正经："肯定是。女孩子都这样，口是心非。她嘴上说得越难听，证明她这心里啊，喜欢你喜欢得都不行了！"

乔东阳看了他一眼，慢慢地站了起来："我懒得关心她怎么想。"

看老板要走，侯助理跟上去："乔先生，咱们这是去哪儿？哎，等等我，我跟你去。"

乔东阳头也不回："卫生间。"

侯助理："哦……"

乔东阳是半个小时后回来的。

工作人员在继续工作。分镜里的选手，有人在休息，有人在行走。镜头里的世界一片安静。

乔东阳在分镜上寻找到第五组，突然皱了皱眉："这又是在做什么？"

导播："第五组刚才看到了罗婵的帽子，她们决定在附近分散寻找。"

乔东阳："救援队呢？"

导播："已经赶过去了。"

乔东阳沉吟片刻，起身走人："我去看看！"

沙漠里的夜晚并不如镜头前那么平静。在无意间发现罗婵的帽子后，大家一致认为她就在附近，几个女生都不能装作没有看到，若无其事地继续前行了。她们在发现帽子的山坡上设了一个临时营地，插上点燃的火把，池月把自己的头灯留下，照向天空。大家以此为圆心，在不超过一千米的范围内寻找，以能看到火光为原则。如果还是不见罗婵的人影，就马上回来。

三个女生都怕自己走丢，非常听话。她们走了一圈，都乖乖地回来了。然而，池月却一直没有归队。众人左等右等，渐渐变得焦急："池月不会是走丢了吧？"

"不可能啊！池月怎么会走丢？"谁都可能走丢，就她不会。

"那是什么情况？我去！会不会是她——"孟佳仪想到一种可能，猛地望向刘若男和刘芸。

三个人静静地对视，谁也没有说话，但大家都想到了她们的生存物资包。

池月是背着那个挎包走的。

刘若男摇摇头："再等等吧。她会回来的。"

孟佳仪点头，嗯了一声。

刘芸慢慢坐下来，抱住双膝，看着快要燃尽的火把："好冷啊。池月姐去哪里了？快点儿回来啊。"

夜漫长，风更大。火把彻底熄灭了。众人在山坡上等她，冷得瑟瑟发抖。她们在原地转圈，用运动来获取热量。

池月久久不回来，成了压在她们心口的一块大石头。

"池月……是不是不回来了？"

没有人能够回答。

"没有摄像师和她一起吗？"

答案是没有。

池月走得很快，摄像师没有跟上。

"怎么办，我们还要继续等下去吗？"

三个女生面面相觑。没有池月，她们少了主心骨，谁都拿不定主意。

刘芸低下头，有些小姑娘的固执："我等！池月姐不会就那样走的。她说让我们在原地等，就一定会回来。她不是那样的人。"

孟佳仪拍了拍帽子上的沙子："那你等吧，我走了。"

她勒紧背包抬腿就走，可走了不到五十米，又默默地回来，坐在了刘芸身边："你说得对，她会回来的。"

刘若男看看她俩，慢慢地蹲下来，用略显粗壮的胳膊把两个姑娘揽入怀里，头碰着头："我们等她，不要乱跑，要不然她回来就找不到我们了。"

乔东阳赶到出事地点时已经是三个小时以后了。

沙丘被灯照得灯火通明，救援队来了不少人，他们正在分散寻找。乔东阳带着一群安保人员，还带来了搜救犬。对于现在的情况，他详细询问了孟佳仪和刘芸等人，然后带着人沿着池月离开的方向分散寻找。一路上，大家都很沉闷，一直在喊选手的名字，没有人聊天。

本来节目组是做好了安全保障的，行程安排也很合理。一个组五人一起行动，还有一堆工作人员跟随，选手的包里还有救援信号镜。而且，这条通往终点的行走路线事先就有安保人员探查过，没有野兽，也没有任何危险。但从罗婵到池月，两个选手都走丢了，这事儿变得不同寻常。

一行人找了大概半小时，搜救犬突然狂吠。

乔东阳带人跟过去，发现了被黄沙埋了半边的头巾。

那是节目组统一发放的，上面没有选手的名字，但有明显的血迹。被灯光一照，那干了的鲜血刺眼而恐怖。气氛越发紧张，月下的沙漠里，探照灯的射线四处游走。乔东阳站到高处，对着茫茫黑夜大声地喊道："池月，你在哪里？"

没有人回答，只有沙漠里的风在挑衅地叫嚣。

"找！继续找！"

功夫不负有心人，在搜救犬的带领下，众人在一处沙丘下发现了一个昏迷的女人。

"池月！"乔东阳飞快地滑下沙丘，一把将女人的身体掰过来，"不是她。"

"是罗婵！"侯助理气喘吁吁地告诉他，"是那个罗婵。"

乔东阳吸了口气，站起来，拿探照灯向四周照射："池月！"

山丘无言，只有风声。

救援队员把罗婵拉起来，原地进行急救。

"咯……咯咯咯……"罗婵慢慢地醒了，咳出一口沙子，睁开眼睛，也没有看清楚面前都是什么人，就一把抓住救援人员的裤腿，“快……救……池……池月……”

沙漠里的天空黑沉沉的，像是为人类蒙上了一块黑布。蒙在天上，也蒙在人的心头，压得人喘不过气来。罗婵能提供的信息实在太少了，她不辨方向，不知位置，唯一知道的是池月发现了她，把她从几个男人手上救了下来，然后池月就被他们掳走了。

这唯一的消息就足够让人疯狂了。

这次又是几个男人。难道这次又和袁兰馨那次一样？

这个消息沉重得几乎要把人压垮。救援人员展开了撒网式的寻找，狂风更烈了，像是恶魔要到来。冷空气席卷而来，不留情面地刮在人的脸上、身上。

侯助理亦步亦趋地跟着乔东阳，连眼睛都不敢眨。他的老板现在的心情太坏了，所有的愤怒、焦躁都被压抑着，不知道什么时候会暴发。侯助理想了无数种应对的方法，最后痛苦地发现，这次什么都不管用，也不敢用……池月被掳事件像毒蛇一样啮噬着老板的心。

如果她像袁兰馨一样——侯助理不敢想后果，更不敢想老板的反应。他只能在心里默默祈祷，拜托上苍为池月，为他们家老板留一点点机会，让池月平安归来。

可是，也许老天爷太忙，没有听见。

一个小时过去，两个小时过去，他们依然没有找到池月。各条救援线都没有消息传来。

“乔先生……”侯助理低着头，不敢去看乔东阳的脸，更不敢猜测他的心情。但一个合格的助理这个时候一定要安抚好老板：“池小姐和别的女孩不一样，不会让自己吃亏的，你不要太担心。”

乔东阳盯着他，唇角挂着冷笑：“我担心她？我担心什么？我担心她什么？”

他一句话说了三次，一次比一次声音低，到最后一句时，那笑声都扭曲了，听上去有些咬牙切齿：“什么都不会发生！我根本用不着担心！”

“是是是！”侯助理擦汗，“我也是这个意思。不会有事的，不会！”

“找！继续找！”

“大家都在找，一直没有放弃。”侯助理的脸上堆满了笑容，“就是你……你要不要休息一下？”

他是个养尊处优的大少爷啊！从他出生那一天开始，就拥有了平常人没有的优渥条件，什么时候吃过这样的苦？侯助理心疼乔东阳就像心疼自己的孩子一样。然而，乔东阳不领情，那张英俊的脸冷峻异常：“你再说废话，就给我滚！”

侯助理：“是。”

沙漠无边无际，大家寻找的范围越来越大，参与寻找的人也越来越多。大家都很疲惫了，加上沙漠气候凶险诡谲，为了安全起见，救援人员开始有组织地分批小憩。只有乔东阳仍然在坚持。

他很精神，很亢奋。那是一种紧张到极致的亢奋，是恐怖而又极端的情绪。侯助理很怕看到他的这种状态。人的精力是有限的，谁都不是钢筋铁骨打造的身体。他怕乔东阳这样下去会无法承受，可不能说服乔东阳。在大部分人认为乔东阳只是一个对工作、节目、选手极度负责的老板时，只有侯助理知道——他已经在失控的边缘了，因为出事的那个人是池月。

“乔先生，前面就是猛鬼湾了……”

一个当地的救援队员指着前方那一片未知的黑暗说。

“怎么讲？”乔东阳问道。

“猛鬼湾比较邪乎，当地人都不敢轻易进去。”

乔东阳冷笑：“有鬼？”

“老人是这么说的，当然不会真的有鬼，就是里面地形复杂，气候诡异，回旋风很容易眯眼，进去的人十之八九会迷路。我建议你们在外面等，我们进去探探情况……”

“不用。”乔东阳打断他的话，“带路！”

“乔先生——”

救援人员还要说什么，乔东阳突然变了脸色。

乔东阳慢慢地抬高手臂，手上的探照灯向猛鬼湾的方向直射过去。

“有人在那里！”不知谁喊了一声。

远处有一个黑黢黢的影子，那人站得很直，长发翻飞，看上去像个女人。

“池月？！”

“是池月吗？”

找了这么久，突然看到人，大家都有些不敢相信。如果是她，怎么会平安无事地出现？如果不是她，谁会大半夜像鬼一样站在那里？众人慢慢挪步，机械的动作像电影里的慢镜头。

沙漠里的寒风铺天盖地，女人身上的衣服与头发被风吹起，在夜灯下起舞，有一种惊人的美丽。池月本就是个美丽的女人，这一刻站在天寒地冻的沙漠里，如同一幅定格的画面，一件精美的艺术品，让人挪不开眼。

“池月！”乔东阳看清了，突然越过众人，奔了过去。

池月不知道听见没有，人没有动，只是衣服和头发纷乱地扬起，像在风里飞了起来。

熟悉的人就在面前，熟悉的脸越来越近，乔东阳突然停下了。

他看到了池月的脸，在灯光扫过的瞬间，看见了。那灯光下的小脸在长发里若隐若现，像蒙了一层神秘的面纱。她就站在他触手可及的地方，但周身的冷漠……有一种不真实的感觉，尤其是她漂亮的脸蛋上那几条清晰的指印，还有青紫的瘀痕，烙在那长长的睫毛下，不再是平常强势的她。

乔东阳的脸一阵刺痛，像被冷风扇了几个耳光。

她遭遇了什么？他不敢想，拳头紧紧地攥住，指关节凸出，手背上的青筋暴起。尽管不知道这汹涌的情绪从哪里来，但愤怒让他恨不得毁灭世界：“他们在哪儿？人呢？”

池月一动不动，像被钉子钉在那里一样，一直沉默着。直到乔东阳走过去拉她的手，她才惊觉一般从他的手中挣脱。她默默地看了一眼救援队，慢慢地说：“他们在猛鬼湾。报警了吗？不要轻易进去。”

她是那么平静、理智、从容、清醒。

没有人能准确地描述这个女人。

没有哭，没有害怕，没有软弱，她像在说别人的故事。乔东阳的脸色变了又变，愤怒、狂躁，各种情绪交织在一起，他恨不得把人撕碎。但他什么都没问，拉着池月的手紧了紧，突然松开，又去拂她的头发，声音不由自主地温柔起来："有没有伤到哪里？"

他很着急。

池月却云淡风轻："都是皮外伤，没事。"

"我看看！"乔东阳拉住她又要检查。

池月冷着脸将他甩开，表情厌恶得好像他就是那些坏人，她的声音更是如同这沙漠里的寒风一般，不带半点儿温情："乔先生，我说我没事。"

乔东阳脸色铁青，慢慢地逼近，视线落在她的脸上。他看着那些伤痕，一颗心猛烈地跳动着，一种无法控制的情绪像要从胸腔里跳出来一样："那你告诉我，你的脸是怎么伤的？"

池月平静地看着他："被人打的。"

乔东阳双眼冰冷，一字一顿地问道："是谁？"

池月："就是上次那些人。他们是一伙的。"

一个庞大的利益集团共享的蛋糕因为池月他们的介入被拿走了，这伙人怎么可能善罢甘休？

乔东阳点点头，深吸一口气，拳头捏了又捏："老子一定要弄死他们！"

池月："好。"

她的语气平平淡淡，也看不出任何表情，就好像不关她的事儿一样。

"替我谢谢大家，我先走了！"池月看了他一眼，转身走了。

"池月！"乔东阳不知气从何来，"你给我站住！"

池月就像没有听见一样。这固执又别扭的劲儿让乔东阳一个头两个大，当着这么多人的面，他气也不是，恨也不是，骂也不是……于是他黑着脸冲上去，一把拽住她，掰着她的肩膀转过来，看着她的脸，心里像被针扎一般："你去哪儿？"

"比赛还没有结束！"

"你还有心情参加比赛？"

"不然呢？"池月微微抬头，双眼淡然地直视他，"我不正是你需要的那种选手吗？”

乔东阳哑口无言。

是。她是他需要的那种选手，可是看到这样的她，他并没有很高兴。

乔东阳与她对视片刻，慢慢地松开手，在她面前低下身子：“我背你。”

池月一怔。

这个意外的表情是她出现后表现出来的第一次不淡定。

乔东阳拍拍肩膀：“上来！”

池月：“我自己可以走。”

她径直从乔东阳身边走了过去，那拒人于千里之外的态度，是冷漠，是距离，也是一道让人无法跨越的鸿沟。

乔东阳看着她的背影，嘴角抽搐一下：“池月，你别犟好吗？”

池月看了他一眼，没说话。

“或者，我让人把车开过来？”乔东阳小声说道，像在哄孩子一样。

池月淡淡地说：“用车是违反比赛规则的吧？乔先生，你别害我。”

她一点儿情面都不留。

说完，她甩开他，直接走了。

“我去！”乔东阳压抑了一晚上的情绪终于暴发了。他气得一把将手上的探照灯掷了出去，带着浓浓的怒火，探照灯滚落在沙地上，玻璃应声碎了，发出嘭的一声巨响。可是池月就像没听见一样，依旧没有回头。乔东阳想骂人，话到嘴边又咽了回去，结果不小心咬到了舌头……他差一点儿就失去理智了。这女人真的有把他逼疯的本事！

他恶狠狠地扯了扯衣服，飞快地跟了上去。

这个时候，猛鬼湾已经热闹起来，救援队、警察，来了很多人。他们在讨论细节，准备拉网抓人，好多种声音充斥在耳朵里，只有池月一个人是安静的。她处于风暴的中心，却仿佛置身事外，与周围的人格格不入。

这样的她，让人担心又让人害怕。

乔东阳走到她身边："池月，你的状态很不好。"

池月："我很好。"

乔东阳继续哄她："这里没有别人，有什么你就说出来。"

池月："我并没有什么要说的。"

乔东阳低低地骂了一句，声音嘶哑，如同低吼："我在担心你，你不知道吗？"

池月回头看看，不说话，也不动。半晌，她慢慢地一笑："那你就帮我弄死他们。"

乔东阳一窒，喉咙像被什么卡住了。是发生了什么让她这么恨那伙人？他们对她做了什么？他想知道，又怕知道。

"你放心，一个也跑不了。"乔东阳轻轻地把她拉过来，想抱一抱她，然而，池月的身子僵硬着，她抗拒地推开他，后退一步："乔先生，我谢谢你的热心帮助，但是，请你自重。我不喜欢你，也请你不要喜欢我。"

冰冷的语气一如往常，不，比往常更难接近，更加扎心。

乔东阳又气又急，但对着这么一个人，又不能发火。他的眉头皱起："池月，你以为我会喜欢你啊？我只是想借个肩膀给你靠一靠！"

池月哦了一声："我不需要。"

乔东阳勉强笑了一下："想哭的时候，也不需要？"

池月："我不想哭。"

乔东阳走近一步："你是个女人！池月，你是个女人。"

"嗯？"池月看着他的脸，无声地笑了笑，"谢谢！你终于发现我的性别了。"

这个时候还能开玩笑？

乔东阳向来杀伐果断，从不犹豫。但在池月面前，他总是无能为力，既左右不了她的想法，也无法理解她封闭的心——是，他无所不能，唯她不行。

"好，我不逼你。你爱怎样就怎样！"乔东阳妥协了，默默地跟在她的背后，侯助理的手电照射出的光把他们拉成两条长长的影子，行走在无边无际的沙漠里。

池月走的方向是第五组选手等她的地方。

她终于走近了，灯光可见。

池月突然站定，回头看向乔东阳。

“乔先生，可不可以借你的车用一下？”

乔东阳的汽车就是个宝藏，不仅有水、食物、医药包，还有衣服、被子等生活用品，一应俱全，像个移动的房子一样。以前池月曾经嘲笑过他，说所谓的精致男人的背后，其实藏着一颗怕死的心。但此刻，这些东西帮了她一个大忙。

乔东阳打开车门，启动汽车，开好暖气，绅士地向她做了个“请”的动作。

“谢谢！”池月找他要了医药包，然后坐在车厢里，吹着暖烘烘的风，舒服地叹了一口气，慢慢地转头看着乔东阳，“可以请你回避一下吗？乔先生。”

乔东阳把手搭在车门上，看着她的脸，上下打量：“都伤到哪里了？你自己可以吗？”

“可以。”

“不要别的什么东西了？”

“不用了。”

“水、吃的也不要吗？”

在这样的情况下，这句话是诱惑，更是引人犯罪。

“不要。”天知道池月多艰难才说出这两个字。

可是，乔东阳没有离开，也不准备放过她。他懒洋洋地扶着车门，似笑非笑地观察着她的表情，如数家珍般：“我车上吃的很多，牛肉干、巧克力、玉米片、蛋糕、饼干，还有……”

“停！”池月的舌头快咽入喉咙里了，“乔先生，我可谢谢你了，别乘人之危！”

乔东阳哂笑：“这里没有别人。不会有人知道。”

“你不是人？”

“我可以装作没看到。”

这家伙！

池月指了指外面："我赶时间。"

乔东阳默默地看了她一眼，冷着脸关上车门。他的后背抵在车身上，懒洋洋地道："池月……你是不是属牛的？"

"怎么了？"她在里面回答。

"何必和身体过不去？你是伤员，是病人。"

"成了伤员、病人，就该被淘汰了吧？"

"我说过了，没有人会知道。"

"你知道，我也知道。"池月把自己关在汽车里，声音听上去有一点儿模糊，"乔先生，我用了你的一些东西，回去再算钱给你。"

乔东阳冷哼："说得我好像很缺钱似的。"

池月沉默一会儿，又说："我向你借的东西不是车和药那么简单，而是——尊严。这很重要。所以，我得用一种方式来偿还你。除了钱，我想不到别的。"

乔东阳没有说话。隔着一层汽车玻璃，他的影子被月光拉长，挺拔得像是扎根在沙漠里的一棵树。过了很久，他突然问道："你总是这样跟人家划清界限的吗？"

池月用余光扫了一眼他的方向，看到玻璃上自己的影子："彼此不吃亏，是最好的打交道的方式。"

乔东阳背对着汽车笑了笑。

沙漠里空旷、寂静。

一个在车里，一个在车外。

"乔先生！"池月突然喊了他一声，推开了车门。

门一开，寒风鼓噪而入。

池月眯起了眼："你这是……"

乔东阳越站越远，这个位置离汽车至少有十米，他的后背对着她，腰身挺得笔直，像一个在放哨的军人。听到池月的声音，他慢慢地转头，一双眼睛在黑夜里亮得惊人："弄好了？"

池月的眼神微微一闪："就是有一点儿小问题。"

乔东阳沉吟："说。"

池月的眉心不由自主地皱了起来，她看他的眼神变得有些古怪，像是在刻意避开他的视线，语气也不像平常那么坦然，显得很犹豫："可不可以请你帮我……擦擦药？"

乔东阳一怔："擦哪里？"

池月抿着嘴，指了指："后背。"

那个地方的确很不方便。

不方便她擦，也不方便他擦。

汽车里的暖气开得很足，在巨大的温差下，车窗玻璃上起了一层雾。池月抱着一件衣服，后背对着乔东阳。在他火辣辣的目光下，她感觉自己整个人都在抖。不是冷，是热，是慌。

乔东阳的手也在抖，抖得气息都有点儿不稳了。他早就知道池月的皮肤很白，但真正看到那一片凝脂般的皮肤时还是有点儿纳闷，这个女人是怎么养出来这一身"缎子肉"的？又滑又细，在氤氲的灯光下，像剥了皮的葱一样，瞧得人身上起鸡皮疙瘩。不过，让他心里发紧的不是这些，而是遍布在她后背上的伤痕。

一条一条，横七竖八，像是鞭伤，又不是鞭伤。仔细分辨，更像是把她的后背在什么尖锐的棱角上拖过去划伤的。不深不浅，将她美好的肌肤刺出一道道触目惊心的伤口，红红的肉色几乎能"蜇"到人的心里去。

车内没有一丝风，但乔东阳觉得眼前不停地在晃。

异样的寂静中，他的呼吸也变得沉重。

"池月，你是不是人？"

池月很安静，刺骨的酒精擦到伤口上，一动不动。

拥有这样坚韧的力量，即便是男人也可以被称为英雄。但换成一个女人——令人发指。

"后背都成这样了，你还装得若无其事？"乔东阳小心翼翼地拿着棉签，一句话说得咬牙切齿，"你不知道疼吗？"

池月垂了垂头："疼，很疼。"

乔东阳的手一顿，他觉得心窝像被什么东西狠狠地一扯："疼你不会叫吗？"

池月不动声色："叫就不会疼了吗？"

乔东阳置气般哼了一声，手突然用了点儿力。池月果然咝了一声，似是生气地回头瞪他，可在看到他赤红的双眼时，又默默地回过头去，盯着车窗玻璃："幼稚！"

乔东阳不说话。他看着她的后脑勺儿，迟疑了很久："池月。"

池月嗯了一声。

乔东阳眯起眼，看着那些伤："刚才我就想问你了。他们……有没有怎么你？"

寂静的空间里，每一个字眼都会变得敏感。

池月听懂了乔东阳的弦外之音，若有似无地一笑："原来你跟他们一样。"

乔东阳皱皱眉："什么意思？"

池月："最关心的还是裤裆里那点儿事儿。"

乔东阳轻轻地一哼："池小姐，你不可以理解为关心吗？"

池月："八卦心，好奇心，也是关心。"

乔东阳点头："当然，你可以这么认为，也可以不回答。"

池月抿了抿嘴唇："如果我说有呢？"

乔东阳的眼神一厉，为她擦药的手明显重了重："我弄死他们！"

池月一笑，她的眼睛里亮亮的，竟有一丝顽皮的孩子气："如果我说没有呢？"

乔东阳绷紧的心弦情不自禁地松开："一样弄死他们！"

"那就没有区别了。"池月的唇角勾了勾，"弄死他们，我再告诉你答案。"

这个回答让人始料不及。

乔东阳相信，只有池月这个女人才会给出这么不靠谱的，不是答案的答案。他突然有点儿哭笑不得："你凭什么用你的事情来要挟我？"

池月轻轻地嘟一下嘴，她的声音凉薄，又好像带着一丝笑意："谁让你好奇呢？"

乔东阳用一种古怪的眼神看着她，他的眼里升起一团炽热的火焰："你这个态度，我想我应该已经知道答案了。但是，我还可以用更直接的方式得到答案。”

池月看着他的眼睛，没有说话。

乔东阳哼了一声，脸上带着胜利的微笑：“你该明白的，你身上的每一条伤口都会告诉我答案。这里，还有别的地方……”他的声音渐弱，仿若呢喃一般喷在她的耳边。

池月瞥了他一眼：“乔先生不是那样的人。”

乔东阳抿了抿唇，在她可承受的范围内加大了擦药的力度：“谁让我好奇呢？”

池月嘶了一声，紧紧地咬着牙，这样才能抵御那种从心里升起的焦灼。恐惧的，羞涩的，不可思议的……各种因乔东阳而产生的情绪。

“你凭什么？”

“我想看。”

“你想看什么？”

“你的伤。”

“你不是都看到了？”

“哦，我想看别的地方，比如，那些比较‘偏僻’的地方？”

偏僻？池月不敢再看车窗玻璃了。尽管他的脸不太清晰，笑容也不太明显，但她仍然没有在这种情况下与他对视的勇气。这就是男人与女人的区别。

尤其对方是乔东阳，一个要命的男人。而她此刻是一个衣衫不整的女人。在她请求他为自己擦药的时候，就可以被他理解为某种暗示了。他完全可以肆无忌惮地对她做点儿什么，而她不会得到任何人的同情。

池月放弃了，不与他抬杠：“我没有。他们没有那什么我……”

乔东阳脸上的喜气几乎不加掩饰，音调也高了：“你可真是个女英雄，这种情况下还能全身而退——”

池月回避着他火辣辣的眼神，默默地叹气：“如果假装没有受伤就叫全身而退的话，我大概做到了。”

是，她受伤了。可乔东阳的内心却有一种不知从何而来的雀跃：“你是女孩子，没有受到别的伤害比什么都重要。”

他说得很自然，这是从小受的教育理念，是潜移默化的观念，所以并不觉得有什么问题。然而，池月却猛地回头："很重要吗？"她问得很突然，像是拿刀在扎人，"对于你们这些不相干的人来说，女孩子的清白就那么重要？比命还重要？"池月的眼神近乎冷厉，她像一头沙漠里的母狼，为了维护她隐秘的小领地，不惜向他龇牙发狠，"如果我今天为了保命放弃挣扎，甚至配合他们……你是不是觉得这样的我很贱？比起苟活，更应该去死？"

"池月？"乔东阳不解地摇头，"我没那个意思。"

池月盯着他的眼睛，眼神冷漠，不带半点儿感情。

乔东阳震惊于她过度激烈的反应，声音也不像刚才那么从容："生命的贵重毋庸置疑，你能平安归来，这胜于一切。我刚才的话……是不是有歧义，让你误会了什么？"他发现她尖锐的"牙齿"下藏着某种不为人知的情绪，于是想努力去安抚她。

池月却没有回答。半晌，她恢复了平静："对不起！我不该发脾气，是我太敏感了。"

乔东阳察觉到她的身体在微微颤抖，她的后背僵硬得像一块石板似的。他沉默片刻，伸手揽住她的肩膀，想要做点儿什么安慰她，又觉得眼下这情形做什么都不太合适，只能不动声色地收回手："这儿有两条伤口挺深的，可能会有点儿疼。你忍耐忍耐，或者说点儿什么，转移注意力？"

他想听什么，池月知道。可她不想说。

那一段让她变得"太敏感"的往事早就已经过去了，一些细节在被她回忆了无数次后，甚至会让她产生一些不太确定的迷惑。但她知道，表面痊愈的伤口早已化脓，不能再轻易被揭开。

池月突然冷笑："他们挟持了我，当然是想对我做点儿什么的。不过，我有一个好习惯，那就是身上常备着'避雷针'，所以把他们全给吓回去了。"

"'避雷针'？"乔东阳这次是真的好奇了，"什么东西？"

池月抿了抿嘴："你们男人最怕的是什么？"

这不是把他和那些男人归为一类了吗？

乔东阳觉得很难回答，哼了一声："朕无所畏惧！"

池月朝他翻了个白眼："我有艾滋病啊！"

"嗯？！"要不是乔东阳了解她，真能被她冷不丁冒出来的话唬得心脏骤停，"池月，你能不能一次性把话说完？别大喘气行不？"

池月："我找办假证的人搞了个假的艾滋病病历，一直随身带着……在他们跟我搏斗的时候不小心掉出来了。那些㞞货别说碰我，哪怕看到我身上的血迹都退避三舍，吓得哇哇乱叫，生怕我咬他们……"

这个，这个……无所不能的假证贩卖者啊。

乔东阳竟然无言以对。

正常人对艾滋病这个绝症是极度恐惧的。艾滋病人在生活中都会受到歧视。而池月当时身上有伤口……那样的她在那些愚蠢的人眼里就是一颗行走的定时炸弹！

"怪不得！"乔东阳想狠狠地大笑，又觉得不合时宜，于是他的嘴角抽搐几下，表情显得有些怪异。

"很好笑吗？"

"不好笑，一点儿也不好笑。"

池月冷淡地瞪了他一眼，看他的嘴角带着隐藏不住的笑意，不由得冷哼："听到别人的伤心事能开心成这样，乔先生也算是一朵奇葩了。不过，就算没有这个假病历本，他们也别想得什么便宜。有一个王八蛋大概已经被我踢得不省人事了吧。还有一个……腰腹位置被我刺了一刀，不知道有没有生命危险。"

乔东阳一愣。

池月又说："当时很混乱，我看不清楚。如果在那种情况下我杀了人，算正当防卫吧？"

乔东阳吊在嗓子眼儿的心脏落了下来："算，当然算。就是……我们的巾帼英雄池月小姐，你刚才为什么不说？"

都动刀子了，她竟然说得这样轻描淡写？

只要别人不问，她就不说，一说就吓死人。而且，一桩比一桩吓人。

乔东阳觉得脑袋隐隐作痛，一定是被她气的："池小姐，你可真能给人惊喜啊！”

池月嘴角一勾：“惊喜就好。朕很欣慰。”

乔东阳：“怕吗？当时你怕吗？”

池月不知道他今天晚上为什么变得这么八卦，不轻不重地嗯了一声：“怕。”

难得听到她示弱，乔东阳非常不厚道地开心了：“知道怕就好。你啊，是个女人，不是蜘蛛侠，也不是奥特曼，以后就别逞能了——先报警，再去救人，不行吗？”

池月：“来不及。”沉默了一会儿，她突然回头，“罗婵得救了吗？”

乔东阳瞥了她一眼：“没想到你还会关心别人？”

池月：“我怕浪费时间，徒劳无功。那不是我的作风。”

嘴硬心软，乔东阳开始有点儿明白这个石头心的女人了。他用棉签抹过她红肿的伤口，语气不由得温柔起来：“她应该没事。不过池月，你真挺能的……我决定，从今天开始再也不小瞧你了。刚！爷们儿！”

池月脊背一抖：“他们的目标本来就不是罗婵。”

乔东阳若有所思：“跟你有仇？”

池月：“跟咱们有仇。”

乔东阳：“……”

池月：“上次的公益宣传对他们的损害很大……在吉丘，在这一片地区，他们已经做成了一条完善的产业链。多少人靠这个养家糊口……警方大力打击，这些人没有了经济来源。他们本就是穷凶极恶的人，没钱赚了，肯定会到处滋事。”

乔东阳：“这破地方，真是穷山恶水出刁民。”

池月：“嗯。”

她居然没有反驳？

乔东阳有点儿意外：“你傻了？顶回来啊！”

池月侧过眸子看着他：“今晚就饶了你吧。这破地方的人确实挺刁的。所以，我的背已经擦好了吗？”

乔东阳嗯了一声，没有接话。

池月：“问你话呢？”

乔东阳拿棉签戳戳她的肩膀：“马上好。赶紧背过去！”

池月不耐烦：“你能不能快点儿？”

乔东阳看着她挺直的脊背，正经地嗯了一声，然后身子突然往前倾，呼吸就那样直直地落在她的颈边：“如果你需要，穿衣服我也可以代劳。”

池月默默地回头看着他。灯光氤氲，就如同他的眼睛，不带欲望，不辨真假。只有那两片紧抿着的唇像是在述说着……属于这个夜晚的冲动。

池月突然一笑：“如果我需要，以身相许你也可以吗？”

乔东阳的眸色微暗，目不转睛地看着她：“果然是池月，胆子大。”

他抬起她的下巴，低下头，认真地瞧了片刻，另一只手狠狠地在她的眉心上一戳：“你就作吧！”说完，他下了车，从后备厢里找来一堆干净的衣服丢入车厢，“能换的都换上！”

车门关上了。

池月平静地看着车窗外面背过身的男人，慢慢地闭上眼，瘫软地靠在座椅上：“这个神经病！吓死我了！”

如果不是池月的头灯还在原地散发着光芒，不是第五组的三名选手还在安安静静地等待她回归，那么，这个夜晚一定不会显得那样温柔。是的，是因为她们，不是因为别人。

池月忽略了内心的情绪，站在风里，平静而有力地宣布：“同志们，我回来了……”

三个姑娘正相互靠着取暖，闻言转头，看到了迎着光走来的池月。

“池月姐姐！”刘芸最小，也最活泼，第一个弹跳而起，冲池月奔来，“你可算回来了，太好了……我们等了你好久好久……又困又饿！”

刘芸抱住池月，往她身上蹭。

池月皱了皱眉，没有推开她。

孟佳仪和刘若男也跟了过来。她们没有刘芸那么热情，但眼睛里也充满了欢喜："你没什么事儿吧？"

池月微微一笑："我没事。就是——"她抿抿唇，语气有点儿沉重，"咱们的生存物资包没有了。"

众人一怔，面面相觑，又齐刷刷地看向她。在池月回来前，她们只知道罗婵已经获救，然后因为受伤被送去了医院。但具体发生了什么事儿，节目组没有向选手通报，除了参与救援的人和几个核心的高层，旁人都不知情。

生存物资包没了，三个女生都有些难过。

"我们……"刘芸舔了舔干涩的嘴唇，"我们要怎么办？"

没了生存物资包，就像没有了希望。

池月沉默片刻："我欠你们的，会补偿给你们。"

欠？补偿？在沙漠里，这样的话就是废话。这些东西只有在这里才有价值，一旦离开沙漠，谁又会缺一瓶水、一袋饼干？

刘芸快哭出来了，孟佳仪的脸色也不太好看。

刘若男走过来，慢慢地揽住池月的肩膀："东西没了就没了，人回来就好。我们继续走吧，不然就来不及了。"

刘芸："可是地图也没有了，我们怎么走？"

池月指了指脑袋："地图在这里。"

孟佳仪："你都记得？"

池月点点头，话不多说，收拾好东西走在前面。

"我突然，突然好想哭……"刘芸小声地吸气，被压抑的情绪让她的声音听上去有些哽咽。等了一个晚上，终于等回了池月，但她们耗尽了精力，又失去了水和食物。接下来还有那么长的路，她有些绝望。

"会有办法的。"池月的脸掩在口罩、风镜和围巾里，包括那些瘀青和红紫的伤痕，一并被掩藏了，没有任何人知道，她一个人消化着今晚的全部遭遇，而眼里迸射出的光却充满自信与坚定，"相信我。我一定会带你们准时到达终点。"

"信！"刘芸笑得比哭还难看，"我信你。"

"那就好。"池月抬头看看天空，"但是现在我们要坚持一下。

之前耽搁的时间太久，其他组已经和我们拉开了距离，我们必须在天亮前赶上。我答应你们，天亮后我们就会有吃的！”

没有人说话，大家都默默地行走在沙漠里。

而这时，在直播镜头里出现的池月让观众炸了。

“池月又出现了！”

“我赌一百包辣条，肯定发生了什么大事。”

“同感！好像消失了好几个小时吧？肯定有鬼！”

“有没有鬼我不知道，我只知道池月消失的几个小时里，想她，想她。”

“颜值就是正义，我果然是只颜控了。可不可以请摄像哥哥多拍几个池月小姐姐的特写啊……”

池月消失的时间点看直播的人少，在线的大多是和他们有时差的观众。每次镜头切换到第五组，都只有刘芸、刘若男和孟佳仪，一直有人问池月和罗婵去哪里了。现在池月突然出现，观众的好奇心被勾到了极点。

“她的脸好像有点儿不对。快来人告诉我，是不是我眼花？”

“不是你眼花。她的脸确实有点儿肿。”

“镜头能不能拉近点儿啊，讨厌死了！”

“摄像师故意的吧？”

“我们池月小姐姐不是遇到狼了吧？”

一条条飘过的弹幕大多是关心的话。这时，突然来了一条劲爆的弹幕，像炸弹投入了湖里。

“不是遇到狼，是遇到了色狼。据可靠消息，池月被人强暴了。”

一路走来，三个女生都紧跟着池月。渐渐地，大家发现她寻路的方式与别人不同。都说走直线是最节省体力，也是能最快到达终点的方式，而池月却不走直线，沿途不管看到什么植物、昆虫，哪怕是听到一只飞鸟的鸣叫，都会仔细观察一番。大家都不知道她在找什么。她们挨着饿，走得近乎绝望了。幸好没有遇到极端天气，她们风平浪静地走到了天亮。吃了些仙人掌充饥，又累又乏的三个女生再也抵不住疲惫的袭击，倒在了正在升起的艳阳里。

疲劳战胜了饥饿，她们直接睡了过去，等再醒过来，太阳已经高高地挂在天空中了。昨夜的一切都融化在炙热的阳光里。

“噢！好热……”刘芸伸了个懒腰，又条件反射地去摸肚子，然后吸着鼻子四处寻找，“好香……什么东西？”

不远处是池月的背影。她没有睡，正在做吃的。火堆里的火焰在跳跃，她面前的石板上煎着什么东西……香味就是那个东西散发出来的。

“池月姐，你在做什么吃的？”有吃的了，刘芸欣喜不已，手脚并用地爬到池月身边，坐下，盯着池月看。

池月的脸庞在口罩与风镜的掩盖下一如既往地冷漠，但此刻沐浴在阳光里，她浑身都有一种柔和的光芒：“你猜？”

刘芸受不了高温下的火烤，拿手扇了扇，皱起眉头，看着石板上颜色怪异的东西：“这是鳝鱼吗？”

池月看了她一眼：“想吃吗？”

“想。”刘芸的肚子咕咕地叫唤，被食物的香味引诱着，她不由自主地咽了一口唾沫，“池月姐，你哪里弄来的鳝鱼？”

池月微微一笑，不回答。

两个人聊天的声音惊动了还在睡觉的刘若男和孟佳仪。

孟佳仪揉了揉眼睛：“不好意思池月，说好起来替你的。我睡死过去了，你也不叫我。”

池月：“没事。”

在野外席地而睡不安全，四个女生讲好轮班守卫的，结果她们三个都睡着了，只剩池月一个人守着：“池月，你太伟大了，不睡觉，还能弄来吃的。”刘若男也兴奋起来，与孟佳仪、刘芸一人围一边，看着池月在石板上煎的东西，“是鳝鱼吗？”

“是蛇吧？”孟佳仪弱弱地问了一句。

池月没有否认：“蛇肉是好东西。”

刘芸的胃里本来就空，一想到蛇，突然忍不住犯恶心，干呕了一下。

“蛇？我不敢吃。”

池月：“我都处理好了，没有毒。”

刘若男："听说沙漠里的蛇是有剧毒的，池月，你居然敢抓？"

大多数女生对于蛇都有天生的畏惧感，池月居然敢逮蛇、杀蛇、烤蛇……三个女生都盯着她，像在看外星人一样。比起池月，这三个与她岁数差不多的女孩子个个都像温室里长大的花，不要说做这些事儿，就是想都没有想过："池月姐，你不怕蛇吗？"

池月笑着看向她们："跟我这么 man（男人）的女生在一起，是不是很有安全感？"

刘芸点点头，禁不住香味的诱惑，又瞄了一眼已经切成段的蛇肉："这个，真的能吃吗？"

池月："怎么不能？高蛋白。"

孟佳仪撇撇嘴："我还是吃仙人掌好了。"

三个人同时看向放仙人掌的背包，默不作声。长途跋涉后，仙人掌已经没有了。不巧的是，她们一路走来都没有再遇到这样的"沙漠美味"，从开始的嫌弃到如今的渴望，她们这时才知道，能吃的仙人掌原来是沙漠里不可多得的食物。

"克服一下吧。"池月看了看她们，"补充能量最重要。我放盐了，味道应该不错。"

饥饿是最要命的体验，如果有什么食物让人难以下咽，那一定是因为人还不够饿。在生存面前，蛇肉算什么呢？刘若男最先尝试，用手指夹起一块蛇肉放入嘴里，慢慢地咀嚼着，眼珠转了转，眼睛突然亮了："嗯嗯，好吃，味道很不错呢。"

孟佳仪禁不住诱惑，咽了口唾沫，也吃了一块。她一边狼吞虎咽，一边说："有盐真好。"

有盐，是池月唯一庆幸的事儿了。那个装盐的小瓶放在她的衣服口袋里，没有在搏斗中遗落，刚好可以满足一下小伙伴的口腹之欲，也让池月稍稍减轻了一点儿把生存物资包弄丢的歉疚。

"尝尝吧。"池月看向纠结的刘芸，"你就当它是鳝鱼。"

刘芸摇摇头："鳝鱼我也不敢吃。"

池月："再不吃，一会儿什么都没了。"

这是大实话。刘若男和孟佳仪克服了心理障碍，蛇肉马上就变成了人间美味，她们恨不得连舌头也一起咽下去，吃得飞快——

没有食物才更可怕。不吃这些蛇肉，就没有别的食物了。

刘芸慢慢地伸出手，像在接受炼狱的折磨。然而，等她闭着眼睛把蛇肉放到嘴里时，竟忍不住赞叹："真好吃！真好吃啊！"

那是她饥饿到极点时对食物的赞美，并不是蛇肉真的有多美味，而是她们太饿了。

"池月姐，我好想嫁给你啊！"刘芸咂咂嘴，朝池月嘻嘻地笑着。

孟佳仪和刘若男也点头，表示赞同。

"我娶不起。"池月一本正经，"养一个老婆都够累的了，哪敢养这么多？这样吧，你们抽签决定，或者打一架，谁赢了，我娶谁。"

孟佳仪是网红健身博主，身材自然是好得没话说，而且习惯了在镜头前秀肌肉，并不在意正在直播。她解开冲锋衣，对着镜头就做了一个扭腰顶胯的动作，惹得刘芸惊叫连连。

刘若男默默地坐在池月身边，看她们笑闹着。沉默了许久，她突然碰了碰池月的胳膊："太阳这么大，你裹得像木乃伊似的，不热吗？"

池月头也不抬："紫外线太强了，我怕晒黑。"

"好吧。我就无所谓了，本来就黑，越晒越健康。"刘若男笑着，用余光扫了扫池月，若有所思，"你去休息一下吧，这么久不睡，扛不住的。"

池月把火堆熄灭："再走一阵，前面应该会有背阴的地方，到那里再休息。"

刘若男一怔："你怎么知道的？"

池月俏皮地眨了下眼："老天告诉我的。"

刘若男见多了她在沙漠里生存的"神奇之术"，大概猜到她是有什么新的想法，于是点了点头，没有再多说什么。

几个人重新出发。四个女生在这样的特殊环境下建立起了坚固的友谊，互相照顾，互相信任，接下来的行程走得顺利了很多。人的潜力是无穷的。在池月的带领下，三个女生对沙漠少了些惧怕，懂得了很多沙漠知识。从导演组反馈的数据来看，第五组已经成为走在最前面的队伍。而且，池月说的背阴的地方居然是一片小小的绿洲。有树，有水，生长着芦苇，还有牧民废弃的羊棚。

“天哪，池月姐，你这是什么神仙操作？”

“我爱死你了！谁也别拦我，我要么么哒！”

“不是海市蜃楼吧？快掐我一把。”

三个女生惊叹不已，看着眼前的美景，仿若隔世。

池月仰头看天，掌心挡在眼前，遮住阳光，淡淡地道：“在沙漠里，要留心观察。地面的潮湿，植物的生长，昆虫、飞鸟的方向，都可以指引我们找到水源。还有——”她顿了顿，回头朝镜头微笑，“节目组制定的路线，肯定会有让我们补充粮草弹药的地方。”

导演组的工作人员面面相觑。这确实是他们考虑好的，如果沿途不能补给，靠那点儿生存物资，选手根本就坚持不到目的地。只不过，池月是第一个从他们的角度考虑的选手。

直播屏幕上显示，其他组的选手还在她们后面。烈日暴晒、缺水少粮，两天一夜过去了，有人已经选择了退赛，有人倒在漫漫黄沙里，还在做最后的挣扎。而第五组的四个女生正在绿洲里背靠大树喝着水，吃着池月不知从哪里掏来的鸵鸟蛋。

弹幕上，队形统一。

“池月还缺老婆吗？我可以给你生猴子！”

一阵刷屏后，不和谐的声音再次出现。

“哦，哪怕她被男人那什么过，你们也要给她生‘猴子’吗？伟大的‘键盘侠’，快去为民除害吧！这种女人，再漂亮也不能要！被强暴还这么淡定的女人，恐怖。说不定就是心理扭曲的变态！”

池月这两天收获的粉丝不算铁，但理智的人不少。

一群人在网上骂得热火朝天，而《星空行者》节目再次喜提热搜一次！

乔东阳是在看到池月吃蛇肉的一个小时后火速召唤来郑西元的。他们在吉丘县最好的火锅店里摆了一桌，满满当当的食物，让人垂涎欲滴。可是，把每种菜从锅里捞出来，乔东阳都没能吃出满足的味道："你吃过蛇肉没有？"

郑西元呛住："NO！NO！NO！我口味清淡，从来不吃那些稀奇古怪的东西。"他把一块牛肉夹入碗里，似笑非笑地反问，"阿乔，你知道你这个样子，像什么吗？"

乔东阳抬抬眉。

郑西元说："就像刚谈恋爱的人，患得患失。"

"说人话会不会？"乔东阳拉下脸。

郑西元用一种过来人的眼神看他："为了对方的一个眼神，一句话，一个小动作，挖空心思，琢磨来琢磨去。失落、空虚，又神经又敏感……啧啧，你说，这像不像你？"

乔东阳抿唇："你怕不是眼瞎了吧？！"

郑西元哈哈大笑，调侃两句就换了话题。

这个点儿火锅店没别人，只有他们两个，说话方便："阿乔，有个事儿，我不知道真假……"

乔东阳握筷子的手一紧："说。"

郑西元看着他的脸色，委婉地问："有人说池月被那些王八犊子糟蹋了，有这回事儿吗？"

乔东阳脸一沉，双眼冷飕飕地瞪着他："你听谁说的？"

郑西元清了清嗓子："弹幕刷得厉害，流言传得也快。网上有各种各样的说法，这对池月来说不是好事。女孩子的名誉被黑容易，恢复清白难。这个时候你最好不要介入，越描越黑……"

乔东阳冷哼："警方那边不是都说清楚了吗？"

"警察知道有什么用？"郑西元说，"谣言一旦传开，真相是什么就不重要了。人们只愿意相信自己认定的真相，先入为主。阿乔，池月这件事洗不干净了！"

郑西元并没有夸张。如今的网络大环境不好，人心浮躁，喷子多，还容易被人带节奏。但乔东阳的想法和郑西元不同，对于还没有做的事儿，他不喜欢说不行："人不都抓住了吗？假的真不了。"

昨天晚上，警方在猛鬼湾抓住了三个来不及逃跑的家伙。其中一个身受重伤，肚子上挨了一刀，还在医院里，没有脱离危险。

另外一个阴囊血肿，睾丸破裂，也在医院里躺着，接受治疗。从他们交代的内容来看，这件事和池月的描述完全一致。他们打了池月，自己也伤得不轻。至于为什么劫持罗婵，他们不承认是有组织有预谋的，只说碰巧遇到她，一开始想劫财，然后发现她长得还可以,就想劫色。可他们在实施犯罪的过程中刚好被池月撞见，她不仅让罗婵趁乱跑了，还把他们带入了猛鬼湾，让他们差点儿丢了性命。他们说得痛哭流涕，就差把自己说成受害者了。

乔东阳想了想，说："昨晚我就叮嘱过，不许把消息泄露出去。警方还在调查，不会主动向公众透露细节，那这件事是怎么传到网上的？"

郑西元："这……还真不知道。"

乔东阳冷哼："咱们节目组的人，管不住嘴巴了吗？"

他的视线杀伤力极强，像一把尖利的刀子。

郑西元的汗毛都竖了起来："阿乔，你别这么看我，又不是我传播出去的。"

乔东阳不给他好脸色："不是你，也是你们昊光的人。"

昊光是做传媒的，靠这个吃饭。

郑西元咳嗽一声："阿乔，这个事儿吧，这个人不说，也会有那个人说，避免不了的。"

八卦娱乐的传播速度是人类创造的奇迹之一，一个消息在短短几分钟内就可以传遍世界，只要有一个人知道，就会有无数人知道。守口如瓶？不存在的。

郑西元是做传媒的人，最明白这个道理："没有不透风的墙，最管不住的就是人的嘴。咱们与其追究是谁在背后传播，不如想想要怎么处理舆论。"

乔东阳冷笑："发个官方声明，谁再传播谣言，乔氏的律师团就请他喝茶！"

郑西元听愣了，怔怔地看着他："我的大乔哥，你……动真格的了？"

乔氏的律师团很厉害，据说至今为止还没有输过官司。但乔东阳怎么会为了一个普通选手去耗费精力？就算乔东阳愿意去做，乔家老爷子也不会同意的："你也不怕被表姨父扒掉一层皮。"

乔东阳眼神复杂地瞄了他一眼，突然勾唇一笑："也是，走什么法律途径呢？以恶制恶才是人间正道！"

郑西元："你要干什么？"

乔东阳无视他，拿起电话，拨通了："猴子，把天狗送过来！"

"咯咯咯！"郑西元呛了一大口水，压住火辣辣的嗓子，"阿乔，为了一个女人，你也真是够拼的啊！"

"谁说我是为了她？"乔东阳冷笑一声，"只是为了测试一下升级版的人工智能。"

天狗到达酒店的时候，乔东阳正拿着iPad（平板电脑）在刷"天降奇兵"的现场直播。弹幕一如既往地热闹，短短两天，池月就收获了一大批颜粉和才华粉，但也招了一堆黑粉。屏幕上充斥着各种各样的议论。

乔东阳看得又笑又气，既同情这些人的智商，又替池月上火，甚至暗暗地想，回头要告诉王雪芽一定不要让池月看直播回放。万一把池月气死了，他不就少了一个优秀选手吗？

侯助理轻轻地开门，露出脑袋，看乔东阳的脸色不好，又默默缩回去，把天狗放在地上，让它先进来"踩雷"。

天狗走在地板上的声音惊动了乔东阳。

他抬眼一看，没有吭声。

天狗扫描到他的脸色，双手抬到胸前，认真地鞠躬："恭喜乔大人，您万能的AI宠物天狗又回到了您的身边。这里是天狗要变强3.0内部测试版，请您吩咐我吧。"

乔东阳眯起眼，看了它片刻："升级好了？"

天狗："是的，乔大人。"

乔东阳："告诉我，池月是谁？"

天狗的反应很快："是一个女人。《星空行者》节目组'天降奇兵'环节的选手。现年二十岁，航校三年级学生……"

天狗一字一顿地汇报着池月的简历，一板一眼的样子让乔东阳非常满意。可是不待他脸上的笑容收住，天狗又补充了一句："池月小姐姐也是我最心爱的女朋友。”

程序怎么升级的?

乔东阳大喊:“猴子!你给我死进来!”

侯助理低着头走进来:“乔先生,死了就进不来了。”

乔东阳指着天狗:“怎么回事儿?你怎么升级的程序?”

侯助理不敢看老板盛怒的脸色:“乔先生,我们这次升级的主程序是内部测试版。主要针对量子计算、情绪管理、核心思维、意识分析等方面……你并没有告诉我需要抹掉它关于池月的记忆啊!”

乔东阳瞪着他:“你故意的。”

这是肯定句。

侯助理觉得脑袋好疼:“我一个靠裙带关系上位的万年马屁精助理,哪有这么大的胆子啊?”

乔东阳快被他气死了:“你知道天狗说什么了吗?知道吗你?!”

“知、知道,我都听见了。”侯助理的脑袋快要垂到胸前了,“乔先生,其实天狗的感受,就是……您自己的感受啊!”

乔东阳微微眯起眼。

侯助理又说:“天狗是你的私人陪伴AI宠物,是特地为你量身打造的人工智能机器人。为了达到陪伴与服务的目的,我们不仅要让它与你三观一致,更需要它与你有共情心理。因此,天狗拥有自动捕捉你的情绪、情感,并进行分析与融合的功能。也就是说,你喜欢的,它就会喜欢,你讨厌的,它就会讨厌。这……”

能怪得了他吗?

侯助理苦巴巴地望着乔东阳。

乔东阳也望着他:“共情心理。”他小声说着,眉心皱起。

“对对,就是共情心理。”侯助理为自己的机智点了个赞。

然而,天狗说话了:“我并不认同。”

侯助理:“……”

天狗:“我只希望池月小姐姐是我一个人的,哪怕乔大人是世界上最优秀的人,也不可以跟我抢!”

乔东阳:“……”

侯助理："……"

没毛病!

一句话有两个重点：一是它的独占欲，然而因为它有共情心理，所以这也是乔东阳的独占欲。换句话说，就算天狗是机器人，也不能跟乔东阳抢。二是它认同乔东阳是最优秀的人，顺便拍了马屁——也可以认为是侯助理拍的马屁。

侯助理觉得自己简直太机智了，马上就可以择清了。而且，他们伟大的老板大概也意识到了他的感情，不会再为难他了。可刚想到这儿，他就听到乔东阳冷声说："这个机器人是成精了啊，都懂得忽悠我了。猴子，这次的事情一完，马上把它给我废了！"

侯助理："……"

天狗发出一串笑声："我是谁，我在哪里？我想起来了，我是乔大人的私人 AI 宠物天狗，是他最忠心的伴侣，最可靠的朋友，我绝对不能背叛乔大人。请吩咐我吧，主人！"

乔东阳哼了一声："过来！"

顶级强人工智能的优势在网络领域得到了充分发挥。天狗很快就把有关池月的一切话题与发言进行了分类、筛选、统计，并将牵涉的网友从"网海"里捞了出来，同样进行了分类、筛选、统计。哪些是自己人，哪些是池月的 fans（粉丝），哪些是池月的专业黑，哪些是纯粹吃瓜看热闹，在浑水里洗脚的无聊喷子，划分得清清楚楚。

当然，这不是最可怕的。最可怕的是这些人的所有资料统统清楚地显示在文档里。详细到什么程度呢？姓名、出生年月、身份证号、照片、家庭情况、社会关系，这些都是最初级的资料。在信息化高度发展的今天，每个人的隐私都暴露在网络上，而这些全部被天狗捕捉到了。

这是一个便捷的时代，也是一个可怕的时代。隐私的深度曝光对每个人来说都是一件恐怖的事情。很多人之所以敢在网络上肆意喷人，无非是因为网络上多了一层遮羞布，可一旦遮羞布没了呢？



乔东阳迅速出手。

大 V、平台、自媒体交由法务处理。个人行为按等级划分为超级黑、一级黑、二级黑、三级黑。分级不同，优先等级也不同。超级黑一般能享受到三百六十度无死角的反黑套餐。一级黑、二级黑在带节奏的大 V 和平台收敛后就销声匿迹了。因为一般情况下，在网上喷一个陌生人会花费特别多的时间和精力，要么是利益相关者，要么是有仇，或者是拿钱办事的水军。至于三级黑和一般的喷子，乔东阳在郑西元那里借了几十个自媒体和大 V 号，一并交给天狗。

天狗的写作水平很高，都可以淘汰专业写手了。很快，声情并茂的各类文章横空出世，社会分析的，哲学伦理的，思考人性的，情感鸡汤的，同情池月的声音纷纷出现。

有人带节奏，公众恢复了理智。

“一个社会对待女人的态度，就是一个时代文明程度的缩影。这些非理性的声音不仅是认知的偏差，还是邪恶生长的温床。今天，当受害者被全民诛戮的时候，我们如果还在为罪恶的一方狂欢呐喊，那么明天当我们成为受害者时，那些杀人的刀同样会插入我们的心脏。”

乔东阳手起刀落，一波反转干得漂亮，可谓完美公关、业界传奇。郑西元一个传媒出身的人都对此感到吃惊，当天就致电乔东阳，死皮赖脸地要请他吃饭，美其名曰，请教经验。可他真正的目的是要买一只天狗，更准确地说，是想买一只和天狗一样的陪伴机器人。

乔东阳直接发了一个公司旗舰店的网购地址给他，郑西元兴冲冲地“抱”着链接走了，不到半个小时又来电哭诉：“根本就不是一样的 AI 宠物，这种傻得很，我小侄子上个月就买了一个回来学英文。那智商都不如我，怎么比得上天狗呢？”

“废话！天都只有一个，天狗当然也只有一只。地上跑的叫毛狗，不叫天狗。”

“阿乔，你就不能为我定制一个吗？多少钱你开价，咱不叫天狗也成，我们叫天猫？天蝎？天狮？天……虎？”

“不能。”乔东阳冷冰冰地回绝。

“为什么啊？”

“你的智商驾驭不了。”

郑西元恨得牙痒痒。可不管他怎么说，乔东阳就是不同意。

有钱不赚？这让他很难理解。当然，乔东阳也懒得向他解释，一只强人工智能机器人天狗的诞生需要经过多少道程序，又需要多长的时间来打磨改进，才能与他的脾性相同？可以说，天狗才是世界上最昂贵的奢侈品，不是谁想买就可以买的。

所以至少目前来说，他做不到。他也没精力为郑西元服务。

网上的舆论沸沸扬扬，池月却是过了两天清静的日子。

没有网络的沙漠，仿佛与世界隔绝。人与手机的深度捆绑不知什么时候已经让手机成了一种精神鸦片。一旦离开手机，人就像掉了魂似的。孟佳仪、刘芸抱怨了无数次，没有手机的日子就和没饭吃一样痛苦。池月倒还好，不仅没觉得有什么不妥，反而有一种难得的轻松。

“不要做手机的奴隶！没手机多好？”

“池月姐说得对。可是，嘤嘤嘤，我好怀念做奴隶的日子。”

池月擦擦汗，看着风尘仆仆地跟着她走过沙漠的三个同伴，突然莞尔一笑：“那好吧，恭喜你们，马上就可以翻身做奴隶了！”

“嗯？什么意思？”

池月指着前面一望无垠的沙丘：“翻过那座山，就是我们的目的地！”

“啊？！”

“啊啊啊啊！”

惊喜来得太突然！没人敢信。

这一路上，“快到了”三个字就像“狼来了”一样，池月说了无数次，她们也听了无数次。升起过多少次希望，就有过多少次失望。走了一段，还有一段；跨过一程，还有一程。她们渐渐麻木了，做好了走到地老天荒的打算：“池月姐，这次是真的吗？”

“是真的！”池月握拳，“来！咱们一鼓作气。加油！”

四个女生奔波至此，疲劳到了极点，刚才还准备找地方休息呢，突然听说快到了，她们既惊喜又害怕，在池月的再三保证下，“快到了”的动力终于战胜了疲惫：“但愿这次是真的！”

池月抬手腕看表：“还有两个半小时就到10点了！”

三个女生面面相觑：“不能休息，不能停！”

“姐妹们，咱们一分钟都不能再等了！”

超过10点，她们所有的努力都将白费。那些吃过的苦也失去了意义。

“大家加油！”

“加油！GO！GO！GO！”

这是比赛，想要胜出需要同时注意两个条件：一是到达时间不得超过今天上午10点；二是最前面的六个人，谁知道短暂的休息会不会让旁人超过自己？

她们的眼睛里再一次燃起火光，爆发出前所未有的潜力。

这一次池月没骗她们，目的地就在初升的太阳下。一顶顶帐篷，一辆辆大巴，都安静地等在那里，数台摄像机就位，随时待命。听到山坡上的喊声，导演组全体人员从帐篷里奔了出来，站在阳光下，看着一个个灰头土脸的姑娘，拼命地挥手，像是在等待凯旋的战士。

“‘天降奇兵’！我们回来了！”

“啊啊啊啊！我们真的赶到了！”

“我们太棒了！我们战胜了沙漠！”

“战胜了自己！”

“战胜了策划！”

“战胜了导演组！”

“战胜了天地！”

“……”

喊声回荡在山谷中。一只孤鹰盘旋而过，它的叫声与回声融为一体。

到达终点，三个女生沉浸在欣喜中，顾不得形象，全部躺倒在地，仰望天空，大口大口地喘气，回忆这奔波的一路，像是在做梦一样。有了这样的经历，往后再遇到什么风雨，她们大概都能淡然面对了吧？

池月比她们平静，走过去问跟拍的 PD（节目导演）：“我们是最早到达的吧？”

PD 双眼泛光，不住地点头：“是，你们五组是最棒的！离结束还剩三十分钟。”

就在昨天晚上，节目组专门召开了一个紧急会议，为今天做准备，比如如果最终没有一个选手能按时到达终点，该怎么办？“天降奇兵”这个直播节目的火热程度已超过了他们的预期，它为《星空行者》带来了极大的流量。如果今天上午没有选手按时到达，比赛只能遗憾地结束，这对节目组来说无疑是一种损失。开会讨论的时候，策划还在后悔，早知道“天降奇兵”会爆红，就应该把赛制标准降低一点儿，比赛时间拖长一点儿。然后就有人建议，如果没有选手通过，可以再设置复活环节。不过，这个提议被沈亚丽否决了。

她是个聪明人。“天降奇兵”为什么会爆火？一是严苛的赛制用直播的方式呈现，在挑战选手的同时，也吸引了观众的眼球。二是选手的人设不错，尤其是池月，人设吸粉，话题性够，对引爆节目很有贡献。节目如果因此留下遗憾，未必不是好事。本来就有观众质疑直播节目有台本，全是演的，骗观众的点击率，要真是一个选手都没有通过，“照台本演”的传言将被粉碎，这不仅能为节目带来好的口碑，还会为《星空行者》的正式播出奠定基础，百利而无一害。

快到 10 点的时候，又有几个选手陆续赶到。一组的，三组的，四组的，但她们都不是整组活动，基本是放弃了同伴，单独抢时间赶到终点的。最后，节目组按到达的时间择优选取六个人入围第二轮。除了第五组的四个女生，还有一组的沈岚，三组的熊灵。火热的沙漠中，节目组在庆祝胜利，弹幕上的留言也已经飞了起来。

“池月牛！（胜利剪刀手）”

“第五组牛！”

“这个时候转粉还来不来得及？（抚摸）”

“池小姐真是不要脸，瞧她卖的这一波一波好人设呀。啧啧啧，这么厉害的女人，怕是要被抓起来嫁给大乔哥吧？（狗头）”

“不听不听我不听，谁抢我大乔哥我跟谁急——池月除外。我走不了沙漠，吃不了蛇。算了，我还是嫁给池月吧。”

“所以，CP（情侣）粉了呗。池桥女孩等等，不要走！”

“池桥粉什么鬼？明明是日月 CP，日月女孩好不好？”

“我双手赞同，我日月大军走一波！”

“日月女孩？”

网友欢快又狡猾地把人配了对，自得其乐，在弹幕和各大社区平台上带起一片“善良”的节奏，间或夹杂几个不和谐的声音，也很快被淹没，以至于好多喜欢看喷子喷人的网友以为自己打开方式不对。

直播结束，池月拿到了自己的行李，同时也拥有了自由活动的时间。在导演组的营地里，几辆大巴就位，等着送她们回吉丘的宾馆休息。这时导演组还在清点人数，然后派人去接没有到达营地的选手。当然，大巴上还有吃的喝的，这个时候，选手们可以随意地享用食物了。孟佳仪和刘芸抱着矿泉水瓶，眼含热泪，吃东西时都舍不得放下，像八辈子没见过吃的似的。刘若男看着她们，摇了摇头，然后拿了一瓶水、一袋蛋糕走出来找池月。

池月一个人坐在营地背后，靠着石头望着山，不知道在想什么。

刘若男递上水：“喝点儿？”

池月拿过来：“谢谢！”

刘若男站在池月身边的风口上：“天热，你把口罩、风镜都取下来透透气，顺便吃点儿东西吧。”

池月看她一眼，没说话。

刘若男说：“这儿没人，我给你守着。”

池月笑了。

这妹子看着五大三粗，谁能想到她有一颗七巧玲珑心呢？她比孟佳仪和刘芸细心多了，早就发现了池月的不对劲儿，但什么都没有说。对于这小小的维护，池月很感激。

风镜、口罩、围巾在高温下热乎乎地粘在脸上，十分不舒服。池月不跟她客气，把风镜、口罩取下来丢在一边，然后把围巾套在脑袋上遮住阳光，仰起脖子喝了一大口水，长长地出了一口气。

"池月，你这脸……"刘若男盯着她，一脸震惊。她之前隐隐看到池月的眼角有瘀青，但只是猜测，与真实的伤情还是不一样。当池月的脸彻底暴露在明晃晃的阳光下时，那些没有消散的瘀青和红肿刺痛了刘若男的眼睛："是谁干的？"

池月漫不经心地说："那天遇到几个浑蛋。"

很明显，她不肯多说什么。

刘若男与她相处几天，大概了解她的性情："你这个伤得处理一下。"

"消肿就好了，不会破相。"

"唉！"池月的冷淡堵住了刘若男的关心和疑问。

刘若男还想说点儿什么，远处传来孟佳仪的喊声："若男，你人呢？"

她看了池月一眼，站起来："这儿呢，什么事儿？"

"你的手机有两格电了，我想用一下充电宝。"

刘若男："好嘞！"她刚借了一个摄像小哥的充电宝在那边充电，这会儿才想起来得去和父母报个平安，于是和池月说了一声，就先离开了。池月没有多说什么，扯着围巾遮住脸，背靠着石头坐了片刻，慢慢地从兜里掏出了手机。

刘若男的话提醒了她。

池月开机，正准备给妈妈打个电话，一个号码就出现在了屏幕上。

池月的眉头皱了起来："喂？"

乔东阳不悦的冷声传了过来，"我说池小姐，你怕不是个傻子吧？"

"……"

"喂喂？池月？"

池月抿了抿嘴："乔先生，请说人话！"

乔东阳不爱听了：“这就是你对待救命恩人的态度？”

池月的唇角扯了扯，她觉得这个人不是她当初认识的乔东阳：“有事儿直说。”

“没事，就为了骂你。”这次他说得很直接，“现在沙漠里什么气候，你身上的伤又是什么情况，你不知道啊？第一辆大巴回吉丘的时候，为什么不回去？待在那儿晒太阳很舒服是吧？蠢不蠢？”

池月不解：“可这些关你什么事儿？”

电话里突然安静了，乔东阳没说话。

池月一想，觉得这句话可能有点儿过了，毕竟他是她的“救命恩人”。她想了想，又补充：“刚才在等人呢。我坐下一辆车回去。”

乔东阳哼了一声，不满的情绪清晰地从电话里传过来：“你爱什么时候回，就什么时候回。我是怕你的伤口感染，一不小心折在节目组了，我还得承担责任。”

“那你不用担心。我死不了。”池月觉得这个人特别好笑，但听着他拐弯抹角的关心，这三天行走在沙漠里的负面情绪竟在这漫不经心的语气里被安抚了，觉得轻松了不少，“为了感谢你的救命之恩，我请你吃饭吧。”

乔东阳一副勉为其难的样子：“时间、地点？”

池月的嘴角往上翘了翘：“当然是恩公你来定。”

乔东阳满意了：“晚上 8 点，罗氏粥铺。”

池月忍不住笑了起来：“乔先生知道我穷得只请得起粥了吗？”

乔东阳：“体恤你是伤残人士，别不知好歹！”

池月的眉梢挑了挑：“晚上见。”